黛柏菈．艾達蕾德
Debra Adelaide ◎著
吳茵茵 ◎譯

說再見的那一刻

The Household Guide to Dying

這本關於愛和失去的小說，非讀不可。

本書佳評推薦

透過書中主角撰寫死亡的居家指南，以及生命最終道別過去和感謝所愛的歷程，作者清晰且不失幽默地呈現西方社會面對死亡的思維與作為。讀者生活文化背景各異，閱讀興味勢將大大不同。

——吳佳璇（《罹癌母親給的七堂課》、《戰鬥終了已黃昏》作者、精神科醫師）

真是好看，教人捨不得放下的一本書！就像女主角捨不得離開她的家人、她的生命一樣，我特別喜歡書裡的這句話：「當生命像懷裡的沙子快速溜走之前，要擁抱生命，緊緊地、完完全全地抱住。」面對即將消逝的生命，女主角一開始用無止盡的家務事來面對恐懼，她擔心女兒沒法喝到好茶，家裡亂七八糟，……然而，真誠面對自己內心的害怕後，她知道，說了再見，不代表結束，可能是另一段旅程的開始。帶著淚水與微笑，她留下的全是祝福。

——知名藝人傅娟

有些傷痛太深，連時間都無法治癒。
有些懸念被掩藏，直到死亡迫近，才像抵擋不住的潮水洶湧而出。
黛莉亞曾經有過另一段悲傷的人生，後來的幸福並不能消融過去的痛楚，那些過往沒有隨著歲月的落葉埋葬，而是成為隱形的植物，在她的心底悄悄生長。身為讀者心目中的家事女神，她以自己臨終前的準備書寫辭世之作，但她還有另一件一定要為自己完成的事，就是回到過去，和傷痛做一個了結。

說再見的那一刻總會來臨，卻也因為死亡近在眼前，才更深地明白了對生命的無限熱愛。說再見的那一刻並不容易，但縱有遺憾也只能還給天地，讓一切歸於塵土。

——知名作家彭樹君

多麼令人興奮的小說！寫得真好，當你展卷時，真的會停住呼吸。我崇拜作者筆下的角色，被故事的開頭深深吸引至令人驚訝的結局。

——《PS，我愛妳》作者西西莉雅．艾亨

這小說真教人著迷。當你讀完了，會引起共鳴，令人喜悅。女主角奇妙的語調讓我希望她是真有其人，而且我認識她。

——《樂透人生》作者派翠西亞．伍德

作者美麗地結合了易讀性和深刻性，就像一客誘人的文學舒芙蕾，且環繞著女主角為中心，如此離奇、趣味且好勝，將這樣一個角色如此勇敢的表現出來。我想你會愛上這本肯定生命意義的小說，我就是。

——*The Hour I First Believed* 作者Wally Lamb

一場與眾不同的文字盛宴……具有令人驚嘆的原創性。

——《時代報》（*The Age*）

《說再見的那一刻》包含所有特質……感人肺腑又幽默十足……帶給你無比的喜悅和光明。

——《信使郵報》（*The Courier-Mail*）

作者以有趣且高度獨創的手法，巧妙地讓故事躍然紙上。

——「書商和出版商」（Bookseller & Publisher）

關於愛與悲的小說……洋溢著幽默、溫暖與感傷……有如真實人生。

——《好讀》雜誌（*Good Reading*）

《說再見的那一刻》豐富心靈，帶來啟發，讀者會很高興自己讀了這本書。

——《澳洲女性週刊》（*The Australian Women's Weekly*）

艾達蕾德出神入化地描寫一名女子絕望的二元掙扎：既想學習放下，又想緊緊抓住寶貴人生……令人驚奇又感動。

——《週日電訊報》

這本關於愛和失去的小說，非讀不可，會讓你內心充實而滿足。

——《生活與其他雜誌》（*Life etc magazine*）

一場精彩絕倫的演出。

——《每日郵報》

言詞尖諷、筆調幽默、溫暖人心。一本獨具巧思的小說，會在你心中長久縈繞不去。

——《紅色雜誌》（*RED Magazine*）

《說再見的那一刻》精彩絕妙……我很快就迷上這本讓人誤以為是暗色調的小說，也深深被這位直接實際（但詼諧風趣）的主人翁所面臨的困境吸引。但是讓這本小說真正與眾不同的，是它如此充滿感情地向母性致敬——從真誠描述母愛的字裡行間，透露出身為母親的千百種煩惱與疏失，讓你看了心疼，尤其是一開始就知道主人翁即將逝去，更顯得句句字字耐人尋味。雖然說「這本小說會讓你又哭又笑」是句老掉牙的話，但這本書真的會讓你又哭又笑。

——澳洲書商「閱讀」（Readings）

《說再見的那一刻》是我怎麼樣也不想讀完的小說。主角黛莉亞是那麼具有啟發性和勇氣，又有某種古怪，讓我在同一頁裡又是流淚又是大笑。這是澳洲作家黛柏菈・艾達蕾德所寫的一篇美麗故事，直接坦率又獨具洞見地探討死亡（一個棘手且敏感的主題）。本書實際明理又喜感十足。黛莉亞的今與昔互相交織、逐一呈現，讓我窺見一個特別家庭的每日生活，體會其微小但重要的每個時刻。如果你閱讀時間有限，首先要讀的就是這本小說。

——諾頓街的西爾書店（Shearers on Norton）的芭芭拉・霍爾根（Barbara Horgan）

獻上我的愛，以紀念

亞當．威頓與艾莉森．麥可倫

死神，你比美國還成功，
即使我們選擇不加入你的行列，我們終究還是投向了你。

——約翰·福布斯〈死神，一首頌歌〉

1

今天清晨第一件事就是去雞棚看看。阿奇已經餵過廚餘了，所以我隔著圍籬，撒了幾把蛋雞顆粒飼料。一如往常，牠們嘰嘰咕咕吵個不休，彷彿之前從來沒人餵過，以後也再永遠吃不到食物了。我打開圍籬門，前去檢查下蛋箱：即便箱子空間寬廣，牠們還是喜歡擠在角落下蛋。共有三顆潔淨的雞蛋，兩顆褐色的，一顆白色的。不久之前，我還能分辨哪隻雞生了哪顆蛋，現在我偶爾想不起牠們的名字。我小心翼翼地拿起雞蛋，有一顆還是溫熱的。觸覺就是如此奇妙，會觸動記憶，於是我想起褐色的那兩顆是棕色母雞生的，白色比較小的則是珍生下的。我把蛋貼近臉頰一會兒，享受它的溫暖、圓滿。不知道詩人會不會以此作詩，因為我覺得這種感覺非常珍貴。舒服的形狀，令人驚歎的新鮮。我手中捧著的雞蛋完美潔白，可能孕育出新生命，除了溫暖，它不需要世界其他東西。

等待時辰來到就是了[1]——某位詩人說過這句話，大概是艾略特，或是莎士比亞，也許兩個都說過；現在想不太起來了。

---

1 原文「Ripeness is all.」，出自莎士比亞《李爾王》。李爾王父女兵敗被俘，埃德加請葛樂斯德跟他一起離開，葛樂斯德說：「不必再去哪兒啦，就在這兒等死也好。」埃德加說：「怎麼，又想不開了？死，就像生，都得聽天由命，但等待時辰到來就是了。來吧。」

我把雞蛋放入口袋，走回花園。屋內的電話鈴又響了，但我並不急著去接。電話響了五聲便停了。在最近偶會發生。早前的雨水洗淨了空氣，我聽到修枝大剪刀喀嚓喀嚓的聲音，那是隔壁的蘭伯特先生在整理他的草坪。對於蘭伯特先生來說，露水濃重、傾盆大雨或甚至飄飄白雪（如果在溫帶氣候的郊區有可能發生的話）都永遠減損不了他對除草工作的熱忱，彷彿到了晚年，他的注意力只能往下放。蘭伯特先生幾年來都避免與我眼神接觸。現在他的退休生活愈來愈封閉，連孫子都不來探望，不知是否曾動過回歸塵土的念頭？還是只有我，正想著自己的未來？

我剛剛用「未來」一詞嗎？真希望有個適當的字眼形容這一切，因為「諷刺」並不貼切，或應該說是不足以形容。首先，我發覺艾略特對於「最殘酷的月份」描述正確，只不過對我而言，不是四月而是十月。春天以它預告夏天即將來臨的迷人訊息嘲弄著我。窗外盛開的紫藤花瓣落滿露臺，有種瑰麗炫目的凌亂美，這種花瓣細薄的花朵遍布整條車道，也把我的車妝點得絢麗多姿。今早若是開車，一定覺得這些花真煩人，但我卻落得清閒，悠然欣賞花朵飄落在擋風玻璃上的樣子，使得破舊的老爺車如新娘般美豔動人。太陽升起，暖風徐徐，紫藤花香陣陣飄來，也可能是茉莉花的香氣；茉莉花種在前門籬笆邊上，從這裡剛好看不到。我的嗅覺許是愈來愈鈍了。

淡紫色和紫色的花有什麼迷人之處？現在我想起來了，艾略特先生（我的高中英文老師總是這麼尊稱他）對於紫色花朵（紫丁香和風信子）也情有獨鍾，但我以前喜歡的是紫藤花，現在則是鳶尾花。阿奇把舊的水泥洗衣槽改裝成水塘，在裡面種著鳶尾花，一年比一年繁盛。我一、兩個星期來一直在觀察，看著尖長的大葉片以及花莖頂端微微鼓起的花苞。從雞棚走回花園的路上，我注意到第一朵鳶尾花開了。它的花莖下垂（也許剛剛那陣雨比我想像的還大），但花朵毫無損傷。我將它剪下來插在花瓶裡，放在廚房的工作檯上，美麗一如未加遮蔽的女陰。每片深紫的花瓣中央都點綴著黃，而且絲毫沒有香味。紫丁香的氣味現在大概會令我作嘔。

我一直以為冬夏之間的溫和換季時刻不可能是殘酷的，但是換季一旦到來，雖然這兒的季節與北半球顛倒，我卻跟詩人艾略特一樣被殘酷狠咬了一口。春天是充滿希望的季節，是勵志歌曲的季節、行動的季節，萬物欣欣向榮，充滿各種可能、期待、計畫。在忍受過入冬前秋天詭譎多變的天氣後，人們一脫離寒冬，便知如果春天已然來到，夏天也不遠了。每年春天，我們社區都在附近的公園野餐，孩子在戶外開生日派對。春天是行動、清掃、革新的季節。

革新。現在我會認真思考字詞的精確意義，以及它們的發音。「革新」就跟「噁心」聽起來很像，像是厭惡、抗拒。今早我還沒面對我的早餐，雖然那只不過是半片不抹奶油的土司罷了（把我口袋裡的雞蛋煮來吃是不可能的）。詩人有一點說對了，「等待時辰到來」就是了，但我至少想跟艾略特先生這麼說：他的春天與我的比起來，殘酷平淡多了，至少還笑得出來。那沒有比我這頭的春天殘酷——這是充滿期待、希望、成長的季節，是邁入未來的季節，只是那裡什麼也沒有。

我初次動手術就是在春天，讓我有剛好足夠的時間在年底前復原，好面對聖誕節的眾多責任，而非如我所願慵懶地躺在床上消磨時光。後來發現開刀並未阻止癌細胞蔓延的時候，依然也是春天。繼續切除器官以及接受密集化療對我而言是腹背受敵，又折磨了我半年左右。說真的，我很想開倒車，但阿奇求我不要放棄，母親也來說服我，兩個女兒怪我不夠努力，於是我堅持下去。上次手術時，我的身體被切開、鋸開、撬開（這次是頭部），在這之前，我還存著一絲希望。

但現在，最殘酷的季節又來臨了，而且很明顯地是我人生的最後一個。艾略特先生至少還有乾燥石頭和一抔塵土可以期待。

2

親愛的黛莉亞：

我和我朋友（我們一起打高爾夫）起了爭執，你能幫忙解決嗎？她說採購食品雜貨的時候一定要列清單，然後說我沒列清單不僅浪費時間，還會花更多錢。我買東西時總是不慌不忙，也會三思而行，雖然我偶爾回到家之後才想到要買燈泡或粘米粉，但她也會這樣啊！

迷惘的讀者

又：我們倆都六十五歲。

親愛的迷惘的讀者：

我確定那位天下無雙的伊莎貝拉・碧頓[2]女士一定會說要當個有效率的家庭主婦，購買食品雜貨時一定要列清單。據說列出清單就能克制購買的衝動。有了清單，就能防止不擇手段的賣家強迫推銷顧客買下不想要的商品。不過呢，生命苦短，隨性也有很多好處。你可能偶爾忘記要買燈泡，但我敢打賭，那些特價黑巧克力夾心餅乾一定會讓你禁不住誘惑買下來，或是儘管食物櫃裡的鮭魚罐頭已經堆積如山，你還是又買了一些回來。我敢打包票，你那位帶著清單去買菜的朋友一定也是這樣的。

又：碧頓女士二十八歲就香消玉殞。你朋友下次寫清單時，可以考慮一下這點。

大約在一九七〇年代，家庭經濟學晉升為一門科學。我從來沒修過這門課，因為在家裡已經接受母親和外婆的教導，她們倆都深信把嬰孩丟入游泳池深水區，看著他們憑本能游泳的家庭訓練法。因此，外婆（我學齡前由她照顧）只要往正確的方向一指，我就跟著她刷刷洗洗、掃地拖地。我母親琴恩廚藝一流，等我年紀稍長就換她管教了，但她根本沒有正式指導我烹飪技巧，就要我打發雞蛋、拌蛋白霜，或是煮水波蛋（後來進階為炒蛋）。她們的理論是我自自然然就會做得順手，也就是身為女性，透過「滲透作用」就能耳濡目染地學會這些事情。可能有些人覺得荒唐可笑，但滲透理論一定有其道理，因為我真的是不費吹灰之力就學會了家務事。縫紉、烹調、清掃、打毛線都難不倒我。到了高中，有一學期的烹飪課是必修的，我卻發現已經沒什麼新鮮事了。所謂的家政，似乎就像學習搭公車或寄信那麼基本，不是去做就會了嗎？況且我當時喜歡的是看電影、看書、聽音樂，不覺得待在樓下蘿德老師嚴格的烹飪教室裡，或去上果薇老師的縫紉課有多大意義。

三十年過後，情況不同了。我們二十一世紀初期的女性自知身處於「家庭自由」和「奴役」

2 伊莎貝拉·碧頓（Isabella Beeton, 1836-1865），十九世紀著名烹飪作家。

之間的某個平衡點。連理論家都宣稱家庭改造的時機成熟了，天使般的賢妻良母出局了，多年前就被一腳踢開。在這時代，你可以當個美麗女神，在莊嚴堂皇的廚房廟宇中製作豐盛餐點；或是當個家庭賤婦，不要臉地買現成的義式燉飯和過於肥大的牡蠣給家人吃，然後把清潔工作丟給別人去做。不管是女神還是賤婦，兩者都為人接受。

不過伊莎貝拉・碧頓認為，家庭管理跟軍事紀律和政治策略有關，家中的女主人既是軍隊指揮官，也是企業領袖。到了二十世紀初期，家事成為經濟事務，家庭主婦是自治經濟體的重心。接下來，家事成了一門科學，使得家裡發生的所有大小事都能以清晰的邏輯和線性的過程來說明。製作杯子蛋糕跟提煉化學物質的程序是殊途同歸的。給予孩子正確分量的關愛與懲罰，就能成功地把他們養育成人，如同用攝氏一百七十度烤個十五分鐘，就能成功烘焙出一爐英式鬆餅。

但把家事稱為家政學，不代表女人就是家政學家，表格上「職業」那一欄是絕不能這樣填的。

最後，家庭成為一個「場域」。現在，家事就像其他任何活動（從衝浪到果凍池摔角），都被理論給劫持了。家事在中學體系裡，不管現在稱作什麼，肯定沒有「家」這個字。現在想必有許多研究計畫和論文在「家」的場域進行著，像是關於吸塵的論述，或是食物處理機的多模組態研究之類的。

也許沒有。家事畢竟只有女人關心。

某天上午，我望著從廚房工作檯上拿來的清單凝思。當時我還在床上，那張床是我與外子在過去十幾年來翻雲覆雨的地方，嘗過這輩子最柔情繾綣又令人銷魂的魚水之歡，不過現在發覺還嘗得不夠。那張床是我懷了兩個孩子的地方，也在那裡生了其中一個（另一個也差點生在那張床上，但她硬是要行使透過醫院介入出世的權利）；那張床是我閱覽群書的所在，許多是精采絕倫的好書，也有很多是沒營養的爛書，但爛得很有看頭；那張床是我每個星期天早上啜飲無數杯熱茶的地方，我邊喝茶邊翻閱八卦小報，心裡既不屑，又覺得過癮；那張床也是我記下各種大小事情的地方，包括擬清單。

清單在我生活中並非絕對必要。就算再怎麼不列清單，也不會有什麼改變，即使沒有清單，我應該還是有辦法把事情完成。不過那天早上的清單不是寫給我自己看的，那是在前一晚深夜時寫的：

按下洗衣機
拿剩菜餵雞
餵魚和老鼠（水塘和飼養箱）
叫女兒起床
做午餐（小艾的不要抹花生醬）
叫女兒吃早餐（不要再讓小黛吃穀片加美祿）
提醒小艾修改作業
檢查小黛有沒有帶讀本、圖書館袋子
晾衣服
清空／裝滿洗碗機
女兒早半小時上學（合唱團練習）

還有：

沖個澡（可能的話！）

煮咖啡，趁熱喝（哈！）

我大約是過去一年才開始寫這種清單的，原因再明顯不過：某些工作需要交給別人去做，直到事情有個「了結」。我們採用「了結」一詞，來形容未知的未來，就像鱷魚張開血盆大口，深不見底且令人畏怯。列清單並不容易，因為那些家務事是我多年來不用花腦筋就自動化作業的。要把什麼寫上去，什麼又能省略呢？那天深夜，我列完清單之後，刻意把它壓在胡椒研磨器下。隔天早上，兩個女兒進來房間跟我親吻道別時，睡眼惺忪的我看不出她們的頭髮到底有沒有綁好、牙齒有沒有刷乾淨。我模模糊糊地說聲再見，抬起頭來用嘴唇輕輕擦過她們的臉頰。起床之後，發現床單上有根深褐色的羽毛。她們應該沒把雞帶去學校吧！

我把清單重新看一遍，不禁揣想阿奇早上看到時有什麼感受，覺得備受侮辱還是一頭霧水？不是滋味抑或滿懷感激？我是否該明確寫女兒要穿制服去學校，或提醒他要讓女兒戴帽子？又納悶為什麼把芝麻小事想得那麼重要，於是起身下床，把清單丟到廢紙簍。阿奇可能根本沒看到這張清單。

我通常起得很早，天光還沒全部孵化出來就醒了。前一天早上，我沏了一小壺熱茶，端著一杯走到庭院，幾隻雞已經咯咯低叫了。我坐在欖仁樹下的藤椅，輕啜著熱茶聆聽。我一直覺得雞隻的咕咕聲極為悅耳。天色漸亮，五隻雞喋喋不休、嘰嘰咕咕地從雞棚裡走了出來。體型最小、外型最美的小莉（全名是伊莉莎白）率先出來，帶領這批掠食者走進陽光下。小莉是淺花蘇撒克斯雞，一身白色，只有脖子處長了一圈黑羽毛有如裹著花邊披肩，霸氣十足的牠正命令其他雞隻離開雞棚。最後一個出來的是凱蒂，牠兩翅的尖端部分顏色深褐，近乎黑色。就我的觀察，凱蒂每天清晨都以同樣的方式迎接一天的到來：牠首先在雞棚門口停頓一會兒，抓抓土地，快速前衝個一、二英尺，退回門邊，又往前飛奔個幾英尺，退個幾步，最後才終於到雞棚的另一邊去排往飼料盤的隊伍。凱蒂的儀式進行到一半，小莉總在這時轉過頭啄啄自己的背部，此時凱蒂的儀式又會重頭來一遍，直到有什麼事情分散了牠們其中一隻的注意力。凱蒂是最後進來的一隻雞，雖然不是年紀最輕的，但根據家禽的禮數，資歷輩份的權威鏈結構無論如何是都得維持住的。

要是有下輩子，我決定把它全花在研究雞隻上。那天早上坐在藤椅時，把茶渣丟過圍籬時（牠們全衝過來探究一番：牠們的好奇心嚴重到無可救藥），我才發現雖然養雞好幾年，卻對牠們所知甚少。問題在於牠們是那麼容易飼養，那麼乖巧溫順，只需要最少的照顧。我發現自己完全將牠們視為理所當然。牠們有些方面是我永遠無法了解的。比如說，珍是澳洲黑雞，全身羽毛烏黑華美，在陽光下呈現光亮燦爛的綠色，為什麼卻生出白色的蛋？牠們大部分是我一手從小雞養大的，但為什麼每次抓牠們時，牠們還是略顯遲疑，甚至掙扎反抗呢？凱蒂曾經躺在女兒黛西床上，心滿意足地依偎在她身邊，但五分鐘後卻迫不及待要掙脫束縛。我知道母雞喜歡在晚上歇息，還得誘哄黛西讓凱蒂回到其他母雞身邊。從此以後凱蒂便有如驚弓之鳥，膽小到病態的地步。（黛西想要每晚跟母雞相擁而眠的強烈渴望就此煙消雲散，小孩都這樣，不過她對其他動物卻一一開始產生迷戀的情懷。先是金魚，後來當她終於接受金魚不會乖乖讓她抱時，她轉向印度、非洲、中國這三隻老鼠。幾個月前，黛西堅稱要是她沒有把她最寵愛的中國天天放進口袋帶去學校，她或是牠就會死給我看。）

我在安靜的短短幾分鐘內，品嘗到生命最微小的元素。在世上其餘萬物醒來之前，我在雞隻旁邊喝茶等待，我又丟給牠們一把顆粒飼料，凱蒂靠近圍籬，從我手中啄食。她的喙狀嘴輕柔地刺戳我的手掌，滿足得咯咯叫，結果小莉衝過來把她擠到一旁。我突然有股衝動，想要保護雞群中最瘦小的一隻。我進入雞棚，儘管裡頭塵土飛揚，雞糞飄出刺鼻的土味，剩下的骨頭和果殼散落一地，還有牠們永無止盡、永不滿足地抓扒土壤找蠕蟲當點心時所翻出來的有的沒的。但雞棚和其前方院子仍是個令人愉悅的所在，帶來其他地方都找不到的溫馨時刻。斜照的日光恰能捕捉空中金色塵土揚起的漩渦，羽毛在地面上時而飄起時而落下，咯咯叫聲聽起來既滿足又憂傷。最重要的是每隻母雞都散發出期盼的氛圍，即便這種期盼是多麼愚蠢：每天下的蛋都被拿走，但純然的樂觀主義卻讓牠們日復一日地下蛋。有人可能認為母雞愚昧到家，但我則覺得牠們慷慨得叫人受不了。蛋雞把一生的熱忱和心力都放在生蛋上，這是多麼高尚啊！至於那顆蛋，有時躺在泥裡，有時被結塊的雞糞覆蓋住，有時像一塊新肥皂般純淨無瑕，但無論如何，蛋殼裡頭都無比圓滿、充滿可能。

那天早上，我驚覺自己應該更常利用機會，好好地感恩和讚歎花園的角落、後院的平凡生活，但已經太遲了。

其實是太早了，但我還是進去叫艾絲桃和黛西。沉睡中的她們散發出柔美和嬌嫩，但是一醒來就消失了。有一、二分鐘，我陶醉在她們純真無邪的氛圍裡，小心翼翼地在她們身旁各放一隻雞。艾絲桃的雙手自動環繞住小莉，黛西感受到臉頰凱蒂帶來癢癢的溫暖時，驚得從床上坐起。

怎麼了？她問。

現在才六點多出頭，但我認為和她們以後要面對的情況相比，一大早被拖下床不算什麼。

我要教你們一件很重要的事，我說。

她們抱著雞跟我走到廚房，我給了一人一杯巧克力牛奶，把她們放在工作檯另一邊的兩張凳子上。兩隻雞各在她們的大腿上安頓下來，默默地咂咂嘴。我再次加熱水壺，拿下茶罐來，接著開始示範。

泡出絕妙好茶，不見得是你們偶然就學會的事情，我說。雖然碧頓女士表示泡出好茶沒什麼技巧：如果水是滾的，芳香的茶葉也放得夠多，泡出來的茶幾乎一定是好喝的。

碧頓女士是誰？黛西問。

別管她是誰，艾絲桃說。她感受到這個場合的重要性。

我一邊泡茶，一邊鉅細靡遺地把整個過程講給她們聽，這是專為二十一世紀打造的技巧，還考量地方性因素。我用的是兩杯分量的棕色小茶壺、愛爾蘭早餐茶，以及一只白色茶杯。我往下解釋，她們以後可能會聽到各種說法，爭論要先暖壺還是不要，要先加牛奶還是後加牛奶，還有到底要用金屬壺還是陶壺，這些都把純粹主義者分成兩極陣營，小題大作的程度可媲美斯威夫特筆下的人物。

斯威夫特？誰啊？艾絲桃問。

強納森．斯威夫特，寫《格列弗遊記》的那位，記得嗎？

她點點頭。二、三年前她九歲時，我們一起閱讀兒童版的《格列弗遊記》。

他寫的小人國分成兩派，稱為大端派和小端派，我說。他們爭的就是水煮蛋到底要從大的那一端切開，還是要從小的那一端切開之類的事。現在別擔心這個，我們以後再來談蛋。

只有天氣最冷的時候才需要先暖壺，我繼續說。在我們家不用擔心這個步驟，尤其現在又有全球暖化的問題。至於茶葉要放多少，也不用管「一人一茶匙，最後再一匙」的規矩，我解釋道。這全都取決於你對濃淡的偏好，而她們也知道我就是喜歡淡茶（兩人點點頭，沒錯，她們知道），而其他人，尤其是喜歡加牛奶的人（比如她們的外婆琴恩），可能會喜歡濃的。

茶泡好倒入杯子之後，我把那杯茶放在兩人鼻子底下，要她們深深吸一口氣，我知道她們不會想品嘗一口的。她們用力吸了吸，我問有沒有聞到麥芽般的香氣，兩人都點點頭。

我補充道，我認為愛爾蘭早餐茶還是開始一天的最佳茶類，沒有的話，印有一片阿薩姆茶葉的那個牌子是第二名。至於比利茶[3]可以把它忘了，現在的比利茶可沒像以前那麼好喝。

我把茶全部倒掉再重泡一遍，以確定她們把要訣記起來。她們喝掉剩下的最後幾口巧克力牛奶，看著我示範，直到無法專注為止，才抱著雞慢慢回到床上。

這段日子，我把焦點放在瑣碎但重要的事情上。這段日子，兩個女兒對我百依百順。要是一年前，她們一定會嘀咕抗拒，不願了解一杯茶的意義，認為只有古人才喝茶。現在，她們比較能夠包容我的古怪要求，有時候故意帶笑地望著我，確認一下眼前這個人真的是我。但至少我教會女兒泡出一杯十全十美的好茶了，否則她們可能終其一生以為茶都是用茶包泡出來的，不過這有什麼不好，我自己也說不上來。

我獨自在廚房，把茶杯舉到唇邊，不過這杯絕妙好茶已經苦掉了，我的喉嚨抗議得緊縮。我回到床上，阿奇正要醒來。

3

親愛的黛莉亞：

我孩子除了薯條之外什麼蔬菜也不吃，我先生也痛恨生菜沙拉。你有沒有什麼祕訣，可以讓他們吃點綠色的葉菜類或其他蔬菜？我煮的東西他們幾乎都不碰，氣死人了。

受夠了的賢妻良母

親愛的受夠了的賢妻良母：

碧頓女士宣稱：「家中的女主人有如軍隊指揮官，或是企業領袖，她的精神在整個家庭中無所不在。」受夠的賢妻良母，你要顯示自己的權威。你是廚子，所以發揮指揮權，煮「你」認為他們該吃的東西。事實上，你該煮你想吃的東西，即使你的最愛是土司加沙丁魚或牛肚咖哩。不得已的話，你獨自用餐也行，讓他們自行解決。記得，你才是老大。

---

3 比利茶（Billy Tea），早期澳洲拓荒者用鐵罐在營火上煮的茶。

到底英文裡為何用「內心的褶皺」來表示「內心深處」呢？

人站在墳墓旁邊時，最古怪的念頭會統統跑出來，而站在墳墓旁時，最不可能帶的大概就是字典了。關於心臟的各種知識我都懂，但是到家時還是得查一查「褶皺」這個英文單字。

言歸正傳，這是個冷冽但萬里無雲的冬天傍晚，我在盧克伍德墓園漫步，尋找一座墳墓。現在，在這寂靜的城市裡，我面前的這塊傾斜墓碑寫著：

亞瑟．愛德華．普勞夫之墓

於本教區逝世

下面又加了一行字：

其妻愛麗思．伊莉莎白之墓

底下刻了最令人鼻酸的兩行小字：

翰瑞．詹姆斯．普勞夫之墓

胎死腹中

最下方寫著：

卒於一八七五年
逝世但永不被遺忘
永存於我們內心的褶皺裡

在殘酷的短短一年裡，一個家庭的歷史被記錄在一座墓碑上，由家族裡的一位成員豎立，而這位成員很可能連他們自己都不認識。這個場景免不了有狄更斯的味道。尤其當一隻我平生看過最碩大黝黑的烏鴉飛下來，蹲踞在前兩排的墓碑上挑釁地瞅著我瞧時，那種感覺又更強了。

我們來看一下地圖，我對女兒說，心裡仍想著何謂「內心的褶皺」。

阿奇遠遠地走在前方，用相機拍著義大利人所建的巨大紀念碑。這裡有些墓穴比貧民區的公寓還寬敞，可能也更昂貴。這裡所有的街道都是為亡者能安居所規劃的。要是看見披著黑色頭巾的女子從某個墓穴的門口出來，沿著前方小徑開始清掃，或是幾位老頭子坐在角落抽菸玩牌，也不會令我吃驚。

死人沒什麼稀奇的，這點我已經接受了，但我大半輩子卻鮮少探視死者，這可就不尋常了。現在來到墓園，一方面是為我要寫的書做些考察研究，同時也為了尋找父親法蘭克的墓，他大約三十五年前死於心臟病。我從來沒去過他的墓地，現在知道自己時日不多，得來一趟。

我好無聊喔，這裡一點都不好玩，我們什麼時候要走？

我早就跟你說帶一本書或什麼的嘛！

不過黛西發牢騷是公平的。八歲的孩子跟在大人身後逛墓園，的確相當乏味。我知道艾絲桃也覺得無趣，但她了解為什麼來盧克伍德墓園一趟很重要，反正她也帶了任天堂掌上遊樂器。

我倒是相當開心。雖然還沒找到父親的墓（儘管到處都有地圖，母親也把路線寫給我），但是能夠漫步走過一排排的家族墓穴，讓我覺得很有意思。有幾座墓穴看起來就像露營車停放在暫時的基地上。也許這些墓穴真的是暫時的，也許有些家庭打算有朝一日搬到其他州或海外時，也要把已故的親人帶過去。我凝視立陶宛人的紀念碑，仔細瞧著保存在玻璃板底下的立陶宛泥土，覺得比較像從生物實驗室帶來的樣本，而不是一把泥土。

來這邊，阿奇叫道，於是我跟上去，終於來到父親的埋葬之處。墓碑樸實無華，這點不出我所料，因為母親就是如此實際。墓碑是灰色花崗岩做的，低矮不起眼，鑲著一塊銅牌，上頭刻著他的名字：

法蘭克（法蘭西斯）．巴內特之墓

（連「緬懷摯愛的」幾個字都沒有——這倒不是母親的風格）

悼念琴恩之夫

黛莉亞之父

就這樣，沒有其他細節，沒有日期。母親在墳塚底邊種了某種只需要五年整理一次的植被，而她現在差不多就是五年來一次。

是鈕釦花，阿奇說，就算發生原子大戰也死不了。

我湊近瞧瞧。現在是冬末，氣候溫和，植物萌發嫩芽。很快地，父親的墳塚就會被扁平的黃色小花所覆蓋。

父親去世時我才五歲，大人沒有帶我參加葬禮。那個年代，事情只要跟死亡有關，大家就閉口不談，隱藏起來並嚴加防守，有如家裡的狗得了狂犬病，但不得不繼續養牠一樣。小孩子尤其要離得遠遠的，即便死去的是自己的父母也一樣，彷彿被瘋狗咬了一口，一輩子都好不了。父親去世的頭幾年，母親偶爾會帶著一罐英國巴素牌拭銅劑和一束新買的人造花來墓園悼念，但從來不曾帶上我，我也不記得自己曾經想跟過。現在的情況截然不同，我帶兩個女兒來墓園似乎再正常不過（即便她們一直吵著要回去），就像跟她們討論死亡過程也是理所當然的，畢竟這是她們每週每月正在目睹的事情。

滿意了嗎？我在法蘭克·巴內特的墓前又站了一會兒後，阿奇這麼問道。我對父親記憶模糊，只記得他是高個兒。我對他的印象多半都在家中書房。記得他從書架上拿下書時，是帶著如此崇高的敬意，好像那些書是什麼易碎物似的，他很少讓我碰那些書。他擺放各式園藝工具的庫房也是我的禁地；他在刨木頭或磨利割草機的刀片時，會讓我在安全距離之外看他幹活。最鮮明的記憶，就是我奉母親之命，跑到書房或庫房叫他吃飯或接電話，以及當時那種身負重任的感覺。

我本來以為這一刻會悲從中來，但是沒有。我站在那裡，沒有什麼強烈感覺，不過還是很高興自己來了，來看看他，跟他道別。父親生平第一次心臟病發作就撒手人寰。他前一分鐘還坐在書房的書桌前，下一分鐘就倒在地上，再也爬不起來。我在想他心臟的褶皺是怎麼了，是當時剛好裂掉或堵住了嗎？還是長久以來都有問題？

我們駕車離開盧克伍德墓園時，我注意到左邊有一座大型倉庫，其中一邊是裝卸用月臺。這裡要存放或處理的死屍數量，當然不可能像航空貨運那麼多。最後看到建築物尾端有個紅白色招牌：澳洲郵局。

一定是郵件處理中心，我說。還在這種地方還真奇怪。

也許是「死信」局，艾絲桃過了一秒鐘說，我們倆放聲大笑。

聽不懂，黛西說，看起來很委屈。

別擔心，寶貝，阿奇轉到公路時說。你還想去威弗利墓園嗎？

我看看手錶，中午才剛過。

好啊，有何不可？也許還能在那附近吃午餐。

還是很無聊，黛西說。為什麼不能去別的地方玩？為什麼不能去海邊？

那就在海邊附近，我們晚一點可以去邦迪海灘吃冰淇淋。

可是我想游泳！我要去曼利海灘。

不行，我說，同時把一片CD送進播放器。現在天氣還不夠暖，不能去海邊游泳，其他地方也不行。更何況從現在開始，去哪裡玩都由我決定。

〈心碎旅社〉的前奏迴盪在車內。

唉喲，又是他！艾絲桃嘟囔。不能聽別的嗎？

不行，我說。從現在開始，聽什麼音樂也是由我作主。

4

墓園參觀的幾個月前，我自己小遠行了一趟，發現適合的音樂也是重點。有個地方我得再去一趟，免得再晚就去不成了。那是北邊一個我曾經住過的地方，我們倆曾經住過的地方。但要是讓阿奇知道，他一定會阻止我，要是跟女兒說再見，我一定會走不出家門。我得謹慎選擇日子，一個上學的日子，一個上班的日子，一個安靜的郊區日子，一個可以讓我原本只是開去附近商店，卻隨興地延長為一趟旅程的日子。我只需要坐進車裡出發。在出發前要打點許多事情，但我唯一在意的是一路往北開的漫長路途要放什麼音樂。只要背景音樂選得恰當，其他事情就水到渠成。對我而言，現在選的是電影配樂，配的是我人生這部公路電影，這只有一次機會且終結所有冒險的冒險之旅。在旅程中，我最依賴的器官會是耳朵，有時候似乎比我的心還重要。

因此，我忘了打開汽車引擎蓋檢查機油和水，也忘了準備備胎。忘了先打電話查詢哪裡有汽車旅館、哪裡沒有，哪裡是真正的好地方，而不只是地圖上的一個小點——只有一家商店，既是加油站也是咖啡廳和雜貨店的鳥不生蛋的地方，只有最寂寞的駕駛者和油缸已經見底的車才會停的休息站，被瀝青和失望包圍，星期天下午鐵定不營業，你停個十分鐘就會繼續上路的休息站。

我沒有把熱水壺裝滿，也沒檢查是否帶了太陽眼鏡、堅果乾果零食包，以及兩瓶水（一瓶給我，一瓶給散熱器）。我只用小包包裝著最少的必需品，再加上二、三本書，便走出家門開車離去，留下自有節奏和聲響的房屋。床鋪只草草整理過，餐盤洗好但還晾在水槽的架子上，字條留在廚房工作檯上。

我離開時，紗門還在來回擺動，周圍的鳥兒在樹上啁啾吱叫著，彷彿只是五月一個稀鬆平常的早上——郵差會開著郵遞車沿街送信，信箱旁的忍冬仍需要修剪，路邊草地上有曬白的狗屎、壓扁的飲料罐，以及我所丟掉的上週地方報紙殘留的爛紙泥。平常的一天。

其實不是。因為這一天，趁著周遭沒有人阻止我、問我為什麼、跟我講道理、提醒我接下來幾星期或幾個月內需要完成的所有事情之前，我得趕緊離開。趁著沒有人告訴我最有道理的一件事情——也就是我急著尋找的人事物是找不到的之前，得趕緊閃人。這趟旅程拖延了多年，但現在我卻火速前往，彷彿是個緊急事件。

我俐落地退出車道，朝對街正在清掃門前小徑的鄰居揮揮手，向緩步經過的郵差點頭招呼，便加速沿著街道前進，而後轉至大街，再轉到那條把我直直往北送的公路上。

音樂將是此行的伴侶。它如此活生生地參與，幾乎能自己開車了。但最重要的是，音樂能沖刷我的腦海，把堅持陪伴我逃家遠行的思緒、細節、悔恨、絕望、痛苦等聲音淹沒。音樂還能召喚記憶，那些我不想擁有但再也無法忽視的記憶，那些這趟回到過去的北方之行得帶在路上的記憶。那些記憶本身就是電影原聲帶。

我謹慎挑選，不要太憂鬱的，不要湯姆威茲的，否則我會往路旁最近的大樹撞去，得到萬無一失、全面而徹底的毀滅。巴哈的倒是不錯，但只適合綿延不斷的直線車道——巴哈複雜的遁走曲，與順利穿越陌生城鎮中的車陣和大街小巷是互不相容的。我翻遍整個音樂箱，裡頭大多是過去十五年來為了開車播放所收集的錄音帶，塑膠殼都破裂了。這些錄音帶大多講述著某些故事，雖然沒有一個合邏輯。包括威利·尼爾森的卡帶，他唱的〈優雅園〉是我目前最喜歡的一曲（裡頭絕對有完整的故事）。其他卡帶風格迥異，出自各式各樣的藝人，比如英國白人靈魂歌后達斯蒂·斯普林菲爾德、英國流行爵士樂手喬基·費姆、安德魯姊妹、葛倫·米勒爵士大樂團。也有不小心發福的英國歌手喬治·福姆比，他現在是如此沒落，真不曉得他當初是怎麼從黑膠唱片過渡到卡帶的。如果想來點肅穆沉靜的氣氛，那麼聽黑人福音界教母瑪哈莉雅·傑克森的歌曲準沒錯。還有各式各樣的鄉村音樂：傳奇歌手漢克·威廉斯、約德爾唱法的鄉村歌曲、美國藍草音樂歌后吉蓮·維芝、現代鄉村音樂奇才萊爾·拉維特。（我不聽「昏睡駕駛合唱團」的音樂，理由很明顯。）總之收藏豐富，應有盡有。

貓王是少不了的。我將近十五年不曾播放他的專輯，也盡量不去聽他任何一支曲子。但是現在，我把他的舊卡帶放進音樂箱裡。重聽貓王的時候到了，但我又多等了一會兒才送進播放器。反正這將是一段長路，聽歌的時間綽綽有餘。

於是我在〈優雅園〉這類歌曲的鼓舞下往北，前往蒼鬱而暑氣蒸騰的溫暖之地，那偏遠但到得了，難以捉摸卻如金字塔般穩固堅實的地方。這是一次冒險，我必須放膽一試，否則它會比南方日落消失得還快。我到底想冒什麼險呢？

我真的不知道，雖然恨不得插翅飛到那裡。我的心跑得比思緒還快。雖然現階段我什麼都不清楚，但內心依然充滿期待。多年前第一次來到這裡時，也是同樣的感覺觸動了我。

紫晶鎮這個地方不在地圖上，但確實存在，邊界是茂密的雨林和逐漸變窄的相鄰山脈，山脈往北延展直到融成一個長三角形，終至約克角。紫晶鎮座落在昆士蘭的正中央，大約是新南威爾斯邊界以北，以及海岸以西的中點。我不需地圖就可以從南開上北——任何人都做得到，因為沿途路標眾多。但是到了某個地方，就得靠地圖了，雖然紫晶鎮沒印在上頭。我查看附近的地名，個個都在向遊客招手：綠寶石鎮、藍寶石鎮、紅寶石鎮。傳說中的寶礦之地。

在到達衝浪天堂和沿海其他的誘人去處之前，我便往西轉。後來我關掉音樂，讓漢克、法蘭克、瑪哈莉雅和其餘所有歌手躺在車內地板上的箱子裡，衛生紙、外帶食物的包裝紙、手機（我能夠忍受時，又把手機打開了）也都丟在車內地上。雲層原來凝聚一如籠罩記憶的煙霧，現在漸漸稀薄，最後完全消散。我不需要地圖了。我不用看就知道一個位處眾珠寶地名間的地方，一定靠近我的目的地。那裡離綠寶石鎮很近，離公路也不遠。

旅程第四天傍晚，我往左側一瞄，看到招牌和路邊的三家店面：加油站、木材堆放場，以及前籬笆放著一排排地精的園藝藝品商場（怎麼會開在這種地方！）。這表示我得轉進一條岔路，前往本路線的最後一站石榴石鎮，再下去就是我的目的地了。我開上坡時，發現路旁的樹叢中伸出一塊廣告牌：**「拉撒路車行」**[4]**露營拖車和露營車買賣，前方三公里處。**這個招牌大約有五十年了，塗漆剝落、褪色，還有步槍射擊的凹洞，這倒是很常見。開了兩公里之後，我放慢速度，注意周遭的情況。附近沒有其他車輛，而且自從離開上個鎮，我不記得有任何車子從旁經過。

我知道是這個地方沒錯，至少是在附近。拉撒路廣告牌並沒有標示精確位置，但我繼續慢慢往前開，直到瞥見左排路樹間出現一處缺口，於是轉進岔路，經過「拉撒路車行」，裡頭停放一堆老舊車輛，我知道自己走對了。道路蜿蜒而下，不久之後開始上坡。來到區域外緣時，我知道自己進入了一大片山谷和丘陵地，潺潺小溪如河流般遍布於鄰近幾個小鎮之間：克萊蒙鎮在前方不遠處；綠寶石鎮在南邊，我之前曾經過；艾法鎮在西邊，我不打算過去。道路快活地左彎右拐，低垂的太陽光線強烈，刺痛我的雙眼。我已經把地圖丟回車內地板了。

二十多年前初次來到這裡，客運把我放在路邊拉撒路的招牌旁。我徒步走向紫晶鎮，不在乎要走多久。沿途幾乎沒看到車，印象中沒有。我彷彿進入另一個時空，也許是因為橡膠樹高聳入雲，有如自天空拋下的錨；也許是因為空氣清冷，或是斑駁光影不時變換；也許是蔭巨樹飄下的葉子速度緩慢，感覺比一般落葉夢幻；或者是高處傳來鳥鳴聲，悅耳而隱密。這裡是無時間狀態的他方世界，不在地圖上，更增添了童話故事的感覺。

當然，我那時候很年輕，應該算年輕。我是典型的蹺家女：年方十七，有孕在身，隻身一人。我又跟母親鬧翻了，但男友范恩不告而別，讓我沒機會跟他吵，也應證了母親第一次見到他即產生的各種疑慮。她愈是說服我墮胎，我就愈不想。我後來才了解，她當時完全是愛女心切，也難過我放棄受教育的機會，在自己可說都還沒長大前，人生就被嬰兒束縛。我則是出於理想、夢想，以及對范恩的愛慕，輕易就掉入他那比我成熟、比我寬廣且充滿音樂與詩的都會熟男世界。

4 拉撒路（Lazarus）為聖經中被耶穌從墳墓中喚醒復活的人物。車行以此為名，象徵讓舊車死而復生。

新鎮的那天早上，我在范恩的臥室中醒來，發現他稀少得幾近浪漫的家當全數不見時，一陣強烈的擔憂重擊我心。過了好幾天，他依然音訊全無，我也沒打聽到什麼消息，證實了內心的疑慮，但此時要墮胎已經來不及了，要承認母親的識人之明，也絕對太遲了。

不知道從什麼時候開始，我認定范恩回到了北方的家鄉，回到他多才多藝的表演家族生活的地方。我只記得自己心痛地堅信，只要前往北方的紫晶鎮就一定能找到他，或者他會找到我，以及我們的孩子。

5

親愛的黛莉亞：

我已經看了好幾年你的專欄，現在覺得自己也可以寫了。寫這些骯髒襯衫領口的清洗小祕方和家禽填料烹飪祕訣還不簡單，哪需要什麼資格呢？

潑冷水的讀者

親愛的潑冷水的讀者：

你大概不曉得跟居家小祕方有關的書籍是文學傳統不可或缺的部分。它們受到全世界讀者的珍視，讀者在苦惱艱困的時刻更會特別拿出來閱讀。《碧頓女士居家管理全書》讓最不可能翻閱的讀者愛不釋手，比如征服聖母峰的登山客，以及法國戰場上躲在壕溝裡的士兵。書裡的實用建議和歷史常識都充滿道德熱忱和家庭美德，許多旅行者和遠征隊隊員都從中得到安慰。史考特南極遠征隊成員雖已壯烈成仁，但他們死去時手中都拿著《碧頓女士居家管理全書》。

世世代代的女性能夠在完全沒有自助指南的情況下打點一切，實在叫人敬佩又汗顏。現在，市面上關於居家生活的書籍琳瑯滿目，小至探討清除污垢的手冊，大至養育嬰兒的專書，以及容易上手的烹飪指南，帶領菜鳥按部就班準備家常菜肴。此類書籍數量之多，要把一般書店的幾座書架填滿是綽綽有餘，但一百五十年前，大概是連一本也沒有。《碧頓女士居家管理全書》是第一本，而且一八六一年才問世。在碧頓女士這樣的人物出現之前，女人到底是怎麼摸索過來的？

我跟伊莎貝拉・碧頓不同，我是在偶然的情況下成為家事專家的。《居家指南》系列後來由我執筆，我也因而小有名氣。這最初是南茜・考斯塔洛的點子。她是出版商、我的老闆（如果自由作家也有老闆的話），狹義而言也是我的朋友。我和南茜有份愉快但刻意保持距離的關係，不必記得對方生日，也不用定期交際，但卻可以隨時打電話聊天，而且無所不談。我們對彼此不覺得有義務，也沒有誤會、怨恨或傷害彼此的機會。我應該永遠也不會向南茜透露我最好的烹飪祕訣，或是談論我最深的恐懼，但是絕對可以跟她肆無忌憚地聊八卦，談論她那些超棒的食譜（她廚藝一流），或是哪天需要的話可以跟她借車。

南茜務實且有效率，是個機會主義者，做事總是快半步。有些人很聰明，但就是不知道畫怎麼擺掛、怎麼更換靴子的鞋跟，或是如何煮出外熟內生的完美水煮蛋，因而產生信心危機。南茜了解這些人的苦惱，也知道怎麼迎合他們的需求。她的第一件偉大功績，就是讓幾百萬個家庭拿到免費贈閱的居家雜誌。第二件是開發系列化的自助專書，甚至連廣大浩瀚的自助書業界都還沒想到。

南茜認為家一度是傳統民俗和知識的場所，是女人作主的地方，但現在這種現象逐漸消失。過去大家認為女性幾乎是憑本能就會擦亮傢俱或除去紅酒污點，現在她們可能更懂數位視訊轉換器的設定，或是填寫季度報稅單。雖然現在會修剪樹籬或去除車道油污的男性的確比較少，但是女性更明顯不足，畢竟傳統上女性管理的還是家庭事務。現在有太多的家庭在實體上、精神上、文化上皆空虛不實，缺乏記憶、知識、智慧，這些在以前會被珍惜地保存累積，有如珍愛的陶器一代代傳下去。居家生活的學問就像不再有人使用的方言，快速瀕臨滅絕的困境。這些學問小至去除燒水壺的白斑，大至醃製水蜜桃，小至臭樟腦的使用方法，大至炸魚啤酒麵糊的最佳製作法。

至少南茜這麼認為，就某些方面而言她是正確的。雖然在我自己的家裡，以及成長時母親打理的家中，身為女主人的我們總忙著烹煮和縫紉，忙著把弄亂的東西收拾整齊，總之就是一再弄亂和一再收拾，頻繁到你幾乎不會特別注意這個循環。然而，南茜代表截然不同的當代女性——雖然願意承認居家事務很重要，但她個人卻對這些不感興趣。南茜的家簡單樸素，毫無裝飾，整齊到幾乎不需清掃。我不曾打開過她的櫥櫃，就知道她的家不像其他人的家（包括我家），沒有一包包裝著碎布和剩餘羊毛的袋子、一疊疊打算重複使用的聖誕包裝紙，或是抽屜裡頭塞滿了舊瓶塞、彎掉的烤肉叉子、橡皮圈、筷子、茶漬刷不掉的茶葉過濾器、還沒丟掉的免洗塑膠湯匙，以及殘缺不齊的餅乾印模組。

我剛認識南茜時，我和阿奇的事業才剛起步。在這裡，也就是搬到城市後，我們開始了新生活。他正慢慢地將除草拓展成一個我們開始稱為「事業」的工作，我則是擔任編輯助理。多年前，我因意外懷孕加上抱持不切實際的理想而排拒上大學，但後來在阿奇的支持下，我滿足了繼續深造的渴望。我向來熱愛閱讀，開始攻讀藝術學位時，我發現自己的程度意外超前。我順利畢業，卻發現自己頂著學位的光環卻做什麼都不夠格。後來才了解，這個學位是填補我內心的空虛，而非帶來職業上的滿足；它是層層包住我悲痛的包裝紙。儘管如此，我依然歡欣接受我唯一夠格的工作（假設熱愛閱讀讓你有資格做點什麼的話）——為「學術出版社」編輯和審稿。我們出版品的作者都是名不見經傳的學者，而那些書就跟作者本人同樣枯燥，或許也同樣裹著無趣的棕色燈芯絨材質做書皮。我認識南茜這位圖書行銷顧問不久後，「學術出版社」就永遠關上它嘎吱作響的大門了。當時我已生下艾絲桃，三年後又生下黛西，此後我只當個自由作家，這樣的安排可以讓我一邊工作同時帶兩個小孩。

南茜開始企畫居家指南系列時，她的首選作家並不是我，而是名叫做衛斯理．安德魯斯的男人。他積極進取，但喜歡賣弄聰明也是有名的。他人脈廣，而且受人委託的事情一定完成。他似乎在各類書籍和各種文學嘗試都有一手，寫過堪稱佳作的小說，也幫運動明星代筆過平庸但暢銷的回憶錄。他在各方面似乎都是替首部居家指南執筆和背書的適當人選。南茜深知《修繕居家指南》身為系列的首炮，必須兼顧男女讀者，因此有必要請男性作家執筆。但直到他好不容易寫到第八章（「屋頂建材與排水系統」）和第九章（「窗戶與紗窗」）之間而停滯不前時，大家才知道衛斯理的文學驅動力（如果不是領航員與修理工）是他的妻子——這名女士在寫到第七章（「補裂洞與上油漆」）之前就和他說了再見。這也許能解釋為何第五章「配管系統簡易維修法」和第六章「基本電學」的見解和建議都如此簡易和基本。我就是從這裡開始接手的。

我已經替南茜工作了好一陣子，剛開始是不定期的審稿員，後來為她的免費刊物撰寫讀者問答專欄。該刊物是偽裝成雜誌的廣告和社論式廣告，她取名為《居家福音》，其中的笑點大概只有我和她能會意。開闢專欄的點子是在一個下午出現的，當時她正盯著《居家福音》第五頁的一塊空白煩惱，因為隔天就要截稿了。她打電話給我，打斷我手邊無聊的編輯工作，或說是身為自由作家的我趁著去超市購物和換尿布之間的空檔所做的工作。

這期雜誌我要一篇假專欄，以後就會收到讀者真正的來信了。你有辦法趕快掰點什麼出來嗎？比如擦亮銀器？什麼都好。

南茜，現在沒有人擦銀器了，根本沒有人真的拿來使用。

清除污點呢？你有兩個孩子，這方面一定很在行。

應該吧。

我現在就把版面搞定，她說，你可以晚點寫好再電郵給我，就叫做「親愛的黛莉亞」好了，幸好你的名字很適合。

我的專欄一期約幾百字，南茜總是準時付我優渥的稿費。這些乏味的讀者問答都是我在星期天晚上九點到十一點間，從非創意的那部分頭腦擠出來的。這時阿奇總是在看第十台的電影，兩個女兒已上床睡覺。好幾個月來，我都認為沒有人會看，因為《居家福音》跟其他雜七雜八的廣告傳單一同塞進各個郊區住宅的信箱裡，比如「可茲酒品」的廣告冊子、「伍爾沃斯超市」的特價傳單，以及「好傢伙電器商店」的商品目錄，況且內容也幾乎分不出差別。但是我的專欄開始收到愈來愈多電子郵件，證明了真的有人讀。

這些電子郵件定期由南茜的助理轉寄過來，好一陣子我都簡單地輕鬆回應。南茜似乎很開心，這筆額外收入也能幫助我繳房貸。但是有一天我不知是太閒還是怎地，就把回應惡搞了一番，純粹為了娛樂自己。這實在太有趣了，我以這種方式又回了一封信，然後再一封，但是並不打算真的寄出去，直到在匆忙之中（菜煮太久？把小孩留在浴缸太久？）不小心附加錯誤的檔案，按下了「傳送」鍵。我本來以為他們會檢查我的稿子，但一、二週後證明我是錯的。母親打電話來，說我在那期的回應很不一樣，把她給逗笑了。我提心吊膽等著南茜來電數落，沒想到結果卻是來信如潮水般湧入，問題多到我無法處理。南茜恭喜我開發出新花樣，硬是要我再狠一點，結果問答專欄培養出一批狂熱崇拜的讀者。

「親愛的黛莉亞」只是我的一面，有點潑辣、比較大膽的一面，但讀者似乎很喜歡被削、被看扁，或是答非所問，於是專欄繼續下去。

親愛的黛莉亞：

昨晚我請幾個人來家裡用餐，包括我一位老友，她離婚已經一年了，現在卻還是單身；此外還有外子的新助理。用餐時，外子的手臂往桌上一揮，好死不死把我裝在美麗玻璃瓶的紅酒打翻，潑在我最好的棉製花邊桌布上。他當時正和鄰居唐恩爭得面紅耳赤。如果我把桌布拿來漂白，可能會支離破碎，要不就是一片慘白或顏色不均。我該怎麼辦？

不知如何是好的讀者

親愛的不知如何是好的讀者：

我要給你的建議，先說不一定正確，就是檢視你和唐恩之間的關係帶給你的罪惡感。你確定對他的感覺隱藏得像你想的那麼好嗎？因為如果連我光是看這封信就知道你們兩個有鬼，你那位沒有提到名字的丈夫也一定早就心裡有數。醒醒吧！別以為把唐恩介紹給你那位已經離婚的單身老友，就可以掩飾你對他的愛意，以及你們倆偷偷摸摸的曖昧關係。跟你說，這種事十之八九會產生反效果：你老友和唐恩最後不管怎麼樣都會來電的。也許現在他們已經相約去看日場電影，而且是休葛蘭的新作！我的建議是，下次要在家請客，而且你也知道會起口角，就該用更適合的桌布。也許用泡泡紗，或是那種標榜一擦立淨的塑膠桌布。

6

不過在抵達紫晶鎮之前，要先轉入石榴石鎮的岔路，結果帶我回到了事發原點，回到麥當勞，多麼恰當啊！麥當勞，這個殿堂是現代消費主義、效率、乾淨集大成的代表。冰冷無情、經過消毒的器物表面，從飲料機迅速沖入杯裡的飲料，被包裝紙緊緊包住的一塊塊漢堡，以及裝在硬紙盒裡頭的薯片（澳洲人雖然接受了三十年的教化，還是把薯條稱為薯片）。那些秩序和控制，所有經過精確計量、秤重、定時所做出的漢堡、麵包、雞塊、魚片，衛生地從不鏽鋼導槽滑下來整齊排列的吉事漢堡、大麥克、蘋果派，以及帶來快樂的「快樂兒童餐」。

石榴石鎮的麥當勞已經改裝了。他們重建遊戲場，比以前寬敞明亮，此外還有得來速服務。

店外的棕櫚樹更加高聳，但還是沒有擋住那個正字標記。我停好車，想進去坐坐，但是進去就得點個什麼來吃，而就算是為了小陽我也不願意吃麥當勞，所以還是坐在車裡整理一下思緒就好。

上一次來這裡時，小陽八歲。我以為他已經長大，不再會吵著要吃麥當勞。但八歲是個騙人的年紀，如果這個男孩又剛好個子高的話，又更容易產生錯覺。八歲已經過了小朋友的階段。八歲時，你具有一定程度的沉著，開始有了個人特色。你不再去學校附屬的幼稚園上課，玩的是真正的球類運動（小陽踢足球），而且上課時擁有使用原子筆而非鉛筆的自由，令你興奮不已。

八歲是結束一些習慣的開始，比如晚上不再抱著最心愛的玩具睡覺；睡前不會硬要吃點什麼貼胃食物，比如喝熱巧克力；喝東西時不一定要用特定的卡通塑膠杯；游泳時不用游泳圈或浮板（開始覺得不屑）；也不再穿背心（太討厭了，就算是嚴冬，周遭也沒有一個朋友穿背心的……）。但是八歲依然是吃麥當勞快樂兒童餐的年紀。

紫晶鎮沒有麥當勞。基於某種理由，該鎮禁止所有的連鎖店、加盟店、營利性速食商店。不過電視是有的，有電視就有廣告，而鄰鎮搭公車二十分鐘就能抵達，搭得到便車的話還更快。我當時是個年輕的單親媽媽，內疚和溺愛各半，雖然謹守一些原則，但也有通融的時候，這就是為何我們來到這家麥當勞，一起享用快樂兒童餐。小陽快樂地（沒錯，我承認）玩弄紫綠色的怪獸公仔，快樂地咀嚼著裝在硬紙盒裡的薯片，快樂地把杯中的可樂反覆吸到嘴裡，又吐回杯中，一邊偷偷瞄我。

可能再過三、四年，他就會痛恨麥當勞食物，或是開始覺得乏味。到了十二歲，他大概會迷上一些又酷又時髦的地方；出門用餐只願意去那些有吵雜電動遊樂器的餐廳，那些叫做「極端地帶」或「飛射箭頭」的地方；或者他想自己去，或跟朋友去，總之，不會有我。到了十二歲，他可以自己安全地在家裡待上好幾個鐘頭，那時我就可以考慮「出門」了。比如約會，真正的約會，而不是下班後到米喬酒吧打發偶爾多出來的夜晚，聽那些漂泊不定和老愛幻想的人把現場搞得酒氣沖天。他們幾杯黃湯下肚之後，還會曖昧地邀我上床，害我得忙著閃躲。

小陽抬起頭來看我，打斷我的思緒。他把那只傻呼呼的公仔放下來，皺著眉頭問我怎麼了。

沒事，我說。幹嘛問？

你看起來很難過。

難過？

或是生氣。他說這句話時語帶某種哀愁。也許我還在氣早先發生的那件事，或者還有一點不高興。

我的心揪在一塊兒。現在最重要的是把沮喪埋藏起來，拋到腦後，活在當下，小孩都是這樣做的。我說我沒生氣，也沒難過，然後拍拍他的手，將那隻沒有又拿起公仔玩的手放入我掌中。大膽之舉。八歲時，跟母親在公共場所牽手也是禁止的。

接下來換我注意他了。他臉色蒼白。他那一點黑眼圈是我想像出來的嗎？我發現他只吃了一口漢堡，薯片也只吃了一半。

嘿，我說，你還好嗎？

他聳聳肩，這個動作在八歲的密碼系統裡可以代表任何意思：好到不行或糟糕透頂。我早就知道小孩子如果不舒服，常常自己無法意識到，他們不知為何就是無法清楚說出哪裡不對勁。他們可能人已幾乎陷入昏迷，但嘴裡還是嘟囔個不停，或是極度過動（這點就更令人摸不著頭緒了），而把媽媽逼瘋。

你不舒服嗎？

沒有啊。

張開嘴巴伸出舌頭。

他連忙把手抽回去。才不要！

乖乖，把嘴巴打開，我看看你扁桃腺是不是腫起來了。

他手臂交叉，背往後靠，左顧右盼，彷彿他班上的每一個同學都在伺機從角落裡跳出來嘲笑他。不舒服已經很不酷了，如果還被人看到，就更不酷了。被人看到乖乖聽媽媽的話，乾脆撞牆算了。

我問他到底怎麼了，得到的回應又是聳肩。我問他是不是不餓，他點點頭，把食物推到一旁，看看我，又轉移視線，然後說：

你確定阿奇不是我爸爸？他不能當我爸爸嗎？

噢，又來了，那個重大的小問題。內疚、驚慌、悲痛、無助，以及另外一千個單親媽媽再熟悉不過的負面情緒，是她讓步同意來麥當勞的原因，即便吃麥當勞違反她的所有原則。

我冒險戳戳他的漢堡，沒有反應，一般都這樣，漢堡在拖盤上陰沉沉地生悶氣，一點也不快樂。從一側垂下來的鮮橘色起司已經凝固，我出於惡意（因為小陽沒有父親是不爭的事實，弄得我不安又歉疚），決定把那凝塊捏碎。

他立刻領會這個動作的意思。小孩這點很厲害，他們適應性強，很快就能改變情緒。我們一起不屑地破壞這個東西，扳開兩片像溜溜球的乾硬漢堡麵包，抽出裡頭唯一一條醃黃瓜，以每個澳洲小孩（大概是每個地球上的小孩）都尊崇的古老傳統方式嘲弄它，帶著誇張的懷疑表情嗅聞剩下的漢堡料。現在的漢堡不像真正的漢堡，反而更像家裡那塊中看不中用的漢堡磁鐵，總是被我用來在冰箱上固定小陽的新畫作。他提議把慘遭蹂躪的漢堡帶回家，黏上一顆磁鐵來代替原來的，我欣然同意。反正裡頭防腐劑那麼多，也不用擔心發霉。

我們倆哈哈大笑，氣氛輕鬆了些，不過當小陽用大拇指和食指拎起漢堡，另一隻手捏著鼻子，裝模作樣踏著碎步走去垃圾桶時，招來店內員工不滿的眼光，看來我們得閃人了。

但是有比麥當勞還更糟的事情。要是我知道晚一點將發生的事，我一定會繼續坐久一點，我會每天帶他來吃麥當勞。我們推開門，走向公路，車陣緩慢移動，在這種地方，這樣就算是尖峰時刻的塞車了。要是我知道晚一點將發生的事，在我推開門，揚塵的夕照刺入眼底時，我一定會轉身大步走回櫃檯，點幾十個大麥克、幾十公升可樂、十公斤的硬紙盒裝薯片。

7

親愛的黛莉亞：

我已經翻閱無數本食譜，也試了好多次，但還是沒辦法煮出外熟內生的水煮蛋，你可以教我嗎？不知道是不是該去Google查一下。

親愛的單身漢：

你要我傳授的是我最珍貴的烹飪祕訣之一。儘管去Google查吧！我是自己想辦法解決的，相信你也做得到。

我又列了一份清單。我理應要專心做正事的，但對於這份清單卻有一股不理性的迫切感。我寫完後，會放入為女兒準備的盒子裡。

賓客（需要另外列一份名單：現在顯然是辦不到）

喜帖：建議找專業印刷公司

蛋糕：參考食譜（也許外婆會做？）

婚紗：大衛·瓊斯百貨公司的一流禮服？

攝影師：天知道。也許到時候數位相機已經過時了？

外燴：「班尼外燴公司」是首選，但沒辦法的話就找「外燴女王」。

場地：看季節。春夏在後花園是最棒的。

樂師：三人弦樂組（雇用大學生？）

理想上，這份清單還要再過二十年才會用到。理想上，如果由我作主的話，這份清單永遠也不需要，因為我開始覺得婚姻是多餘的。但我覺得把自己的看法強加於他人身上，甚至是（尤其是）我女兒身上並不正確，因此有清單總比沒有好。

婚禮讓親朋好友有機會聊聊近況，也是縱酒狂歡的好藉口，更是讓母女建立一定程度親密感的時機——雖然多數時候是徒增兩人的緊張關係（我可是記憶猶新）。但這樣的人生大事無論如何都不該否定，即便老一輩給的意見很煩人，即便母親不會在場。

接下來許多年，女兒都不會用到這份清單，但這無關緊要，最重要的是她們知道我曾經花過心思。如果屆時她們有辦法在沒有我的協助下籌辦婚禮，不是更好嗎！事實上，我會把這當成重大指標，表示我教養子女的時間雖然是在有限的生命中擠出來的，卻相當成功。

阿奇最近喊我控制狂。應該是那天深夜替他列了送女兒上學清單的隔天，他開始這麼叫的。我坐在書桌前，為年僅八歲的小女兒撰寫婚禮的籌畫清單時，我正視阿奇的指控。小女兒可能一輩子也不結婚，就算結婚我也絕對不可能參加，如果說這一切不是控制狂會做的，那什麼才是？我用筆輕敲著嘴唇，凝視窗外的紫藤，認定艾絲桃不需要這種清單，因為她做事是非常有條不紊的。此外，她小小年紀對於婚姻就已經非常有主見。我是為黛西規劃，不過這份清單具備內建式彈性，要是艾絲桃將來跌破我們所有人的眼鏡步入婚姻，她也用得上。

是跌破他們所有人的眼鏡。

不知道這些清單透露出較多的我還是阿奇。有太多的早上（多到我不想去記），我都在跟他解釋什麼事情需要完成，一直吩咐、指揮、發脾氣、不耐煩，最後乾脆全部自己來。我簡直像是大戰中軍事演習的指揮中心，而非養育兩名幼童的婚姻伴侶。偶爾在沒有我的協助下，他能讓小孩穿好衣服、吃飽喝足（如果洋芋片算是食物的話），還算從容地把她們帶出家門，送去托兒所，最近則是送去學校，但結果從來就不值得：

黛西：我今天忘了帶家庭讀本，所以沒得到好寶寶星星。

艾絲桃：布蕾克老師說如果我沒交回家長同意書，就不能聽大哥哥大姊姊說「夢世紀」[5]的故事。

黛西：我在學校冷死了，你怎麼沒幫我帶毛衣？

艾絲桃：你明知道我討厭吃藍莓鬆糕啊！

這種情況沒完沒了。一個明理的女人所能想到和使用的方法我都試過了：和顏悅色地指出小錯誤（「親愛的，你不覺得黛西的鞋帶應該要綁一綁嗎？」）；像軍中士官長一樣大吼（「你要是不『馬上』帶她們去學校，她們會被記遲到！」）；什麼也不說；什麼都說；站在一旁，假裝忙別的事，但其實一直注意著阿奇，看著他還沒幫女兒拆掉辮子就想幫她們梳頭，或是不了解小孩即便在嚴冬也要人家提醒才知道穿毛衣，看得我內心焦急痛苦；寫清單；不寫清單；什麼事也不做；打點所有前置工作，比如把女兒的午餐都拿出來擺好，他只需要把東西裝進午餐盒蓋上蓋子，然後從冰箱拿出果汁即可。**爸爸今天幫我裝午餐喔！**

但沒有一樣行得通。現在，我祭出最後一張牌。我自知這個伎倆很沒品，我自己都可以感受

5「夢世紀」（Dreamtime），澳洲原住民的神話故事。

到它的狠——多麼沒良心與不公平，絲毫沒有運動家的風範，跟那些堅毅果敢的名女人母親、那些小說中的母親是多麼不同。你永遠也無法想像甘地太太或《塊肉餘生記》裡的米考伯太太，或柴契爾夫人，或《哈利波特》裡的衛斯理太太提早離開人世，留下沒有母親照顧的孩子。首相的妻子（任何一位首相的妻子）、妮可基嫚的母親、《荒涼山莊》裡的慈善家傑利比太太、安潔莉娜裘莉、英國女王珍·富蘭克林女士、老布希之妻即小布希之母的布希太太……她們永遠不會年紀輕輕就死去，留下失恃的孩子。她們也許叫人不敢恭維，也許霸氣十足，或不太正常（狄更斯筆下的所有母親都是），但她們都繼續活著。就連《荒涼山莊》的戴德洛夫人也撐到最後。珍·奧斯汀筆下的班納特太太絕不會拋下五個年輕女兒，讓她們守著棺材哭泣。母親步入死亡是很不光彩的事情，簡直是打破了每一條規則。如果我是阿奇，一定也會忿忿不平。但這是無法改變的事實，況且這當然不是我的主意。

我不確定我不在之後，對家中的運作是否真的會造成影響。**家中的女主人有如軍隊指揮官，或是企業領袖**。我效法伊莎貝拉·碧頓女士，對於家本身、屋內的東西、例行事務，以及住在裡頭有血有肉有溫度的家人，都策略性地處理與對待。而我居然忘記伊莎貝拉·碧頓，這位有智慧、有遠見、博覽群書、創新的女人，這位「年輕」女子，那麼早就香消玉殞？伊莎貝拉·碧頓拋下兩名子女（其中一名還在襁褓中），讓他們再沒有母親的照顧。**她應該要永遠記得，在她建立的居家管理體制裡，她是第一人也是最後一人，是艾法也是奧米加**[6]。

但是阿奇曾讓我火冒三丈的部分，現在卻讓我佩服得很。我指的不是他在晚宴或派對上的調情天份——與乳溝比我更有看頭的女人（當然最近變成只要是有乳溝的女人）打情罵俏；或是他需要一週去一次酒吧，與同性別、同亞種（半職業的橄欖球狂熱份子）的成員聯絡感情，我指的也不是這部分；亦非他固定忘記生日和結婚週年紀念日的部分。如果這場婚姻終告破裂，原因將是具體但微不足道的芝麻小事，比如襪子亂丟，或是忘了幫女兒帶午餐盒，也就是那種對家務這塊織布的漠然態度。這塊布料可能久了會變形或尺寸不合，但是幸虧有我這條線才不至四分五裂：採買物品、支付帳單、女兒的活動、牙醫約診、游泳課、女兒在公園裡閒晃的需求。

然而，現在在阿奇身上我看到一個我極度渴望擁有的特質。也許阿奇對家務的漠不關心是一種克制，表示他有能力自我控制，以及抱持超然態度觀看大局。這是永遠在檢查廚房工作檯上有沒有食物碎屑、冰箱裡的牛奶是否快要見底、洗衣籃裡的髒衣服是否成倍增加的我所沒辦法做到的。

有一次我聽到廣播電台訪問一位名演員，談她破裂的婚姻。當主持人追問離婚的理由時，她簡潔地回答：襯衫。我立刻領會她的意思。襯衫這個符號，象徵已婚女性在婚姻關係中沒有明言卻又不可避免的角色。婚姻協議上沒有一條規定要處理和保養男方的襯衫，但襯衫卻接管了全局，要求清洗熨燙，要求乾淨筆挺地掛在衣架上，準備好下次到職場上出征。唯有堅毅果敢的女性主義者才有辦法抵抗這種襯衫攻擊。

我個人的理由從來就不是襯衫，因為阿奇穿便裝工作，就算出現襯衫的問題，我也不會因此

6 艾法（Alpha，α）是希臘文中的第一個字母，奧米加（Omega，Ω）是最後一個。《啟示錄》中上帝曾說 I am Alpha and Omega.，既是造物者也是終結者，萬物生死時序只有祂知道。

離開他。阿奇雖然在家務方面簡直是盲目無知，但他對我的付出超過我應得的。不過的確有些時候，我能感覺到離開他是可能發生的。他大概從不知道我這些年來弦都繃得多麼緊，現在這條弦即將斷裂。但就算瀕臨斷裂，我還是沒辦法放手不再當家裡的指揮官。他們是怎麼形容我的？就是控制狂。但我懷疑那還不足以形容，還有些什麼是我找不到確切字眼來描述的。

女人從家庭消失時，不知道會發生什麼情況。會有另一個女人自願頂替她的位置嗎？付錢請管家，或是再娶？阿奇雖然偶爾跟其他女人調情，但我無法想像他會急著採取行動，這跟他身為父親的那一面不合。我知道婆婆和我母親都會幫助他，母親的參與可能會比我這個媳婦夾在其中還讓他的日子好過些。一陣子之後，取決於艾絲桃和黛西的反應，一名新伴侶會進入他們的生活，也許接下來就是結婚。我暗自希望是夏綠蒂，也就是阿奇的兼職記帳員。我覺得還蠻合理的；我曾試著跟阿奇談論這件事，但是不了了之。我喜歡夏綠蒂，我欣賞她。她是個沉穩恬靜的年輕女子，正在攻讀企管學位。她處理的是百分比和帳本盈虧結算線，我懷疑她一輩子也沒烤過海綿蛋糕，或是嘗試法式針織。她一週來家裡一次，在阿奇的庫房（也是他的辦公室）角落工作，寄出發票，跟供應商結算帳目，在阿奇看來如謎般複雜的所有稅務作業，她都會先解碼後處理。艾絲桃和黛西愛死了她，如果我和阿奇出門，她們只願意讓她來照顧。要是她嫁給阿奇，我死也瞑目了。

唉，但是這樣也很殘忍。要求另一個女人來陪伴女兒進入青春期，而後步入成年。這個女人得陪伴女兒安度初潮，幫她們買最貴的洗髮護髮產品，教導她們護膚之道，忍受少女對巧克力棒果醬的迷戀或對素食的堅持，假裝了解社交網站「我的空間」是多麼重要。在她們被男友甩掉時安慰支持，收到她們的行動電話帳單嚇得倒抽一口氣，對著她們身上最新的人體穿洞搖頭嘆氣，每天都要讚揚她們的美麗，說自己有多麼愛她們。

殘酷。艾略特到底是怎麼描述的？我找到大學時期買來的《艾略特詩集》，準備用他陰鬱的文字更進一步地折磨自己。但是當我重讀〈荒原〉時，不得不承認艾略特先生說得沒錯：以某種奇異的方式，竟是冬天給了我溫暖。冬天把我裹在冬眠狀態，遠離記憶和渴望的冰冷鋼刃，讓我的靈魂免於在理應溫暖的春天裡被一刀劃開。

一陣疾風猛烈地搖動紫藤花，花瓣如雨點般撒落在露臺上。我敞開辦公室的窗戶，深深吸入紫藤花的香氣。我聽到隔壁蘭伯特先生的手推車卡嗒卡嗒地響。每年的這個時節，他對於花園總是講究得過份，簡直到了執迷的地步。樹葉一掉、花瓣一吹落，他就立即清理，一邊咒罵我那蔓生亂長又會開花的藤蔓；任何卷鬚偷偷穿過籬笆，他就會狠狠剪掉它。他今天沒有在前院除草，大概是在修剪籬笆，那排山梅花籬笆是他的主要攻擊目標。我白天從來沒聞過山梅花的味道，但有些晚上，空氣中瀰漫著濃郁的山梅花芬芳，這不可能光是從蘭伯特先生慘澹可憐如樣本的山梅花散發出來的，因為日子暖活一些時，他每週都把籬笆修剪得整整齊齊。

不久之後，冬天就會淪為冰寒的記憶，風中飄來的花香如此告訴我。可能是種在信箱四周的小蒼蘭，那股花香總是讓我心中洋溢著奇異、不安的渴望，一種讓我心煩意亂又隱隱作痛的期待。可能是因為那股花香包含夏天的允諾，而夏天正是我最愛的季節。記得南岸沿路的鐵道邊和空地上都長著小蒼蘭；其花香讓室內充滿既狂野又撫慰人心的味道，帶來許多暗示與聯想：童年在南岸海邊度假的不愉快記憶；週末跟朋友到度假小屋享受的歡樂時光；我們剛開始搬來時，我第一次幫忙設計、種植、栽培成一座花園的證據。當時花園還不存在，只有一片狹長的野牛草草坪，房屋倨傲地座落在前端。除此之外，就只有一個海爾氏旋轉晾衣架，因年久失修而無法轉動。我們把野牛草除掉之後，發現毀損但還堪用的小徑，以及以往花圃的模糊輪廓，於是把一叢叢的野生小蒼蘭帶來這裡種植。

每年春天，我都會聞到它們散發的第一股芳香，並感到一陣微微的刺痛。除了肉體上的疼痛，那味道總讓我一時情緒激動，不過到底是瀕臨掉淚還是吼叫抑或是大笑，我怎麼也形容不出來。這種季節性的感覺是那麼平常，我總是想都沒想就意識到了，直到現在。我將再也聞不到這些花香，因此精確定義花香帶來的意義似乎很重要。而且不只是小蒼蘭，春天所有的花朵都以明信片上的完美姿態嘲弄我，這跟開始侵占日子的記憶和渴望一樣討厭，它們似乎全都是從死亡國度出來的，那個曾讓我陶醉其中的花園。

我旁邊書桌上的電話響了。

喂？

電話那一頭沒人回應，但可以感受到對方的存在。我猜跟之前是同一個人，也是響了幾聲，我還來不及接起，就掛斷了。

喂？我更大聲地重複，但那頭的存在並不會被吼叫聲激怒。我用力掛斷電話，不曉得到底是誰，來電顯示是私人號碼。

我小心翼翼地把艾略特先生闔上，加入床頭櫃的那一疊書籍裡。它們大概不會回到走廊的書架上了。

親愛的黛莉亞：

唐恩對我很好，而外子為了工作已經忽略我好多年了。你還是沒說花邊桌布該不該漂白，上面除了被紅酒潑到，還有唐恩把酪梨蝦仁冷盤打翻的綠色抹痕。

不知如何是好的讀者

親愛的不知如何是好的讀者：

唐恩、唐恩、唐恩、唐恩。除了唐恩之外還是唐恩，對吧？你為什麼會迷上這些笨手笨腳的男人呢？我建議你斷絕跟唐恩的關係，把心思放在你先生身上。也許他之所以投入工作，就是因為你是那種會鋪花邊桌布和準備酪梨蝦仁冷盤的人。你到底在想什麼？現在已經不是一九七五年了。把古董花邊桌布泡在漂白水裡當然是瘋狂之舉。用大量的鹽和冷水清洗，然後在陽光底下曬一整天。結果如何再跟我說。

8

天色幾乎全暗了下來，傍晚來買附贈電影折價券的快樂兒童餐的家庭蜂擁而至又匆匆離去，現在我覺得可以再度上路了。

我來看看找不找得到米喬。要是他還在，有三個地方肯定能找到他。第一個就是回到紫晶鎮途經的那家咖啡廳。店名換了，我在路邊停下來看到招牌時，以為是故意要搏君一笑的。不過當髮辮飛揚的服務生踩著直排輪把菜單拿到我座位時，我才明白這家店真的是「路斃動物[7]咖啡廳」。她表示今天不供應沙袋鼠。

不過我們有蟒蛇，是炭烤的。特餐是焗烤兔肉，或是你喜歡的話，也有焗烤鼠肉。她微微打個呵欠，同時把嘴裡的口香糖從一側換到另一側。

鼠肉？

兩種都有，土生的和亞洲黑鼠。

噢。

有差別嗎？只有價格不同，她說，目光掃射過整家店，嚼著口香糖。土生的是寬足袋鼬，要五元澳幣以上，沒有列在菜單上，免得有人向公園暨野生動物部檢舉，雖然這真的是路斃動物，而且保證百分之百新鮮……

不好意思，你幾分鐘後再過來好嗎？

開了一整天的車，幾乎什麼也沒吃，照理是會餓的，但是整家咖啡廳包括菜單都變了。這裡以前叫做米喬咖啡廳，就像鎮上的米喬酒吧，雖然兩家都沒有招牌，但大家就是知道。不過在此地找到這種罕見的用餐經驗，我並不意外；這家怪餐廳餵給客戶的主食，就來自他們開過來的那條路。紫晶鎮一直都是這樣，沒什麼事是確定的，這就是過去那幾年我選擇住在這裡的原因。

我又把菜單研究了一番，希望瞥見沙拉或湯。除了吃老鼠令我作嘔之外，公園暨野生動物部的威脅也讓我沒了胃口。誰知道他們會不會在我大快朵頤時，突然來搜查咖啡廳，把我吃了一半的餐點沒收，起訴我吃了國寶或州寶？或是更慘，吃了某個球隊的吉祥物？我考慮把手機打開。

已經過了四天，我寫給阿奇和女兒們的留言，到現在應該是不足以讓他們安心了。我從袋子裡取出手機，瞪著沒有亮光的空白螢幕好一會兒，又放回去。還不要。等到我真正抵達那裡再說。服務生開始惱火了。

米喬在嗎？我問。一個笨問題！我最後一次來這裡時，她大概才兩歲。

米喬？沒聽過，史帝夫可能知道，他是老闆。

可以問問他嗎？

好啊。史帝夫！她喊的聲音之大，害我以為口香糖會從她嘴巴裡射出來。

一名男子從防蠅條狀門簾走出來，把像是沾滿鮮血的雙手往擦碗巾上一抹。

嗨，不知道米喬還在不在，我以前替他工作過。

我跟他買下來了，史帝夫說。但那是十多年前的事，不確定他現在在哪。我是石榴石鎮的人，就是公路再往南開一點，但他可能還在鎮上的那間酒吧。

好，我說。謝謝。

要點餐了嗎？服務生說。

不用，謝了，我說，一邊站起身來。抱歉，我改變心意了。

我再次經過拉撒路車行，那裡沒什麼改變，同樣亂停著一堆破舊的露營拖車，連接車輛的那

7 路斃動物（Roadkill），特指在公路上突然衝出而遭到車輛撞死的動物，在澳洲十分常見。

一端並沒有前車主遺留下來的磚塊支撐。剝落的烤漆彷若提醒著人們那些從未實現的度假憧憬、計畫，與夢想。

大約二十年前客運把我放下來時，那裡沒有設站。司機說他只能載我到這裡，但我只要在路邊等一等，很快就會有人開車經過，順便載我去鎮上，幾公里就到了。他似乎胸有成竹。

我等了一個小時，又熱又渴，於是開始用走的，最後來到拉撒路停放車輛的院子。老闆同意在五點鐘打烊後載我去鎮上。他把我放在「翠鳥旅社」，主要商店區只在一個街口外，破舊的程度剛好讓預算有限的旅客負擔得起。

隔天一大早我就開始打聽范恩的下落，三天後我退房回到拉撒路車行。這次我打扮得比較體面，走遍整個場地，仔細探查院子裡擠滿拖車的各個角落，把大概連老闆都早已忘記的拖車打量一番，結果瞥見我所見過最可愛的露營車，漫畫書裡才會出現的。車頂是圓弧型的，鋁製，顏色是黯淡的天空藍，停放在這片車輛墓園的草皮中央。大多的車輛都破舊不堪，這輛也是舊拖車，但看起來還堪用。

多少錢？我問他。

那輛？對你沒什麼用處，他說。不能開去旅行，就算能開也開不遠。

開到鎮上可以嗎？

這個嘛。他用手抓抓綁著紮染頭巾的頭。鎮上有個露營地，住了一些人。有些是來度假的，還有二、三個住在露營車裡的老人家，老闆是個叫米喬的傢伙。

我要在這裡待一陣子，我說。需要地方住。

他看看我又看看那輛拖車，然後視線回到我身上。

那個人還算正派，他說。你租塊地方，他應該不會算你太貴。

我凝視著拖車。那微彎的弧度，修理無望的老舊，單純希望的氛圍。我又問他多少錢，他過了好一陣子才說澳幣一百元賣我，算是我幫了他一個忙。

我可以幫你拖過去，他說。

於是當晚我成為拖車車主。這輛澳幣一百元的拖車，裡頭除了床架上的一張薄床墊什麼也沒有，我沒有毛毯或毛巾地勉強度過了第一晚，隔天才去買齊。拖車好幾年來都緊閉著，所以裡頭沒有想像得髒。我打開車門，撬開這個娃娃屋兩側的窗戶，沉滯的空氣很快就消散了。週末我到鎮上主街幾趟，來回都是用走的，逐漸把必需品補齊。這時發現，當你把生活簡化到只剩最重要的東西時，所謂必需品真的不多。我最需要的是書，到了我準備生產之際，二手書店買來的書已經多到可以沿著拖車內部排成一圈了。這就像住在一棟舒適的小屋裡被書籍包圍，讓我備感安全。

9

親愛的黛莉亞：

你有沒有結婚蛋糕的好食譜？我試過好幾個，但都覺得太乾又沒什麼味道。

新娘的母親

親愛的新娘的母親：

當然要放水果乾。黑葡萄乾、白葡萄乾、糖漬橘皮丁。喜歡的話再加點甜醃薑、紅糖、麵粉、香料……唉呀，看在老天的份上，我需要每個都寫下來嗎？你當然可以自行解決。別問我幾公克或幾杯幾匙，那會煩死人，而且那可能就是你做蛋糕屢屢失敗的原因。還有，試過「好幾個」？你到底辦了幾次婚禮啊？

現代人當母親太容易了。

我在這裡苦惱著女兒至少還要再過二十年才會舉辦的婚禮，拿不定主意是要用亞麻布餐巾（比較有格調，但也要花更多力氣清洗），還是配合她婚紗顏色（會是最淡的粉紅色，偏奶油色的粉紅色，有如白桃的果肉）的紙餐巾。用紙餐巾格調差很多，但比較省工夫（不用熨燙）。我想到珍．奧斯汀筆下的班納特太太。

養育女兒的遊戲已變成血腥競賽，每當我碰到棘手情況時，經常會想起班納特太太。班納特太太的女兒可能對母親比較尊敬有禮，可能不會在房間裡花上幾個小時把黏膩的化妝品厚厚地塗滿整張臉，不會一再重複看同一本《少女之友》或《完全女孩》雜誌，或是聽地下龐克樂團的音樂；她們或許也不會剛學會自己扣鈕釦時就堅持打扮成雛妓的樣子，不會從八歲就開始拒絕吃肉，不會在青春期前就要求把肚臍穿洞。話雖如此，我得承認我養育女兒的經驗輕鬆許多。

首先，她有五個女兒，我只有兩個。而可憐的班納特太太一生的使命，就是把女兒養大後，把她們嫁給適合的金龜婿。我雖然在策劃婚禮，但這個時代尋獵好丈夫的項目早就不列在工作流程裡了。黛西要不要結婚隨她高興，但珍、伊莉莎白、瑪莉、凱蒂、傻丫頭莉蒂雅可就沒這種自由了。沒錯，珍和伊莉莎白可能有選擇的餘地，而且伊莉莎白還完全不顧母親意見地行使自己的權力，拒絕柯林斯先生唐突的示好，也拒絕達西先生令人震驚的首次求婚。但不管是她，還是奧斯汀筆下的任何女主角，都不會屈身隨著人生伴侶住到倫敦東區的畫家工作室（倫敦東區如此粗俗不雅的貧民區，我猜得沒錯的話，奧斯汀的畢生之作裡沒有一次提過這個地方），也不會嫁給在公車上偶遇或星期五晚上在酒吧邂逅的男人。

沒錯，班納特太太有佣人幫忙，我一個也沒有，但她的責任遠大於我。我不必讓一家大小都遵守嚴格的社交和家務行程過日子。我們不用費神耗時地拜訪同一教區的老處女，或是忍受上流人士紆尊降貴的到訪姿態。我們晚上可以慢慢享受任何喜歡的書，比如童書《柳林風聲》或《野獸國》，不管我或她們之於這些書是否已經太老，我們還是一讀再讀，百看不膩。沒錯，餵女兒營養均衡的食物、檢查她們的作業、帶她們參與一些課外活動（比如艾絲桃上籃網球課，黛西學直笛），以及確保她們沒有看太多電視，這些都很重要。等她們年紀夠大時，還得警告她們不要去做不衛生的人體穿洞，以及教導使用保險套的重要性（如果還我在世的話，不過也許夏綠蒂會跟她們說——她們不會聽外婆琴恩的話）。

但可憐的班納特太太有責任讓她所有的女兒都精通社交舞、紙牌遊戲、針線活；至少一位（瑪莉）緊抓著鋼琴、義大利歌曲、蘇格蘭樂曲幾個領域學習；她們全都得在客廳和會客室表現得體，都要熟悉華特・史考特爵士的歷史史詩。她務必讓每一位女兒的皮膚保持潔淨、細緻、白晰，腰圍要在標準的二十四吋以下，她們的頭髮要保持捲曲（我敢說莉蒂雅一定會想剃光、弄成刺蝟頭或挑染，或是三種都來）。眾女兒在教堂或餐桌上的儀態、姿勢、舉止，以及散步至村裡的男子服飾用品店時的行為（莉蒂雅一定做了紋身和肚皮穿孔），班納特太太都有責任。她得訓練她們在各式各樣的情境中（上至跟教區牧師說話，下至吩咐廚房女佣），都能夠言談有禮、內容得體。她得教導她們解手（不用粗俗的字眼而有失莊重）、月事（連血都不會提到）、夫妻之間的性關係（而不能提到親密的肉體行為，更不用提講出陰莖或陰道等字眼，連「想」都不行），然後發起和監督規模龐大、耗神費時的事業，也就是尋找身體裝有那不可提到之器官的合適男人——這就是女人存在的完整原因、一生的頂點、活著的正當理由。可憐的班納特太太啊！養育女兒是件龐大的任務，然而她在許多職責上的確沒做好。在五個女兒裡頭，我看連大女兒珍都沒有把鋼琴彈好（雖然我認為莉蒂雅會去學打鼓）。五個女兒沒有去上學，也不曾請過家庭女教師，她們的教育程度顯然是未達一定水準。不過班納特太太絕對是盡了全力，而她碰到的最大困難之一，就是那位把自己關在圖書室裡的丈夫對她的幽默挖苦，以及和顏悅色卻置身事外的態度。

當她不滿時，就會想像自己神經快要出問題了。她的畢生事業就是幫女兒們找個好歸宿，她的畢生慰藉就是串門子和打探消息。

跟班納特太太擔負的責任比起來，我一週帶黛西去上一次半小時的直笛課，的確算不了什麼。讀者可能會誤以為班納特太太是膚淺愚蠢的女人，她那位總是一本正經地嘲諷挖苦的丈夫，則是鋒芒內斂、長期受苦的男人；但班納特太太是女中豪傑、母親之最、無價珍珠。我光是考慮要用亞麻布還是紙餐巾就已經頭昏腦脹了，但是意志堅強一心要幫女兒找到好歸宿的她，從女兒還在搖籃起，面對的可是一整盒骰子的排列組合。而且還要乘以五倍。

為什麼我還要思考婚姻這件事呢？我真的渴望女兒嫁人嗎？我現在一心一意要幫黛西策劃婚禮，無疑地跟自己當初結婚的情況有關。我和阿奇當然已經結婚，只不過是合乎政治正確和世俗正確的登記結婚，沒有鋪張華麗的婚禮。我們摒除一切冒犯女性的性別主義象徵，比如白色頭紗和新娘花。我們不唸包含「順從」等字眼、具貶低意味的結婚誓言。然而，由於除了證婚人之外，沒有親友觀禮，我們便沒有義務引用神祕黎巴嫩詩人的詩句，或是請人演奏室內樂。

我開始懷疑在心裡構築一位想像中的完美丈夫（那種要是真的存在，你才不會拿來當丈夫用的丈夫）是不健康的。我現在願意承認，完美的丈夫就像一名妻子。我經常渴望有個妻子。有那麼一剎那，我渴望有個妻子，一個會倒茶給我，然後去晾那些我知道在經過離心力脫水後會皺巴巴貼在洗衣機內側的衣服的妻子。我渴望像我這樣的妻子。然而，我現在累了，做家事也做煩了（這點我得承認），而家事在以前從來不曾讓我費心、覺得困難，或神祕難解。

但現在是否因為把成堆的衣服拿去洗衣機清洗、晾乾、收進來、燙平摺好這種事做了太多年，還是不斷增加的怨恨像有毒化學物質流遍全身，而我試圖把它排出體外，或只是過於疲累和忙碌，我再也無法分辨了。我只知道今天撰寫清單時，洗衣機裡頭的衣服不急著晾。

親愛的黛莉亞：

關於結婚蛋糕，我恐怕需要更精確的材料清單。你建議我烤多久？希望你能幫助我。

新娘的母親

親愛的新娘的母親：

結婚蛋糕就跟婚禮一樣，主要材料是希望。你抱持希望是正確的。希望能讓婚姻長長久久。自己試試看吧，你一定有辦法的。

10

紫晶鎮的鎮中心是塊窪地，街道從各個角度匯集到主要道路，也就是商店聚集的地方。沿街都是高聳的樹木，小鎮的西部是空間開闊的溫帶植被區，一條慵懶的河流從容穿過其中，沿岸長著柳樹和蘆葦。到了秋天，這個地方美如仙境。氣候涼爽時，這裡完美至極，到了夏天，又因為處處濃蔭，讓人有涼爽的錯覺。進入鎮上，主街兩旁林立著巨大茂密的棕櫚樹，到了傍晚，上頭擠滿色彩豔麗的鸚哥，貪婪地吱吱亂叫爭奪果實。牠們放肆地在街道上衝來衝去，害我開著車子得左閃右躲，免得撞到牠們。

「天堂樂園」汽車旅館的小型家族事業還在同一地方經營。他們的房間安靜寬廣，種滿棕櫚樹的前花園有座游泳池，我把車靠邊停下時，發現還有一隻友善的看門犬。這隻當然不是我十幾年前看到的那隻，否則牠一定超過十六歲了：拉布拉多犬能活那麼久嗎？櫃檯的女子並不眼熟，但她說經營旅館的還是同一個家族。

你從雪梨來的？

不知為什麼，北方人總是看得出來。

對，我說。我十幾年前住過這裡。

噢，你來度假嗎？拜訪親戚嗎？

差不多啦。

我辦完入住手續進到房間，把包包丟到角落，自己則倒在床上。我在那裡躺了好久，休息和想事情，直到天色變暗，我只好爬起來開燈。

我在米喬酒吧的二樓找到他，看來他在面試一名新的鋼琴師，當我發現是面試時，連忙躡手躡腳地走出去，但他揮手示意我留下，也沒問我想喝什麼，就幫我調了一杯飲料。

這是克里斯，他朝著坐在吧檯的男子挪挪下巴。他可能會在這演奏。

克里斯伸出手朝我的握一握。從側面來看，他曬成古銅色的臉孔是削瘦的，但他轉過頭來，我才瞥見另外半張臉有一塊雜色胎記，顏色比較像覆盆子而不是草莓，從他的鼻翼延展到耳朵，消失在他黑色的鬈髮之下。他繼續說話。

我會開放點歌，但有些曲子我是不彈的。

成。米喬說。

像《請牢記在心》。

好。

還有《風中之燭》。

瞭。

尤其是《鋼琴師》。記得，我不彈比利喬的曲子，一個音符也不彈，否則我出了那個門再也不回來。

好，我沒意見。

我往米喬瞄一眼，他口頭上異常順從，但看起來卻不是這樣。他袖子捲到手肘，正在擦亮玻璃酒杯，不時舉起來對著燈光誇張地檢視一番，看起來是腦子裡想著其他更重要的事情，懶得理會耍大牌的鋼琴師願意委屈自己彈什麼曲子。

克里斯似乎鬆了一口氣。他停頓一會，啜飲一口飲料，再補充一下。

除了那些之外，我幾乎什麼都能彈。搖擺風格、爵士、酒吧音樂、鄉村歌曲、藍調，隨便你點。巴哈、利伯洛斯、米爾斯太太，看你喜歡誰都行。

米喬停下手邊的擦拭問道：卡車音樂呢[8]？

可以啊，為什麼不行？你要我哪幾個晚上來都行，但當然不是每天，偶爾晚上也要休假，比如說聖誕夜什麼的，總之我白天是不做的。

反正我四、五點之前也不常營業，米喬說。除非是大型集會。

噢，這個嘛，又另當別論了。婚禮、訂婚、二十一歲慶生會，我是不彈的，受不了那些人。他們期待你能彈地球上的每首曲子，而且要是你不一口氣彈個幾小時的伯特．巴克瑞克鋼琴樂曲，他們就給你臉色看。

米喬聳聳肩說，他們通常自己請人演奏。葬禮呢？偶爾會有人來這裡辦葬禮，通常人都不多，不過愛爾蘭人和島民[9]的葬禮往往稍微長一點。

葬禮倒是可以。蕭邦，沒問題。愛爾蘭醉酒歌啦，《丹尼男孩》啦，我都行，我喜歡葬禮。

克里斯站起身來，看一下手錶。他俐落地套上夾克，向米喬伸手一握。

明晚大約……米喬還沒說完。

大約七點，可能七點前就能到了。克里斯向我道別後離開。

我望著米喬，把飲料舉到嘴邊。問他問題不管是直接或間接，得到的絕對是徹底且永恆的不知道。要從他那裡打聽任何消息，只有等待、聆聽、觀察。不幸的是，米喬是如此慷慨的店主，這就表示幾個小時下來你將灌下大量的酒，而且後勁都很強。我在那裡偶爾可以一個小時只慢慢享用一杯他特調的瑪格麗特，但若要待上一整夜可就難熬了。一旦他發現你喝得太慢，會過來拿走你手上沒喝完的這杯，倒入水槽，再幫你調一杯不同且更能化解你煩惱的飲料，比如鳳梨德貴麗雞尾酒，而且三倍濃烈。坐在這裡一杯接一杯的唯一好處，是你的舌頭逐漸麻木，他的話匣子卻慢慢打開，彷彿喝酒的人是他，不過除了苦檸檬汽水外，我從沒看過他喝任何酒精飲料。這麼一來，小鎮裡外各色人士的消息都進入你的耳朵。太美妙了，如果你隔天還記得住任何內容的話。

這是個安靜的晚上，只有六、七個老顧客聚集在窗邊的幾張桌子。吧檯上放著一只鳥籠，裡頭的金絲雀睡意朦朧地發出長笛般的鳴聲。米喬身後的牆上，成排的大片鏡子映照帶有柔礦顏色而鮮少使用的異國烈酒和調酒飲品（薄荷甜酒、石榴糖漿、加利安洛香甜酒）。我後方敞開的窗

---

8 卡車音樂（Trucking Songs），鄉村音樂的一種。

9 島民（Islander），指西太平洋八十多個島嶼上的居民移居到澳洲之後的後代。

戶吹進溫暖的微風，薄紗窗簾隨風飄動，一會兒鼓脹出去，擁抱盆栽裡的棕櫚樹，一會兒又輕巧無聲地退回原位。

此刻，我就能了解是什麼讓世世代代的男人坐在酒吧啜飲啤酒，配著低沉單調的電視聲做背景。這是個庇護所，沒有人會命令你做什麼或問你問題。這是與外面世界隔絕、具有保護作用的地方，但你想要有人聊天作伴的話，這裡又是公共場所。這裡沒什麼要求，一個人可以自在地漂浮著，不需擔心、沒有期限的壓力、沒有時間表，也沒有承諾，但也讓他們的女人拿他們沒輒而抓狂。

我保持沉默，米喬轉過身去，他把酒杯排放在架上或順平抹布時，我們會從鏡子裡短暫對看一眼。在他倒一杯啤酒給客人之後，我說話了。

嗯，克里斯是什麼背景，他是哪裡人？

但米喬彎身打開其中一座冰箱，慢慢打直身子後才開口問我。

過了這麼多年，是什麼風把你吹來啊？

他問話的語氣，暗指他對回答不感興趣。他不需要答案，他知道我為什麼回來。

你去看你那輛拖車沒？他繼續問。

還沒，明天再去，我說。

也該是時候了，你不覺得嗎？

我知道。

他船長帽下方的鬈髮轉灰了，臉上的皺紋也更深了，但不管他到哪裡，我都能立刻認出他來。

除了把你那幾箱東西寄去，這該死的十幾年來，我都不知道要拿你那個地方怎麼辦。還有，他又說，你臉色有夠糟。

我知道，我說。雙邊乳房切除手術往往讓你臉色悽慘，尤其又有次發性腫瘤，就把肝也切掉了，反正沒完沒了就對了。這好像加量大餐，永遠也吃不完。

米喬終於露出驚訝的表情。他放下正在擦拭的玻璃杯，把抹布往旁一甩。

唉呀，黛莉亞，我一直都知道你會回來，但不是這個樣子啊！

誰又能料到呢？

他凝視我好一會兒，彷彿要把十幾年來發生的一切都汲取出來。

你應該還是沒找到小陽的爸爸吧？

沒有，從來沒有。

我第一次見到范恩的那一晚，就深深被他迷住。他在三人樂團裡擔任吉他手，為小型聚會獻唱，偶爾即興講一些趣事和笑話來娛樂聽眾。他們只是大學生組成的三人樂團，現在回想起來，與其說他們成熟老練，不如說是大膽無畏，他們的技巧不夠純熟，卻用熱情活力來彌補。不過那時候我才十六歲，是過著平淡、保守日子的青澀少女。他二十二歲，比我認識的那些十幾歲男孩子還迷人自信許多。那些男孩子就只會粗里粗氣地吼叫和做出抽筋般的怪動作，你要是和他們出去，他們買一瓶「冰鎮島嶼」請你就以為自己很慷慨，接下來整個晚上都把你晾在一旁。

那是間咖啡廳兼酒吧，我不該去那種地方，但那天晚上，我們足球校隊在大學的操場進行比賽，我偷偷溜開，漫無目的走到了新鎮。此處燈光昏暗，吧檯上有熔岩燈，每張桌子上都點著蠟燭。我聽了一會兒音樂，鼓起勇氣走到吧檯。我點了一杯葡萄酒，把一塊錢交給看起來剛嗑過什麼而神情恍惚的酒保，這時身後有人對我耳語。

你「確定」你滿十八歲了？

我轉過頭來，見到了他的手。距離那麼近，他滑順的頭髮和整齊的鬍子特別明顯，雙眼在金棕色的頭髮下似乎燃燒得更熾亮了。我的第一個念頭是他看起來像耶穌基督，第二個念頭是這個想法多麼愚蠢，因為沒有人知道耶穌長什麼樣子。

當然囉，我撒謊。

我很高興引起他的注意。他端著一杯酒跟著我回到座位上，自顧自坐了下來，我興奮地全身顫抖。他自我介紹。

范恩，我說。很特別的名字。

噢，這名字是我改過的。

你改的？可以自己改名字？好酷喔。

我父母叫我伊凡，所以幾年前我就改成范恩，范恩．莫里森[10]的范恩。跟你說，這名字反映了我的性格。

噢，這樣啊，我說，假裝知道范恩．莫里森是誰。

你喝什麼？他問，雖然一看就知。

摩薩爾白酒。我輕啜一口，太甜了，但母親在家裡總是喝利達民酒莊的摩薩爾白酒，所以我只能想到這個。

老太婆喝的，他說。你該試試這個。

他喝的是傑克丹尼爾威士忌加可樂，滔滔不絕地說話，我一直看著他，心裡既羨慕又崇拜，沒注意到他只談自己。他主修音樂，但延畢了好幾年，他覺得學校老師保守又無趣，練習是十足的苦差事，課程的設計會扼殺真正有才華的學生。他跟我聊內心話，說演奏具有自己風格的音樂，能帶來更深層的「創作滿足感」，我非常同意。

隔週週五晚上，我又來了一趟，然後我們回到他在大學附近與人分租的連棟房屋。那個週末我沒有回家，母親氣壞了。

范恩的神祕感隨後只有增加而沒有減少。他嘲笑我母親的美髮師工作，也笑我畢業後想當老師或圖書館員的模糊憧憬。他父母是馬戲團的表演者，住在北方一個很有個性的小鎮，一個以馬戲團聞名的小鎮。這在我聽來充滿了異國情調，但他堅稱那只不過是另一個小鎮罷了，而且他覺得被馬戲團限制：他是音樂家和歌手，不是新奇雜耍活動的表演者。他十六歲時離開了那裡。

我原本就隱約覺得自卑、覺得錯失了什麼，現在感覺更加強烈。我開始花更多時間跟他在一起。我太熱切地想當他的女友，急於擁抱他那揮灑才華帶來滿足感的世界。

我過了許多年才明白這全是帷幕和鏡子，是華而不實的東西，混凝紙漿做的飾物，障人眼目

---

10 范恩．莫里森（Van Morrison, 1945-），本名喬治．伊凡莫．里森（George Ivan Morrison），出生於北愛爾蘭，作詞、作曲、演唱外，還能演奏八種樂器，為音樂全才，搖滾史上的傳奇人物。

的煙霧機。他的馬戲團背景、他所做的事情（假裝和范恩．莫里森是同樣水準的藝術家），全都是假象，雖然對於表演是必要的，但是對於真實生活是危險的。

我在他的家鄉紫晶鎮生活時，沒有什麼是夢幻的。當個小媽媽是非常具體的現實，有時候真實到令人痛苦。我不時想搬回南方，回到繁榮的都市，在那裡，小孩無父、無母、有好幾個父親，甚至兩個母親，都稀鬆平常。或是回到郊區，回到母親附近。雖然我曾寫信給她，讓她知道我住哪裡，小陽出生後又寫了一封通知她，但我清楚表示不要任何幫助。范恩的脾性她當初一眼就看透，這讓我更難面對她。小陽逐漸長大，我偶爾寄照片給她，再附上便條。當時我獨立又有能力，但是年紀輕得叫人心疼。其實是我不知道自己想從母親那裡得到什麼，我不覺得欠她一聲道歉，但內心知道她也不欠我。她和范恩沒見過幾次面，因為范恩討厭來我家。我第一次邀請母親去酒吧看他表演時，她提早離開，而且拒絕再去。她痛恨范恩拿嗑藥當消遣的惡習、模糊不清的抱負、日夜顛倒的生活，甚至是他的飲食。她質疑他的過去，輕視他不合常規的家庭，嚴厲批評他的音樂才華。我十六、七歲時，只要是母親不喜歡的，我都歡欣擁抱。

我離開雪梨往北旅行，往范恩成長的小鎮前進。我們沒有吵架，沒有當眾鬧翻，沒有跡象顯示他要離開，因此我不相信他就這樣拋下我。他一定會回到紫晶鎮的家，這點我相信，我需要相信。他來自馬戲團，馬戲團因子是會留在血液裡的，會一直召喚你回去，他跟我這麼說。此外，天氣逐漸轉冷，我到比較溫暖的北方也好過冬。我會找到范恩，說服他我們是天生一對，然後把小孩生下來。我抵達時，發現這個地方到處都是他曾不存在的痕跡。馬戲團沒有他，他們家可能是從以前到現在唯一永遠離開紫晶鎮的馬戲團家族。但是過了幾個星期，在露營拖車裡安頓好之後，我卻想長住下來，一方面也是不願意回去面對我的失敗。失敗有好幾個：朋友拋下我上大學唸書；終究證實了母親是對的，而她卻那麼體諒明理，想讓我在做錯了這麼多事之後還感到好過；她幫我忙時（母親一定會幫我忙），我被自己內心的感激洗滌；我拉不下臉，自尊心將我生吞活剝。

我一在紫晶鎮安頓下來，就發現自己並不牽掛那個我僅生活短短十幾年的城市。我依然準備好隨時去冒險，也熱切渴望獨立，覺得自己不管去哪裡、做什麼，獨立的渴望會一直支撐我。再過幾個月就要臨盆了，我會成為最好的母親。小孩的父親不在身邊，但我不只要彌補這點，甚至還要做得更好。我的小孩將在這裡出生，屬於這裡，就算他父親永不回來，至少他會是在家鄉長大。

有好長一段時間，我心中都充滿年輕人的傲慢自信，深信情人對你的渴望就跟你對他的程度相當，深信范恩遲早都會想要我和小寶寶的，他會發覺回家的前景美好得不可抗拒。經年下來，一部分的我仍相信這點，雖然絲毫沒有跡象顯示他會回來。范恩的父母搬到更北邊了，而姑媽最近搬到海岸邊的康復醫院。他留在鎮上的家人只剩地底下的那幾位。我擁有的一切就是小陽，以及盡可能把一切做好的強烈決心。

11

親愛的黛莉亞：

好吧，結婚蛋糕這件事就算了，但還有一件事情想請教你。我女兒打算戴我那條年代久遠的白色花邊絲質頭紗，但上頭有些褐色污點，褶邊也發黃了，我該拿去漂白嗎？

新娘的母親

親愛的新娘的母親：

絲是絕不能漂白的！買一些老式的黃色洗衣皂，把頭紗放到桶子裡洗，最好是在天氣晴朗的時候拿到戶外洗。加半杯白醋到水裡，用這種水清洗乾淨，放進毛巾裡捲起來去除水分，再平放在草坪上曬。等它吸飽日光，就會看起來很漂亮，所以接下來就讓太陽去忙吧！

春天來臨，表示隔壁的蘭伯特先生開始進行嚴密且例行的草坪維護工作。他每週一早上一定在前院認真除草。我不用到外頭的籬笆看過去，就知道他在做什麼：平趴在草坪上，用老舊的削皮刀挖出野生植被。蒲公英、翅果假吐金菊，以及其他不明雜草固定用這種方式拔除。蘭伯特先生是退休的稅務會計師，我確定他整理草坪時精準又不苟言笑的態度，跟他計算數字是一樣的。整個夏天，他的草坪都保持著最青翠美麗的草坪才有的藍綠色，直到冬天才轉為褐色。他前院種鹿蹄草一定有他的理由，但我還是想不透，因為鹿蹄草到了秋冬會變黃。也許這種草比較聽話，比較不會為鳥兒和微風帶來的野草種子提供難民庇護。蘭伯特先生幾年前搬來不久，即展開庭院環境的整肅工作，而且格殺勿論——常亂七八糟長出一堆果實的棕櫚樹，其果實被風吹積成堆後總腐爛發臭；纏繞籬笆的藤蔓，如牽牛花、毛茉莉、懸星花；灌木叢和銀樺；後方一棵碩大的香樟樹。這些全部斬除、砍成幾截、劈成木片、用護蓋物覆蓋、搬開移除。

蘭伯特太太已經過世。他從不願意跟我透露更多訊息，只提到他有個兒子、幾個孫子，但我知道他們很少來看他。不知道要是他太太還活著，他對花園的態度會不會和善一些。但是我對她一無所知，無法斷定。經年下來，我和蘭伯特先生只交談過幾次，最近則是一次也沒有。但他曾說他不喜歡樹，太亂了。他把前院的金合歡樹換成七里香，准許單叢非洲愛情花在前門臺階旁安份地悠閒度日。他最後一回整肅花園，是挖掉前草坪，換成鹿蹄草。他愛憐地用手播種，勤奮不懈地澆水，首先是用細緻的噴霧器，才不會驚擾到種子，後來改用澆水容器。不到幾星期，就長成如絲絨地毯般的一片灰綠色草坪。

身為草坪專家的阿奇觀察整個過程，既羨慕又不可置信。如果你打算利用草坪，草坪好處多多——給兒童嬉戲玩耍、夏天在後院用餐，或只是坐在那裡凝望著舒緩人心的一片翠綠。如果有足夠的水源能維持照料就更好了——但現在誰有呢？蘭伯特先生的草坪，跟他的小屋子比起來占極大的比例，但卻連主人經過時都很少得到他的一瞥，當然他照顧草坪的時候除外。房屋前側的捲簾窗大多時候都安全地緊閉著，他從不在那狹小的前門門廊上坐坐，也從不在草坪上休息。然而，他永遠在替草坪澆水——在限水時期則用手澆，無止盡地往返水龍頭與草坪之間，讓每一公分的土地都吸足了水份；他施予液體肥料；用高級的滾動釘齒耙幫草根通氣；他趴在上頭，把每株有嫌疑的植物都斬草除根；他滾平草地，彷彿那是專門讓人玩滾木球的草坪。這片九公尺長、七公尺寬的草坪，大概是我和阿奇見過最完美的，但它的主人在整理時如此百般呵護，卻在其他時間忽視不理。我從來沒看過任何一件事物，對一個人的生活是如此必要又如此不相干的。

蘭伯特先生的後院應該還是鋪著卵石水泥板的一小片荒地，使得其上的一組塑膠桌椅特別顯眼，幾張椅子永遠往前斜靠在桌緣，整組桌椅用塑膠罩布覆蓋。我其實不確定，因為自從他安裝「潔面恆麗」鋼板來阻撓偷窺狂之後，我就再也不能從籬笆看過去了。他甚至拆掉旋轉式晾衣架，換成可以整齊摺疊收納的柵欄。最近，我們家種的蓬萊蕉葉膽大包天地停歇在籬笆上，結果被他一一斬首。阿奇發現他把砍下來的部分丟回我們這頭，覺得他拿無辜的植物出氣實在過份，在我好言懇求之下，阿奇沒有把那些蕉葉再丟過去（換做之前的我，也會怒氣沖沖地把蕉葉再丟回去的），只好退而求其次，把葉柄插在籬笆旁邊，希望枯萎的葉子至少能夠讓我們的鄰居感到羞恥。

這是在外頭花園裡閒晃的好日子，而非絞盡腦汁地回想以前在睡夢中都會做的水果蛋糕的製作過程。要寫下蛋糕食譜，就得回想材料和步驟，這可難倒我了，因為我總是憑直覺做。我以前從來沒寫下這份食譜，更不會去想精確的重量和度量單位。我做水果蛋糕的次數不計其數，但到底用了多少公斤的水果乾？葡萄乾、紅醋栗、糖漬橘皮丁、堅果的比例各占多少？我加了櫻桃嗎？是兩瓶白蘭地，還是一瓶白蘭地加一瓶蘭姆酒？就算身體健康，要回想這些瑣事也非常耗神。我暫停一會兒，轉而整理辦公室，然後走到窗邊，把窗戶開到最大，吸入美妙的花香，讓肺部脹滿香氣。側面籬笆上新冒出的茉莉花散發出細緻溫暖的香味，盛開的金合歡散發出辛辣的氣味，紫藤花也從藤蔓上噴出大量花香。

對呀，紫藤花。我把隨手記錄婚禮點子的便條本找出來，在「場地」項目下加上「植物園」。那裡的紫藤花繁葉盛、賞心悅目。黛西會看起來像個天使，淺色的長禮服（粉紅或淡黃或淺紫）襯托她流瀉而下的金色波浪長髮。草坪翠綠青蔥而生氣蓬勃，天空是清澈鮮明的藍色，整個背景跟她的古典美形成絕妙的對比。

我想得太美好盛大了。屆時二十五歲左右的黛西可能會理個小平頭，頭髮染成深藍色，老是穿著黑色休閒褲和刻意撕裂的襯衫。這就是我那個心思永遠放在娃娃、寵物，以及所有毛茸茸事物上的甜美女兒；那個喜歡跟凱蒂睡（如果我還繼續讓她抱著雞睡的話），與三隻寵物鼠玩辦家家酒，並把其中一隻整天放在口袋裡的寶貝女兒；那個懇求我讓她養小鴨，但退而求其次，買來一組玩具鴨一起洗澡的可愛女兒。無庸置疑，她到時候一定會發現自己真正的性向，與一名愛爾蘭女子墜入愛河，共享她對身體穿洞、狗狗選美賽、一日制板球的熱愛。我在這份清單上，愈是增加桌面擺飾和座位安排的細節，我就愈肯定這場婚禮是永遠不會舉辦的。也許會比較接近只是一種託付的儀式，地點可能充滿諷刺意味，如舊時的「停屍間車站」[11]，或是達令港的一家「飢餓傑克」[12]漢堡店，伴郎伴娘是一群繫著紫色領結的狗（肯定是斯塔福郡鬥牛梗）。但如果真的舉辦婚禮，至少清單能夠作為基本依循。萬一黛西需要，我至少盡了一分力。

我考慮幫她烤個幾十年也不會過期的結婚蛋糕（我想起來了，是白蘭地和蘭姆酒各半瓶），但除了購買原料、攪拌混合、塗上糖霜實在太費工了之外，這也將證實阿奇對我的看法——我的

11「停屍間車站」（Mortuary Station），位於雪梨市區，舊時運載棺木的火車從該站出發前往盧克伍德墓園，後來停用，近年來成為大型集會的場所。

12「飢餓捷克」（Hungry Jack's）為連鎖速食店「漢堡王」（Burger King）在澳洲的名字。

確是個控制狂。所以我留給他們結婚蛋糕的食譜就好，想辦法把記憶從腦袋裡抽出來，按部就班寫成文字。搞不好我還會傳給「新娘的母親」。

我把清單放一旁，開始處理正事。除了「新娘的母親」之外，還有十封電子郵件等著我回應。

親愛的黛莉亞：

記得之前我寫信問你購物清單的事嗎？我和我那位高爾夫球友都看了你提到的那本碧頓女士的書，現在我們考慮要不要把家裡的東西都編成目錄。比如說亞麻布製品和陶器，以及珠寶首飾等等。這是為了孩子和孫子的方便，當然也為了保險。

迷惘的讀者

親愛的迷惘的讀者：

如果我記得沒錯，你也說過你們倆都六十五歲了。到了這個年紀，你們真的想讓更多的文書工作填滿生活嗎？

12

在紫晶鎮的第二天，我待在汽車旅館裡。外頭的天氣宜人舒適，北部的秋天可真叫人喜歡，可是我卻待在室內泡了好久的澡，把那些根本不夠用的迷你瓶裝洗髮精和沐浴乳全部用光。我用兩條浴巾擦乾身體，第三條裹在身上，而不是套上浴袍。我躺在床上，把介紹當地乾洗服務、中式外賣餐點，甚至寶石礦山一日遊的小冊子和傳單都看過一遍。我把迷你酒吧的迷你巧克力搜刮一空，用茶包泡了一杯茶，又泡了一杯即溶咖啡加保久乳，結果味道都和我想像的一樣糟，於是把兩杯都倒入浴室的洗手槽。最後我穿好衣服，帶一瓶礦泉水到外頭陽臺，陽臺俯瞰著一座百合花水塘，以及用籬笆圍住的游泳池，附近就是那隻睡眼惺忪拉布拉多犬的活動空間和狗屋。

我得考慮回到米喬的露營地，看看我那輛老拖車，但我只能一步一步來。我坐在陽臺上，心思沿著路線回到那個我曾住過八年但有十四年不見的家：我從汽車旅館開出去後，先是左轉然後右轉，再來個左轉，直直往前不到五分鐘就到了。那裡會有「紫晶鎮露營車營區」的招牌，現在可能已經褪色了。我會穿過前籬笆，沿著碎石路往前開，經過米喬以前拿來當作辦公室的庫房，然後繞著那一排棕櫚樹好經過洗衣房。

我一直提到洗衣服。到此為止，不再提了。

我又拿了一瓶飲料，以及兩包裝的巧克力碎片餅乾。我吃了一包，另一包丟下去給狗吃。

我住在營區時，愛極了那間洗衣房，雖然相當老舊。其他居民包括一對老夫婦，他們在自己的露營車後方安裝了胡佛牌雙槽式洗衣機；還有一位退休的市政工人，他兩週一次把待洗衣物拿去鎮上的自助洗衣店；以及馬戲團容納不下、不斷輪流出現的一群年輕男子，他們雖然在拖車營區裡過夜，但是用的往往是馬戲團的設備。因此除了訪客和遊客，我是唯一固定使用洗衣房的人，所以把那裡當成我的領土。我把衣服和床單枕套浸泡在其中一個洗衣桶裡，用老舊的大木匙努力戳動，再手洗和擰乾。如果衣物真的很髒，我就用木頭碎片和舊報紙生火燒水，直到洗衣房散發出實驗室的感覺和氣味：強效液體咕嚕咕嚕冒泡，滿室瀰漫化學煙霧。我是魔法師的學徒，任由我隨意調製，誰知道會變出什麼怪東西？

當然是乾淨清潔的衣物。小陽出世後，我把他安放在嬰兒籃裡，放在門旁，所以我在攪拌、搓洗、扭乾時，他的臉頰可以得到陽光親吻。那個時候，如果我心血來潮，能連續洗個好幾小時，再把床單和嬰兒蓋毯夾在洗衣房後方的舊曬衣繩上晾乾，趁太陽下山之前把散發香甜氣味的一堆堆衣物收進來，在拖車外擺好熨燙板，執行熨燙床單和擦碗巾等不必要的工作。我知道這麼做是白費工夫（嬰兒不在乎他的東西多麼平整），但我照做不誤。我熨燙小陽的棉製圍涎和細棉包裹布的用心程度，大於熨燙絲質襯衫或西裝褲。不知為何，這麼做好像很重要，就像他大一點時，我特別在意不讓他光腳出去。我絕不讓人誤以為我是住在拖車裡的人渣，不能讓人可憐我或我的處境。也許是因為看到我那麼認真洗衣曬衣，米喬給我清潔工兼經理兼萬能雜務工的工作，因為他在鎮上新開了一家店，每天大半時間都花在那裡。或者他觀察得更入微。

靠單親媽媽的津貼過活一定很辛苦，我生下小陽的幾個月後他這麼說。

由於我不久前才跨州遷移，再加上官僚作業總是沒效率，津貼最近才剛開始寄來。當時每個雙週四，鎮上的郵局還沒開，我就在外頭等待，到銀行存進去我也排第一。小陽需要的不只是母奶和嬰兒裝時會出現哪些花費，我想都不敢想。

我可以幫忙，他說。這讓我們兩個假裝這份工作不是施捨。

米喬沒跟我說有個男人承包營區的除草工作。一天早上，我跪在大門旁邊（小陽就躺在我身旁的嬰兒車裡），朝著在溫暖潮濕的氣候中一夕間就偷偷爬過碎石路面的草藤亂割一通。我用的是在洗衣房裡找到的一把不靈光的修枝剪，十分鐘後就已經滿身大汗、手部痠疼。這時一名開著功能車的男子停在路旁，他走下來，打量我好一會兒，然後拿出一把長柄大剪刀。

用這把能剪得更漂亮，他拿給我的時候說。

算了，我把老舊的修枝剪丟到草叢中說。你要剪就自己來剪。我轉過身去，把嬰兒推走。

我也很高興認識你，他在我身後喊道。忘了說，我叫阿奇。

我那麼沒禮貌，他似乎也不以為意，因為在那次之後，每次看到他，他都會揮手或打招呼，再繼續除草或修剪。米喬只要我維持營區的整潔，所以我就退到後頭，那裡有花園可以整理，讓阿奇在前頭做更專業的工作。在一個酷熱的午後，我推著嬰兒車從街道上轉進來，又熱又累，渴望喝一罐冰啤酒，那是我放在小冰箱裡的奢侈品。阿奇正努力修剪大門旁的巨大無花果樹，我看他汗如雨下，天氣熱得沒辦法與人為敵，於是我拿出兩罐冰啤酒，兩人就坐在樹蔭下欣賞他的傑作。從此以後，這成了慣例，而且很快我就開始期待這樣的時光，當然是不著痕跡地。他從來沒提過女朋友。事實上，我們雖然相談甚歡，但是都沒有談到個人隱私，那時候沒有。後來他跟我談到一名算是交往過的女子，但是過程艱辛，分分合合，真的很難。

是怎麼樣的難法？我問。

這麼說好了，他說。有情敵。

你是說她腳踏兩條船？

差不多。

她為什麼不做決定，在你和他之間選一個？

阿奇大笑，害我以為女方的另一個情人可能是個「她」，而我那句話聽起來多麼愚蠢又觀念狹隘。

這個嘛，那倒是不太可能。就我的觀察，她愛的是個死人。我有點受夠了。

他往後靠著椅背，閉起眼睛嘆口氣。我真想戳戳他要他多講一些，直到他開始用五音不全的聲音哼起歌來：請溫柔地愛我，「整整」地愛我[13]……

該不會是珍珠吧？我說。

你認識她？

當然囉。我剛來不久，米喬就叫我去找她。我一半的書都是從她那邊來的。

珍珠是頭髮綁成細髮辮的美麗黑人女子。她的書籍交換中心（她的日間工作）位於她家裡的前側房間，而她家簡直是個迷你版的貓王故居「優雅園」。她的夜間工作是「紫晶鎮暨地區性貓王歌迷俱樂部」會長，而這個「地區」範圍極廣，讓她經常出門在外，籌辦新秀大賽、紀念表演、紀念物品交換集會，以及貓王歌迷會做的任何事情。我覺得自己欠珍珠很多人情，因為她任憑我選購她精心蒐集的各式古怪書籍，大多是從鄉鎮園遊會、露天市場、後車廂拍賣會[14]買來的，而且幾乎沒算錢。她和阿奇……這個嘛，如果情敵是貓王，那連爭都不用爭了。

我就是在那個時候告訴他范恩的事（不過范恩算是惡名昭彰的人物，該知道的他大多早就知道了），也是在那個時候清楚表示，再也沒有男人可以像那樣深入我靈魂的毛孔裡。

後來，當小陽變得太喜歡阿奇時，要抗拒他就更加困難了。我有好幾年的時間都在兩個想法間擺盪，一下覺得我和阿奇可以真正配成一對，一下又覺得之所以這麼認為，可能只是因為這樣能讓我和小陽過得比較輕鬆。總覺得如果我同意跟阿奇同居，可能只是因為小陽逐漸長大，繼續住露營拖車的可能性愈來愈低，我搬過去是因為對我有利，而不是純粹想跟這個人在一起，我不清楚自己真正的想法。這些思緒一直在我心中打轉，有如滾輪上跑步的老鼠。奇怪的是，阿奇似乎不以為意。這就是為什麼我讀那麼多書，因為進入書中人物的困境或問題或夢魘，比處理或解決自己的事情來得容易。

我告訴小陽的事情，是我判斷他需要知道的，因為我發現百分之百誠實不見得是對待小孩的最佳方法。就像有一天，他魚缸裡的金魚（這是住在拖車裡的母親能讓小孩飼養的最佳寵物）浮上水面開始腐壞，他似乎能夠面對魚兒賈法死去的事實，但想到牠的屍體即將肅穆地躺在土裡（就在拖車旁的一小塊地上，有一棵我最近種下的香蕉樹做為記號），遭受蠕蟲、細菌侵蝕、各種自然力的摧殘，他不禁啜泣了好幾個小時。

所以我只選擇性地談論他的父親，那是經過編輯、可以收錄於《讀者文摘》中的感人故事。長久以來，這種說詞一直頗能滿足他，但他現在八歲了，愈來愈明顯地注意到大多數家庭都像故事書一般美好，而且沒有父親的男孩幾乎是不存在的。我猜他之所以提出那個問題，可能是因為在操場玩耍時被同儕嘲笑，或是老師無心的疑問或建議傷到了他，這種情況很常見，通常是在科

---

13 出自貓王的歌曲〈請溫柔地愛我〉（*Love Me Tender*），正確歌詞應是「請溫柔地愛我，真誠地愛我」。

14 後車廂拍賣會（Car Boot Sale），將自家用不到的物品裝在後車廂運至露天場地便宜賣出，澳洲跳蚤市場的形式之一。

展需要父親幫忙製作太陽系模型，或是舉辦園遊會需要父親幫忙烤臘腸的時候。

那天下午在麥當勞，小陽會提出那個問題跟父親節無關，也不是什麼特別的理由刺激了他。只除了那天早上我們吵了一架，雖然錯在小陽，我生氣有理，但我還是相當自責。那天早上我在洗衣房時，他未經許可跑出營區。他想去找馬戲團的朋友玩，我跟他說我有事要忙，晚點才能帶他去。我忙著整理營區、清理垃圾，又做了其他幾件雜務，這些都是我的份內工作。我晾好衣服，打算去叫他來幫忙，再一起走去鎮上圖書館還書，到馬戲團參加泰菈和其他朋友辦的派對。但我回到拖車，發現小陽已經不見了。我抵達馬戲團時，怒火雖然熄了大半，但還是燃燒著。我把他從朋友中拖走，他又哭又叫，大喊說我是世界上最糟的媽媽，還說他恨我。我們回到營區後，我已經忍到極限，也累得要命，幾乎是把他甩進拖車裡。

我一直在思考，這些時刻要是有父親在場，一切會有什麼不同？小陽會乖一點嗎？我的憤怒會輕一點嗎？我乒乒砰砰地處理剩下的清理工作，等到把烤肉區掃完、沐浴區沖洗好時，心情已經平穩了下來。我探頭往拖車裡頭一看，發現小陽坐在那裡玩單人牌。我以為他還在氣頭上，或是生悶氣，或是接下來一整天都不打算跟我說話，但他卻對我微笑，彷彿先前的怒氣不過是一陣突然吹起的微風，你幾乎還沒察覺到空氣中的變化，就已經消失。等量的內疚和愛意在我內心攪動翻騰，每次碰到這種情況都是如此。我想到他還沒吃午餐。

要不要去麥當勞？我說。享受一下？

那天下午回家的路上，小陽又繃著臉了，我發現自己還沒回答他的問題。但是那時，我終於拿定主意，計畫著傍晚時給他一個驚喜。到時候會是這樣的，太陽逐漸西沉，我們坐在外頭，我和阿奇坐在鋁製摺疊椅上，小陽騎著他的兒童踏板車在我們周圍繞圈。我們手中端著冷飲，溫暖的微風徐徐吹動，上方棕櫚樹上的鸚哥互相挑逗，在逐漸昏暗下來的夜晚吱喳高鳴、展翅撲飛，這會是個絕佳時機，讓我說出他們想聽的話：小陽會得到他想要的父親，而我抗拒太久的阿奇將會得到我。

在進入鎮上之前，我們在主街前的一處左轉路口下了公車，沿著一條筆直的路走，這條路上的樹木比較高瘦，有點孤單的樣子，一直走到占地廣大的墓園，裡頭的墳墓有如乾燥平地上起了疹子。這座墓園沒有柵欄，也不怎麼整齊，墳塚雜亂地蓋在大樹、灌木、偶見的大圓石旁邊，彷彿它們一直是土地的一部分。我總覺得這裡大到可以容納大約兩萬人口。不知道以前的人是不是來這裡等死的？他們在一百多年前建立紫晶鎮時，是否不僅立樁標出活人居住的地界，還把死人的空間也算進去了？

我們沿著這條路走了五分鐘，踏上碎石小徑，穿越東倒西歪的墓碑和受到侵蝕而模糊的銘牌。這裡雖然乾燥荒蕪，卻絕對不是陰森淒涼的墓園。有足夠的樹叢、岩石堆、灌木叢，讓墓園看起來只有稍微經過規劃，絕大部分還是自然的。墓穴大多半隱半現地蓋在地面上，彷彿它們一直屬於那裡。我們走上一條岔路時，我牽起小陽的手走到盡頭。這裡有三座墳墓，花崗岩石版（其中一塊是粉紅玫瑰色的）上頭有簡單的鍍金文字，標示著他曾祖父母艾薇和亞瑟，以及艾薇母親康絲坦的生卒年月。除了我，這三位是他在鎮上最近的親戚。

這時，我簡單明瞭地敘述他的父親和往事，解釋躺在我們下方的這三位分別是他父親的祖父母，以及他父親的曾祖母。我坦承懷他的時候跟母親鬧翻了，到現在都還沒回去看她，也不讓她來這裡看我（我們），雖然她固定寄禮物過來給他，我也把他的畫作和親手做的卡片寄給母親。

我是跟著你爸爸來到這兒的，我說，或者我以為我跟著他。我太傻了。

他默不作聲，我以為他會難過或生氣，或要求立刻去見琴恩，但一會兒他問：你是怎麼來的？

坐客運。

什麼樣的客運？

我笑了。是長途客運，富豪B五十九，白底綠邊的。

接下來就沒什麼好說的了。更多言語似乎是多餘的，他好像也不想聽。於是我們手牽著手在那裡站了一會兒，感受午後的陽光照在後頸上，凝望著那三座墳墓，可能是他這輩子僅所能見到的父親的家人。

我們會去看琴恩的，我說，就是你外婆。等我心情調整好後就去。

其餘的消息，就留待晚上再宣布了。

13

親愛的黛莉亞：

我阿姨把她舊的燉鍋送我，但是沒有附上食譜書，我不確定值不值得保留下來。我知道食物要放裡頭煮一整個晚上，可能嗎？

好奇的讀者

親愛的好奇的讀者：

你有兩個選擇。一是把慢烹細煮當作是放慢生活節奏的機會：每天早上不再趕去上班，乾脆連工作都不要算了；坐在外頭享受黎明和黃昏；去你所能找到最大的公園散步。二是把燉鍋丟掉，享受眼前的生活，吃牡蠣、每週看三部電影、親親你的愛人。

家是天堂，但又不見得寧靜安詳，尤其是有孩子的話。我在努力撰寫每週專欄或蒐集寫書資料時，早就學會對辦公室外頭（有時候是裡頭）的噪音聽而不聞。我對電子郵件的感激之情到達可悲的程度，因為你可以在處理來信問題或寫信提出問題的同時，讓孩子在旁邊哭嚎、爭吵、從浴室喊你過去幫忙、或是又把「澳洲蟲蟲四人組」的歌放來聽，而不用擔心讓對方聽到。難怪我從來就沒得到過我以前所謂「像樣的工作」。如果一名女子在講電話時，背景傳來孩子把「得寶」幼兒積木往冰箱丟砸的聲音，或是執意要爬上架子卻摔下來的跌撞聲，那麼沒有人會把你當一回事的。

平靜是臨終者渴望的狀態。但一方面，我還不到臨終，我是「即將」死去，兩者對我女兒有極大的差別，她們認為未來如果真的存在，大體上也不過是個抽象概念。她們看得出來我身體還是好到可以工作、整理家務，甚至旅行。她們知道我的時日不多，但這跟了解我瀕臨死亡是不同的，我也寧可她們這樣看待。但有時候我只想悠閒地隨意坐著，聆聽樹葉的低語。有時候我想坐在後院，把兩個女兒抱在大腿上（雖然她們很大了），望向水塘、草坪，一直到雞棚，什麼也不做、什麼也不說，只感受她們靠在我身上的呼吸。

有時候我真的、真的不想聽黛西練習直笛，尤其是正對著我的耳朵時。直笛是最令人惱火的樂器，簡直把我的感官都震碎了。醫生說這是正常的。在治療期間和治療後，聲音、氣味、甚至顏色，都可能令我反感和痛苦。我一直都不相信她的話，直到某天下午，我發覺自己恨不得把直笛搶過來折成兩半。

我坐在辦公室裡，頭埋在兩隻手中，門已經關上。

黛西開門進來。媽咪，你沒有在聽。

當然有。

你要仔細聽我才能練習。

好吧。我咬緊牙根，又聽了一遍〈歡樂歲月〉的抓狂版。我懷疑就算是國際知名的澳洲長笛手珍・魯特也沒辦法讓這種樂器和諧悅耳。

好聽，很好聽，我說。

難聽死了，艾絲桃大聲說。

你閉嘴！

該閉嘴的是你！

然後黛西使出吃奶的力氣往直笛一吹，製造出憤怒的噪音，這下我的神經不只是被用力撥彈，而是快被鋸斷。

接下來大戰開始。閉嘴，你這白痴，我恨你，你是豬（黛西說）！你為什麼不打三角鐵，你不是只會那個嗎（艾絲桃說）！要你管，你這賤人（黛西說）！喂，怎麼可以罵髒話（我說）！你毀了我的人生（艾絲桃）！她是個大賤人（黛西）！你才犯賤（艾絲桃）！你們兩個給我小心（又是我）！哼，去死算了（艾絲桃）！然後副歌又開始了：閉嘴，你這白痴，我恨你……

這是排練已久的劇本，頂多只是即興更換幾個台詞：智障、腦殘、你這討厭鬼、滾出我的房間、敗類、這也是我的房間、叫她別再吵了。

又推又打、尖叫流淚、倒在地上、拳打腳踢。

儘管我一再懇求，這種劇碼依然是沒完沒了地在我辦公室外頭上演。但那天我真的是被她們搞垮了，不過還有一絲力氣，於是從辦公桌旁猛然站起，恨不得揪住她們的頭髮拖出前門丟到路上，但我沒那麼做，而是氣呼呼地對著她們的臉訓斥道：

安靜！沒看到我在裡面工作啊！

沒用，於是我扯開喉嚨大吼。

我在裡面其實是快死了好不好！反正你們也不在乎！

姊妹都轉頭看我。突然的寂靜讓我接下來的話聽起來更狠。

他媽的，我死了至少能得到一點平靜！不用再聽你們胡鬧了！

我拿著根本不想喝的琴酒加萊姆汁坐在後露臺上。我不在乎她們正在做什麼，只在乎現在裡頭是安靜的，安靜到足以聽見深切的懊悔像生鏽的器械一樣嘎嘎碾過我的心。我犯了自己曾立誓絕不能犯的錯誤：利用迫近的死亡讓她們內疚。

怎麼了？阿奇問。

我沒聽見他到家了。

我是最糟的媽媽，這就是怎麼了。她們這樣吵來吵去我實在沒輒，就跟她們說我死掉算了。

你在說什麼啊？

她們現在大概躲在被窩裡哭。嗯，也許艾絲桃沒有，她很可能拿著一隻叫黛莉亞的人偶狠狠地刺。

我喝下一大口琴酒，難喝極了。

沒有的事。進來吧，反正這裡也冷了。

我嘆口氣，吃力地站起來。

事情平息之後，我到後露臺坐坐，才明白擁有兩個孩子最叫我難過的，是當她們任一個欺負另一個時，我會恨死她，因為不管她們哪一個遭到欺負，都令我極為心疼。這就好像被撕裂成兩半，兩半都丟入熊熊烈火。就算你沒生病，也身心俱疲。

而且我在她們面前罵髒話。

算了啦，阿奇說，一隻手臂環繞著我。

黛西坐在餐桌旁，四周都是蠟筆、紙張、棉花糖、抹上奶油的麵包，還有一堆裝飾糕點用的什色糖珠撒得到處都是——桌上、地上、奶油碟上，麵包上也有一些。夏綠蒂和艾絲桃坐在電腦桌前。我不知道她跟阿奇一起回來了。

嗨，她說。你還好嗎？

噢，還好。

黛西餓了，我拿東西給她吃，艾絲桃盯著螢幕說。

嘿，媽咪，看我畫的「中國」。

我坐在外頭時，居然忘了孩子就是這樣。前一分鐘是不共戴天的仇人，下一分鐘又變成死黨。那種遺忘的能力，那種原諒來得快又自然，甚至用不上原諒這個字眼。活在當下，這點我需要做得更好。

我想我們今晚可以出去，阿奇說。夏綠蒂願意陪她們。

謝了阿奇，這點子不錯，但我沒那精神。

於是夏綠蒂繼續坐在艾絲桃旁邊，幫她把她和朋友的數位照片加上特效，變成粗野街頭流浪兒的樣子。我則幫黛西塗色，阿奇在廚房熱湯。他們上床睡覺後，我跪下來用小畚箕和短掃帚把還沒清乾淨的小粒什色糖珠掃起來。

親愛的黛莉亞：

我試做了蛋糕，但結果不甚滿意。你確定所有材料都寫給我了？

新娘的母親

親愛的新娘的母親：

生命苦短，冒個險吧！你用了多少白蘭地？

14

米喬營區的訪客來來去去，有些又很懂得廢物利用，讓我可以把拖車布置得舒舒服服。米喬有間庫房，裡頭滿是丟棄不用的物品，任我挑選。隔天，我挑了幾條床單被套、一條蓋毯、幾條毛巾、兩個枕頭，以及各色廚房用具，雖然都不相配，但是都很實用。我清洗毛巾被單，讓拖車通風，把裡頭清掃乾淨，更換窗簾，鋪好床，這時，拖車看起來、聞起來都像是我的空間了。過了幾天，所有屯糧都吃完了，我走去鎮中心，打算除了食物之外，也要買牙膏、洗髮精、捲筒衛生紙、書籍等物品。我往河流的方向爬上緩坡，轉向南方後沿著街道漫步到盡頭，沿路欣賞氣派但不奢華的房屋，半隱半現地藏匿在層層綠色植物後方。主要是不同品種的棕櫚樹、葉面有光澤的爬藤類植物，以及香蕉樹和茂盛的雞蛋花。這一片翠綠點綴著令人驚豔的顏色：朱槿花、九重葛、巴西茉莉，以及各種我不知道名字的花。沿路我沒看到任何人，雖然週間早上十點左右照理會有些動靜：郵差、園丁、清掃前門門廊的婦女、路上蹦蹦跳跳的小朋友、穿著羊毛衫的老頭彎身撿起門前踏墊上的報紙。我看到敞開的窗戶，木製百葉窗在微風中懶洋洋地拍動，灑水器在草坪上慢吞吞地旋轉著。我看到敞開的門口，貓兒趴在露臺的藤椅上，房屋裡傳來隱約的聲響，表示有人在家。但除此之外，這個冬末的美麗上午，感覺整個鎮上只有我一個人。

來到主要商店區的前一個街口，氣氛整個不同了。一輛汽車轟隆隆地朝我衝來後右轉，接下來就像拍片現場導演喊了一聲「開拍！」，場記啪嗒一聲打板，一切活躍忙亂了起來。我左方某處有人發動除草機，前方婦女推著嬰兒車轉到街道上，更前方有一排學童肩上掛著毛巾，手牽著手走去游泳池上課，車子不時從旁開過。總而言之，這是一個過著平凡日子的平凡小鎮。

然而，它又不是完全的平凡，如同我那天看到的。紫晶鎮是個溫和圓融的地方，它會毫不異議地歡迎你、順從地接納你，讓你覺得自己被捧著、被寵愛包容著，幾乎是懸浮著，有如在蛋殼裡。這指的不是好像回到三、四十年前的小鎮（當時橫行霸道的速食商店和零售連鎖店還沒席捲全國的每個城鎮，還沒蓋上它們醒目的圖案，還沒把招牌高掛在建築物上方，成為二十四小時持續發亮的永久性塑膠霓虹廣告），事情沒那麼簡單，跟外顯的變化無關。這裡已經現代化，有電腦電動打字機商店、影帶出租店、展示櫥窗裡用誇張的紫色和銀色強調新世代的健康食品店、架子上陳列著特價平裝書籍的報攤——這些在在證實了紫晶鎮之所以如此獨特，不是彷彿時光在此凝結的那類理由。

綠洲街上有家小型食品雜貨店叫做「可力夫便利超商」，裡頭商品排列整齊，但只有兩條走道。選擇的重擔（二十世紀末最不易察覺但傷害嚴重的重擔）解除了。我要買牙膏，而這裡只有兩種：紅盒裝的高露潔含氯牙膏或白盒裝的麥克林薄荷牙膏。我站在那裡考慮時，不禁感激起如此單純的選擇。不過要踏進燈光昏暗的小店購買你未知的東西也需要勇氣。你可以隱身於明亮潔淨、貨品琳瑯滿目的城市超市裡，但是在可力夫這種地方卻無所遁形。

這就是我和米喬．皮爾森第一次真正交談的地方，雖然幾天前拉撒路帶我和我新買的舊拖車到鎮上時，我們就認識了。當時正值黃昏，米喬趕著去酒吧上班，對我不怎麼留意。他讓我辦理營區的入住手續，收了保證金，然後就讓拉撒路幫我整理出一塊地方、把電源接上。隔天接近中午時，他過來跟我說如果我有需要，哪裡可以找到不要的毛巾和被單，便匆匆忙忙出去了。那次之後，我只遠遠看過他從酒吧回來營區，或從營區前往酒吧。但是我站在那裡拿著牙膏（最後選擇麥克林的），內心釋懷與懊悔交織，對於購物、我的人生，以及二十世紀末的整體狀況，那個片刻我突然一陣感激，想必是吸引了他的注意。又或者只是我特別醒目，因為我是店裡唯一的懷孕少女。

米喬的棕色鬈髮上戴著船長帽（他也許禿頭，但他隨時隨地戴著那頂帽子，因此沒有人知道）。

嘿，他瞄一眼我挑選的兩、三項商品之後打聲招呼，不會太友善，也不會太謹慎。當時我們正在可力夫排隊結帳，我不介意他看我買什麼，因為我已經看到他籃子裡的東西：一小包紅頭牌火柴，兩罐約翰衛斯特牌煙燻牡蠣、一卷錫箔紙、玫瑰香味的廁所芳香劑、一塊黑巧克力、一盒低脂牛奶（你可以從一個人擺進購物籃裡的東西，看出他是什麼樣的人，就跟從手提袋裡的物品判斷一個人是一樣的道理）。他為沒帶我認識環境表示歉意，接著講的多是關於酒吧的事，意思就是他對營區的住戶採放牛吃草，但他們就喜歡這樣，他認為我應該也是。

有空來喝一杯吧，他說，我在那裡的時間比在營區多，常常店裡也只有我一個人。鎮上大大小小的事我都可以告訴你。公路附近有一家咖啡廳也是我的，但現在酒吧開了，就請別人幫我管。

他認為我已經達到法定喝酒的年齡了嗎（雖然我是接近了，但自知看起來還很小）？他覺得我懷孕還會喝酒嗎？他沒注意到，還是根本不在乎？他伸手往牛仔夾克的口袋裡搜索，掏出一張名片給我。

酒吧就在這條路上，下一個街口就是了，二樓有霓虹燈的那間。

我可能待不久。

當然，他猛力點頭說，一副就是完全不相信你說的。反正你來的話我會很高興。

他不可能是另有意圖吧，我心想，邀得那麼大方，當然不可能有那個意思。

名片的正面寫道：米喬酒吧，電話（〇七）四二八二八二。背面是米喬咖啡廳和另一支電話。沒有地址，沒有營業時間，什麼也沒有。但是當我看著他的身影（身材削瘦、中等身高、深藍色船長帽往後戴、兩隻手臂各掛一只購物袋），想著選一天晚上去放鬆一下，安安靜靜地就好，然後早早回到拖車。這時，我心頭突然震了一下。一個隨口的邀請，居然讓我發現自己是多麼孤單，把走去店裡買東西這種簡單快速的小事，變成漫長的要事，好填補小時與小時之間的空隙，因為一小時感覺比一天還長，而我才來這裡幾天而已。接下來的幾個星期和幾個月已經開始裂開，露出比我之前想像更巨大、空虛的東西。

他離去時我喊道，米喬，鎮上有二手書店嗎？

他看著我，彷彿是第一次看我整個人。我繫著蠟染裙子，穿著紫色的舊運動衫，頭髮捲起來盤在頭上，幾綹頭髮散落下來，這種髮型在別人頭上是隨意的優雅，但在我頭上就是亂七八糟。我穿著涼鞋，手上提了裝了食品雜貨而垂下的大型編織袋子。我看起來就是我：一個沒有魅力光彩、文雅氣質、金錢或美好未來（除了那一看就知道會在兩、三個月後出現的未來）的邋遢女。

有兩家，他說。但還有一間私人圖書館，有點像書籍交換中心，你可能會有興趣。但你去的話要有心理準備，那個女館主超迷貓王，到了瘋狂的地步。

15

親愛的黛莉亞：

我女友說我的浴室很噁心，除非我打掃乾淨，否則她不願意在我這裡過夜。裡頭是有些黃垢，但是在我看來是夠乾淨了。我試過各種清潔用品，但那些標示著噴後用水清洗即可的似乎無法讓她滿意。要是這個週末之前浴室還沒清乾淨，我實在不知道該怎麼辦，請教教我。

走投無路的讀者

親愛的走投無路的讀者：

據說百分之九十五的男人罹患「選擇性視力缺陷症」，有時候又名「廚房—浴室盲目症」。這種疾病讓男人能很有技巧地刮鬍子，找到冰箱裡的啤酒，找到碗櫥裡的豆子罐頭，但是對淋浴間的黴垢和廚房裡成堆的外帶餐盒視而不見。人類的眼睛是不可思議的器官，可以在一百萬分之一秒內分辨比薩裡頭所有個別的小成分。此外，沒有證據顯示兩性的視覺運作有任何差異。走投無路的讀者，已經二十一世紀了，像你這種男人也該振作一點，別再找這種唬爛藉口了！

在第二次手術和第三次診斷之後，我不得不接受最近出版的《居家指南》會是我的最後一本著作，也開始計算剩下的日子還能寫多少專欄。這時我靈光乍現，出現前所未見的絕妙點子。我完全不用放棄《居家指南》系列。我打給南茜，留言請她回電，兩小時過後，她在電話上求我放鬆、忘掉工作、放棄這點子。

你只是不想跟一個一年後會死的人簽約而已，我半開玩笑地說。南茜人很好，但她也是生意人，要是她跟一位即將成為屍體的人簽約，她的會計師會怎麼說？

你為什麼不好好享受剩下的日子就好？她說。

「這」就是我認為的享受啊！我說。我愛我的工作，而且我是寫這本書的絕佳人選，我這麼提醒她。她還認識多少人具有撰寫居家指南的專業能力，還外加第一手的邁入死亡經驗？

你想想書名，我說。《死亡居家指南》聽起來多響亮！

響亮？南茜說。你是指尖銳吧？怪異更不用說了？誰會把這種書拿起來翻？

很新奇哪！南茜，凡是人都會死，你想想潛在的讀者群有多大。

她那頭一陣靜默。我乘勝追擊，提出其他理由：無懈可擊的研究、個人的專門知識、市場的缺口（這個有魔法的字眼讓她呼吸急促）、我從不拖稿的完美記錄。我很想開玩笑說「截稿日期」就是我的「死期」[15]，而我一定會在「死期」前交稿，但畢竟還是不敢，因為南茜的幽默感很難預測，這種拒絕正視自身死亡的人，她們的恐慌反應同樣難以預測。於是我把市場缺口這部分加

15「截稿日期」在英文中即為「Deadline」。

油添醋一番。她的競爭對手中有誰出過這種書？市面上那麼多自助書籍和實用指南，但誰曾經寫過如何準備死亡的指南？不是死亡本身，不是悲痛喔，而是邁入死亡的過程。一本來自內部真實觀察的指南書籍，從實踐者的視角切入，而且出自一位專家之手。

我幾乎聽得見細胞迸出火花的聲音，南茜的頭腦已經活躍了起來，想到各式各樣的可能性：發行大字版、通路銷售點和拋售箱的廣告、在時尚雜誌中放入節選段落等等。

南茜，我最多花二、三個月就能寫完。

我要一份書面提案，她說。

出版商是奇怪的野獸，書是他們賴以生存、呼吸、思考、處理的全部重心，大概連睡覺也帶著書。他們賣書賺大錢，但本身卻不看書。南茜的出版事業以雜誌為重，這表示文字（整頁、整本的文字）只是像狡猾的魚一樣溜過整個體系。文字只是創造需求或銷售產品的方式，對於南茜的團隊而言，其創造性和啟發性就跟野生鯉魚所能帶來的差不多。要是有可能，他們會把文字連根拔除。南茜雖然不同（她喜歡書籍和閱讀），但她仍是這家出版社的主要經營者，守住利潤就跟一行行的文字一樣重要。她一直提醒我，我們大多數的讀者也是不閱讀的：他們只是盯著那些字，因此出版提案要寫得鏗鏘有力，她會拿給行銷經理（這個人之前是待在橄欖球業的）、財務顧問（之前是甜甜圈連鎖店的老闆），以及公關（之前在化妝品公司上班）等人過目。寫一頁。少於一頁。半頁就好，跟章節概述差不多。

出版提案

死亡和繳稅——生命中兩件必然的事。坊間有許多指南教你怎麼節稅報稅，也有許多專業人士能夠給予協助，但是對於邁入死亡的過程，多少讀者能找得到實用的書面幫助呢？人必有一死，這是避免不了的事實，但是死亡是如此禁忌的話題，以至於準備死亡的藝術已經失傳了（假設我們曾經擁有這種藝術）。

《死亡居家指南》將以實際、慈悲、詼諧的方式滿足眾人的需求，只要覺得死亡可怕嚇人、需要勇氣才能面對，讀這本書就對了。本書將延續大受歡迎且極受喜愛的《居家指南》系列風格，揭開面對死亡過程的神祕面紗。

從面對死亡這個概念的第一時間，到處理家人的反應；從在家裡執行安寧照護等實際層面，到葬禮的規劃，《死亡居家指南》將帶領讀者安然度過現代家庭裡邁入死亡的各個面向。

在正常狀況下，寫出這麼冠冕堂皇的行銷廣告詞會讓我臉紅，但我時間有限，只想把注意力放在寫書上，而不是浪費時間寫更有創意的提案。反正南西的行銷經理、公關，以及其他各種職位的人，能夠專注的時間只跟長尾鸚鵡差不多，不用兩百字就能被打動說服，或是絲毫不為所動。

行銷部門會想知道目標讀者群，訣竅就是讓他們相信會買這本書的不只是邁入死亡的人（雖然理論上就是地球上的每個人，這當然是行銷經理的美夢），還包括臨終照護者、家屬、愛人、姊妹、母親、朋友……無限的可能。但我得字字斟酌，盡可能精確清楚地描述讀者輪廓，光是提出家屬或臨終者是不夠的。

至於我的其他著作，不是南茜主動請我撰寫特定主題，就是她當場同意我的提議，但這本書她卻要求書面提案，我懷疑有其他因素作祟。也許她覺得我的點子愚蠢至極，請我提案，是她讓我知難而退的方式，我因為有病在身，值得同情，需要比一般更溫柔的方式對待。

親愛的黛莉亞：

你自以為絕頂聰明，但我是寫信來告訴你，我和唐恩依然在一起。結果是我那位最近離婚的老友跟外子有一腿，而不是我原本以為的新助理。老天，這可是出乎我的意料！料你也沒想到吧？

不知如何是好的讀者（跟之前一樣）

又：順便跟你說，桌布洗得很乾淨，謝了。

親愛的不知如何是好的讀者：

被你說中了。

又：恭喜。

16

我認識米喬八年，也替他工作了八年，一直等著他訴說他的人生故事，但是從來就知道的不多。他本身就像個藏寶庫，難怪是經營酒吧的絕佳人選。我們比較常在營區交談，通常是星期一下午或星期天早上，也就是他不在酒吧忙的時候。他會敞開露營車的門（那是一輛附有衛浴設備的豪華傑科），放著鄉村搖滾先驅格蘭・帕森或英國女歌手瑪莉安・菲絲佛或新傳統樂派教母愛米羅・哈瑞斯的歌，坐在臺階上抽菸、啜飲黑咖啡、凝望他的領土。

如果我剛好要去鎮上，他又太忙或在酒吧裡無法抽身，他會請我順便幫忙買日用品，比如淋浴區用的捲筒衛生紙，或是裝飾馬丁尼的紅心橄欖。有一次他叫我去五金行買多孔透氣塑膠墊，要鋪在吧檯後方的地板上，好通過當天下午會過來執行的衛生安全稽查。

結果五金行就跟母親一直都沒動手清理的父親的舊庫房一樣，叫人流連忘返。五金行裡東西琳瑯滿目，盡是我無法辨認、不知用途為何的物品，以及名稱極其怪異卻非常普通的東西，比如明明就是布捲，卻叫做「稀鬆窗帘用布」。稱為「掛腳」的並不是讓你擱腳休息的東西，而是把屋瓦固定在掛瓦板上的部分。居家修繕的世界顯然用的是另一種語言，而且是男人的語言。我拖車裡廚房水槽的水龍頭開始漏水，而且好巧不巧就在我即將臨盆之前，滴滴答答叫我心煩得要命，只好回去五金行問老闆要用什麼修理。

墊片，我說出問題之後，櫃檯的男人這麼說。

墊片？沒錯，就是墊片。

你的水龍頭開關是十字頭還是旋蓋式？

嗯，不知。

這個嘛，用多久了？二十年還是更久？

噢，很舊了，是我拖車裡的，真的很舊了。

你的拖車？是跟拉撒路買的嗎？

對。

難怪，他不屑地說，這就是那種簡短卻意味深長的評語，好像他一半的客人都是跟拉撒路買露營拖車的，好像我需要修理的東西將永無止盡，好像我會一再回來。

那就是十字頭，用波士頓墊片就可以了，但最好的應該是德拉威墊片組。他從架子上拿下一包黃色小袋子。

波士頓？德拉威？美國地名跟配管系統有什麼關係？五金器具的奧祕既複雜又充滿陽剛味。

你要附贈O型圈的嗎？他問。

噢，好啊，當然要囉。

我居然自己修好了。後來我又來了一趟，購買拖車床鋪上方旋轉窗戶的扣鎖，這次我把壞掉的拔下來，拿給五金行老闆達格看，而不是亂問一通顯露自己的無知。

是推射把手，他說。後面可能有。

我把推射把手安裝好，也得知埋頭螺釘是什麼東西之後，覺得自己所向無敵。由於拖車老舊，我成了五金行的常客，一下買工具、油漆，一下買密封墊、鉸鏈。跟達格談話時，他會隨口拋出新術語，因此我在談到和執行基本的DIY時變得相當有自信。米喬請我擔任營區的照護與維修總管後，我學到更多了。比如十字和一字螺絲起子的差別，爪型扳手是什麼、要怎麼使用。修理東西變得更加輕鬆，甚至愉快。但語言也是讓修繕如此迷人的原因，那些有誤導之嫌又令人困惑的名稱。我學到「胸部鑽頭」[16]、「天花板玫瑰」[17]、「寢具清洗工人」[18]、「斜角規的邊」[19]、「長鼻鉗子」[20]、「鱷魚鉗子」[21]。很多名稱都聽起來好有趣、好有創意，甚至猥褻。「暴露癖」[22]、「艾倫要害」[23]、「扭動釘子」[24]，更不用說「性感壯男發現者」[25]和「屁股測量器」[26]了。與達格交談時出現這類名稱，我必須強忍笑意。我終於知道「戳戳磚牆」[27]的意思就是用水泥修補磚牆裂縫；磚牆常因風化和壓力而崩壞受損，這是一項重要的修補技術，我也學會了。所有知識都成了養分，讓我在多年後撰寫居家指南系列時，對於居家修繕了解甚多，甚至連那些具有奇特詩意、陽剛的專業術語也難不倒我。

16 胸部鑽頭（breast drills），即「胸壓式手搖鑽」。
17 天花板玫瑰（ceiling roses），即「天花板燈線盒」。
18 寢具清洗工人（bedding washers），即「塑膠墊片」。
19 斜角規的邊（bevel edges），即「斜邊地板條」。
20 長鼻鉗子（long-nosed pliers），即「尖嘴鉗」。
21 鱷魚鉗子（alligator pliers），即「鱷齒鉗」。
22 暴露癖（flashing），即「防雨板」。
23 艾倫要害（Allen key），即「內六角扳手」。
24 扭動釘子（wiggle nails），即「波紋釘」。
25 性感壯男發現者（stud finders），即「鋼筋壁骨感應器」。
26 屁股測量器（butt gauges），即「鉸鏈規」。
27 戳戳磚牆，原文為pointing a brick wall。

17

親愛的黛莉亞：

你講的黃垢和霉垢我應該懂，但是要用什麼來洗浴室呢？我去了超市，但整個架子上都是洗潔產品，不知道要選哪一個才好，所以又空手而回。

走投無路的讀者

親愛的走投無路的讀者：

祕訣如下：拿擦洗劑、漂白水、擦洗用鋼絲絨好好待在浴室裡作戰。要是不到一小時就出來，就知道革命尚未成功。可以一邊聽喬治·福姆比的音樂，好讓時間過得快一點，這可能會提醒你窗戶也該擦擦了。別忘了福姆比在他那個年代也稱得上是超級巨星，如果他認為擦窗戶不會有失他的格調，相信對你也是。還有別忘了讓浴室通風。要是女友晚上來到你家，發現浴室刷得亮晶晶（不太可能發生，我曉得），卻發現窒息而死的你，這可沒好處。祝你好運。揣想你廚房的狀況就讓我渾身發顫。

凡是認為家事微不足道、不需要當一回事的人，都污衊了世世代代的女性。男人在他們的文化裡，把家庭活動的重要性貶低到只剩一條細縫。黛西六個月大時，阿奇在一次爭執之後離家出走（吵的又是錢或性或什麼的，我現在記不太清楚了），一個星期後回來，一副失魂落魄、久沒梳洗、營養失調的樣子。我替他難過。我接納他、歡迎他（兩個孩子那麼小，我可不想自己帶大）、讓他恢復元氣、清洗他的衣服。老實說，我很高興能夠這麼從容不迫地顯示自己的分量，能夠照顧他，讓他看到我這個女人法寶無窮，能夠處理最微小和最重大的家務事。世世代代的女人都把重點放在傳宗接代，這表示我就像其他許多女人，低估了家務技巧的重要性，幾乎跟阿奇一樣視這些法寶為理所當然。

有生必有死，這樣的必然性帶來心靈的淨化，極其美妙；寫書也有助於釐清思緒。舉晾衣架為例。晾衣架是具有深奧智慧的東西，卻普遍被忽略，不管是男人女人都一樣，否定它在生活中的重要性。在設計方面，海爾氏旋轉晾衣架極具代表性。澳洲原住民畫家林·歐努斯甚至畫了一幅食果蝙蝠倒掛其上的畫，但除此之外再沒人對晾衣架有新的詮釋。曾經有個時期，澳洲家家戶戶的後院幾乎都豎立著海爾氏旋轉晾衣架，但從來沒有人探究它的真正意義和作用。然而，晾衣架文化和洗衣服有某些規範原則，代表了女人的權威和自主性，這部分經常是男人不被允許享有的。男人碰到洗衣機及其艱澀難懂的使用說明，可能會束手無策。他們會開車，會修車，但熨燙的藝術依然神祕難解。他們會換水龍頭墊片，卻找不到另一隻襪子。

也許是過去的男人才找不到另一隻襪子，因為晾衣架文化的規範原則一代比一代寬鬆了。我童年的時候開始有點改變，但是在我母親的年代還很嚴格，有明訂的規矩，而且男女分得很清楚。洗好的衣服一定是一大清早就拿出去曬，只有邋遢的女人才會在九點之後拿出。如果是接近中午才拿出去，則是嚴重的道德沉淪，就跟賴床或早上黏在電視機前一樣。

晾衣服的正確順序也有實務守則。襪子、內褲、內衣掛在最內層，再來是小孩的衣物，接下來是男人的襯衫和褲子。男人的衣物占了一整排，象徵他們在具有嚴格階級系統的洗衣過程和家庭裡的重要性。

實務守則也包括曬衣夾。只有功能失常的家庭才會把曬衣夾留在曬衣繩上。懶散的家庭主婦會這樣，她們是那種不重視道德倫常的女人，從來就不在乎白色衣物要跟有色的分開洗，甚至很不衛生地把擦碗巾跟內衣一起洗。母親曾跟我說，在她還年幼的時代，從一個女人使用曬衣夾的習慣，就能窺知她全部的性格。她在屋外如此邋遢懶惰，屋內也一樣：食物沒有換盛至塑膠容器就整鍋冰進冰箱，而且兩週才換一次床單被單，這種女人的孩子會不洗澡就去睡覺。星期五晚上她買冷凍派當晚餐，穿的內褲可能是尼龍材質而不是棉製品，而且會在床上吃巧克力。這一切只要看一眼曬衣繩就了然於心了。結著蜘蛛網的褪色曬衣夾落寞地坐在繩子上，有如剛長羽毛的小鳥被拋棄在那裡……哼，那種女人不會受邀參加每週的網球聚會或特百惠派對[28]，父母不會讓你跟這種家庭的小孩玩耍。

實務守則也延伸到技巧面。每一件衣物都要甩開拉平，好把它從脫水機的折磨旋轉中解放出來，然後夾在曬衣繩上，這時要運用聰明才智，好讓衣物接觸到最大面積的陽光和微風。毛巾要拉平並夾住兩角掛著，中間不能下垂，免得風乾時形狀醜陋。內褲也要夾在褲緣，絕不能夾在褲襠處（這樣陽光才能穿透，執行殺菌功能），男用內褲一定是在腰際用兩個曬衣夾夾住，男人討厭Y型正面有夾痕。

譬如在郊區，衣物如果一整夜繼續晾在曬衣繩上，表示在居家管理方面的嚴重墮落，可能是十足的不道德：那女人到底跑去哪裡了？一定是到女士雅座酒吧[29]喝香蒂啤酒[30]去了。晚上還不收衣服，擺明了歡迎小偷和性變態跳過籬笆，偷走你的蕾絲胸罩或波形褶邊內褲，如果你愚蠢和虛榮到擁有這種東西的話。

最後，你絕不能用烘衣機，那是給懶惰和浪費的人或是只能住在公寓裡的可憐蟲用的。但是在郊區，太陽是如此慷慨，新鮮的微風又免費，如果不把洗好的衣物拿出去曬，簡直是犯罪。大家都知道陽光和新鮮空氣能夠殺菌，等同於天然的漂白劑。要是忽然飄雨，那就糟了：你就像戰場上的陸軍中尉，要征服頑強惡劣的天氣，把未乾的衣服在客廳裡到處披掛，比如暖氣前方（冬天的話）、兒童木馬搖椅上方，或是洗衣間夠大的話，就掛在臨時搭設或是從天花板垂下來的晾衣架上。要是這樣還不能乾，你就熨燙到乾了為止，因為衣物反正也是要燙的。

讓我全心愛上阿奇的可能就是洗衣服這件事。我們初次共浴是搬進租來公寓的晚上，當時我們第一次把自己一箱箱的物品和奇怪的傢俱介紹給彼此認識。他按摩我的趾頭，吸吮它們，以及我身體的其他部分。我們用不相配的玻璃杯喝紅酒，一個曾經是蜂蜜罐，另一個是二手店買來的棕黃色波紋玻璃四杯組的倖存者。後來，我看著他拾起我們匆忙脫下的衣服和弄濕的毛巾，丟到

---

28 特百惠派對（Tupperware party），廚房用具品牌特百惠舉辦的直銷活動。

29 女士雅座酒吧（Ladies' lounge），早年澳洲各州的售酒時間與地點相關法規大多不准公共酒吧供應女性酒飲，因此在酒吧或飯店裡另闢一間房間讓女性飲酒。

30 香蒂啤酒（Shandy），一種攙入乾薑汁麥酒或檸檬汁的啤酒。

他小型洗衣機的開口裡，心裡頓時生起一股喜孜孜甜蜜蜜的感覺，那種狂喜是如此接近高潮，讓皮膚逐漸冷卻的我又興奮得差點昏厥。他的動作散發自信，似乎相當熟練，讓我打從骨子裡覺得這個男人會繼續把更髒的衣物裝進洗衣機裡，按下開關，倒入洗衣粉，按下按鈕讓它運作。這個男人會洗一筒衣服，無數筒衣服。那一個動作，不經意的動作，是他全身覆蓋著泡泡時所執行的，暗示著他是個洗過多次衣服的男人，很可能一週不只一次。

一天晚上，在另一次鴛鴦浴之後，他對我說：你進去看你的書，我去晾衣服，然後煮兩杯愛爾蘭咖啡。這時我幾乎以為自己已經死後升天了。當時我正讀到《包法利夫人》的最後一章。

所以當南茜提議撰寫一本洗衣服的專書時，在這方面思考已久的我立刻了解她的意思。在一堆已出版的居家指南、生活錦囊、ＤＩＹ書籍之間，這本書將脫穎而出。任何人都有能力（也已經）寫出居家錦囊，從簡單的醬料調製到複雜的鞋子修理都有，但只有具備遠見的人才會想到要出版一本專書，探討現代家庭裡單一一件家務事。南茜顯然就是具有遠見的人。

衛斯理．安德魯斯半途拋棄《修繕居家指南》之後由我接手，但我還沒寫完，南茜就請我動動腦筋，想想看這系列的下一本能以什麼為題。《居家福音》免費分送到幾百萬個家庭，南茜因而推論居家指南系列有廣大的潛在讀者群。她認為可以再讓讀者提升一點，鼓勵他們閱讀專書，我也可以得到可觀的額外收入。

於是我寫了《廚房居家指南》，並在阿奇的協助下，完成《園藝居家指南》。這三本書雖然大獲成功，但我上一本《洗衣居家指南》才把整個概念推展到超越南茜的想像。到目前為止，還沒有人把洗衣服這麼無趣的家務事情欲化和詩意化地寫成一本書，而我這麼做純屬意外。一名書評家把它貶為洗衣服的色情書刊，結果接下來幾週書的銷售量增加了兩倍。我全心從事寫作計畫，首先描述〈理想的洗衣間〉，建議讀者關於地點、隔音、通風、排水、取用物品的便利性，以及這些難搞的機器設備如果造成淹水該如何處理。我列舉室內和室外洗衣間各有什麼優缺點，盡量不強調自己偏好的那一種（寬廣的室內洗衣間，但有獨立出口通往後院）。

我要這本書的所有讀者（不管是男是女）把最後一分錢花在這個他們一直認為無關緊要的小房間裡。我悠閒地躺在浴缸裡，周圍的泡泡發出嘶嘶聲，看著阿奇把我們的髒衣服和毛巾放入洗衣機裡，這是多麼性感誘人的一幕，我把這些記憶都全部寫進書裡。我讓洗衣服這件事變得精采興奮、不可抗拒，甚至猥褻。簡言之，我讓它性感。這不是黃色書刊，但我的確賦予它力量、激情，使其能夠激起欲望。我透過描寫讓它引人入勝。讀者讀完我的《洗衣居家指南》時，看到熨燙板就會情欲高漲，蜷伏在洗衣機旁邊時覺得身歷其境。洗衣機會輕柔震動和發出嗡嗡聲（第二章：選擇設備）。再加上那麼多溫暖又鬆軟的毛巾（第五章：毛巾和其他居家布製品），讀者的幸福喜樂將臻至頂點。洗衣間一般附有第二間廁所，指南建議再安裝一個小冰箱，這麼一來，配上音樂（比如攜帶式ＣＤ播放器，但得遠離水龍頭，參見第九章：洗衣間安全守則），洗衣間會成為讀者永遠不需離開的天堂。

我把第一章的初稿以電子郵件寄給南茜之後，心裡七上八下。要是她覺得愚蠢離譜、異想天開，完全不適合她的目標讀者群，該怎麼辦？我愈想愈擔心，不知道她為什麼還沒有回音，只好悶著頭從事內容研究的部分——到克羅伊登的一家大型電器用品零售店進行實地考察，這是我做產品評鑑的第一站。這家店跟許多現代零售商場一樣，廣大的空間擠滿了存貨，但員工只有小貓兩三隻。因此我整個早上都能從容地在一排排洗衣機和烘衣機之間閒逛，收集印刷資料，評估每一品牌和型號的相對優點。到達洗衣電器區之前，得先穿過一樓的廚房設備展示區，這是既痛苦又愉悅的經驗，感覺強烈且前所未有。這就是閃閃發亮的大型不鏽鋼爐架和烤箱的吸引力，或是黑色大理石工作檯面灰濛的謎樣魅力，全是那麼地酷，簡單大方又具現代感，讓我《廚房居家指南》的相關章節顯得早已過時。我把自己綁在決心的桅杆上往前航行，運用意志力把自己推往閃亮的洗衣槽、超效能前置式洗衣機、令人雀躍的新型排氣式烘衣機，其排放出的熱氣完全不帶棉屑。不過我答應自己有空再來廚房設備展示區一趟，沉浸在廚房用品帶來的美妙喜悅之中，好為《廚房居家指南》撰寫新版。只不過洗衣指南得先成功，新版的委託才可能下來。

不久後，南茜打電話來報喜，表示我的前一本書（系列的第三本）《園藝居家指南》銷售量驚人，竟然連登非小說類的暢銷書榜達八個月之久，這是前所未見的事。這麼一來，我可以盡情把洗衣指南寫得猥褻了，因為本系列大受歡迎，而且是以它自己的風格。

18

你回來一趟的真正原因是什麼？米喬現在問我。

我第二天大多的時間都待在天堂樂園汽車旅館，除了胃部更疼痛之外無所事事，於是下午回到酒吧。沒有人能夠像米喬把雞尾酒調得那樣好，就連最一般的琴湯尼也是最順口的。這些日子我喝起雞尾酒味道淡許多，只要做了化療，就沒辦法品嘗酒的味道。不過我現在化療已做得很少。

我聳聳肩。唉，老喬，我一直不知道要拿拖車怎麼辦。這幾年來，你一定有好多次都想把那個空位租出去。

倒是還好啦。

裡頭有些東西我要拿走，小陽的東西。還要探望幾個人……

我把飲料放在吧檯上，仔細對齊杯底與杯墊，用吸管戳著冰塊。

跟你說，她不在這，他說。

他知道我是要來找某個人的，一個我從沒見過，但一直是我生命一部分的人。

我小聲說：你又不能確定。

米喬的手越過吧檯放在我的手上，他難得這麼做。你找不到她的，他說，都過了這麼久。

但我現在得見見她，你難道不懂嗎？

阿奇怎麼說？

我又舉起我的飲料。他不知道。

你是說他不知道你在這？他一定擔心得快瘋了。

我打過電話給他，告訴他我還好，很快就會回去，只是需要一點時間。

如果你身體那麼糟，怎麼還有力氣開車過來？

暴風雨前的寧靜，我說。

少來了，黛莉亞，你的狀況到底如何？

到底如何，就是大部分的時候還可以，但有時候會累。我現在是接受兩個月一次的化療，一些放射線治療。決定來這裡的時候，才剛從療程中恢復，回去時差不多又要再做下一次了。也許值得，也許不值得。也許會讓我多活幾個星期、幾個月，也許不會。再來一杯好嗎？

所以是……

蔓延。轉移。去年切掉了一顆小腫瘤，半年來都好好的，現在又有另一顆。雖然他們為我做了化療，但我知道癌細胞繼續擴散。之前說過，這沒完沒了的。

他們沒有其他法子了嗎？

我開了三次刀，做了兩年斷斷續續的化療，接受的輻射足以提供一個第三世界國家一年的電力。阿奇和女兒都得看著我經歷所有的折磨，我看讓他們看我安詳死去還比較容易。

他又幫我調一杯琴湯尼，這時吧檯末端的電話響起，他沒有接，等鈴聲停止之後，他回來把飲料給我。

這個女孩，他說，要是你找到的話，曾想過怎麼辦嗎？要說什麼？你覺得她想跟你有任何牽扯嗎？

這時淚水已經在我眼眶裡打轉。我搖搖頭。不知道欸，老喬，我只是想看看她——只是需要看看她。

你怎麼會覺得她在鎮上？

只因為我知道手術後她家人決定搬來定居，他們很喜歡這裡。我們有些人就是喜歡這裡，你也知道啊。

米喬儘管冷漠，在許多方面卻助我良多。我生產的隔天，他帶著一束粉紅色康乃馨來醫院看我。那是安全、中立、老太太的花，是米喬那種不習慣送花的男人買給我這種不習慣收到花的年輕女子的花。康乃馨讓我倆非常尷尬，程度可能大於他看到我穿著過緊的運動衫（我以為可以充當睡衣穿）躺在床上，而且突然間巨大如兩座山脈的乳房不停流出奶水，上衣出現兩大片濕痕。米喬只好注視著緊緊裹在網格棉織布毯裡、長著柔軟毛髮的那顆嫩肉球。向來廢話不多的他問我要取什麼名字。我已經想了很久，但還是拿不定主意。女孩的名字比較容易，始於英文字母A，如艾碧姬（Abigail），終於英文字母Z，如珍雅（Zenya），有一長串的選擇。米喬把裹著棉毯的嬰兒抱在懷裡。

唉呀，吉米小太陽，我們得幫你想個名字囉。

這個名字不錯，我說。

什麼？吉米嗎？

不是，是小太陽，就像星期日，只不過我得改成小陽。

那天是星期一早上，我兒子是在前一晚出生的。

19

親愛的黛莉亞：

走投無路的讀者又來了。待在浴室裡的那個小時差點讓我曉辯子，但是很有效。現在我女友待在裡頭超過三十秒，而且不再捏住鼻子了。關於廚房，你猜得沒錯，我得承認那裡又髒又亂，也許我是個邋遢鬼，不知道。反正我已經把所有的食物空盒和免洗盤丟掉，也把垃圾拿出去倒了，但她還是嫌臭，還說晚上的時候，小強比整個第三立鍋（管它是什麼東東）裡頭的還多。

親愛的走投無路的讀者：

這不是「也許」——你「根本就是」個邋遢鬼，而且還無知到家。你女友指的是「第三帝國」，也就是希特勒領導的政權，一直延續到第二次世界大戰結束。顯然你的廚房已被大批體型較小、棕色品種的昆蟲侵擾，也就是德國蟑螂。所以你若想維持這段關係，最好在廚房上用心一點。這次是兩個小時，光是爐子就要花上至少一小時。至於冰箱，要是不買台新的，你把它拖到外頭用水管沖洗大概還比較快。冰箱是蟑螂最愛的藏匿處，你用水噴會讓牠們抓狂。記得先噴殺蟲劑。

對於《死亡居家指南》的計畫，南茜一開始是興趣缺缺，但是看了我的提案之後卻馬上同意，速度快得離譜。然後她開始宣傳活動，七早八早就向她的行銷人員做簡報。像她這種出版商實在不可思議，能夠一早起來就把自己切換到商業模式，努力推銷可能前一天都還不屑一顧的點子。她想在明年十月份出版，問我有沒有可能及時完成。把目標瞄準耶誕節禮物書的構想令我百思不解，因為我儘管態度樂觀，這個市場選擇還是相當令人狐疑，不過這就留給南茜煩惱好了。

接下來幾個星期，我寫出大綱，草擬章節內容，彙整延伸閱讀的書目清單。這將是我寫的最後一本指南，因此打算採取更有創意的方式。我收集碑文、題詞等做為開場。幸好我還沒開始整理詩集，還沒分類和挑選處理掉那些書，所以手邊素材豐富。美國詩人絲維亞·普拉斯是首選，她筆下的拉撒若夫人如九命怪貓，宣稱**死亡是門藝術**，而這門藝術是她的專長。還有約翰·鄧恩那句精采但厚顏傲慢的話：**死神，汝勿驕傲，雖然有人稱汝偉大且恐怖**。鄧恩還要很久才會親自面對死神，怎麼會認為死神是虛弱、沒用的對手呢？難道死神也會死嗎？**死神，汝將死去**。

我是在珍珠的書籍交換中心找到的一本詩集裡發現鄧恩的。珍珠就跟其他二手書店一樣，收藏了許多舊的高中課本：破爛、髒污、遭到不甘願讀書的學生粗魯地翻閱，而且全都屬於某種類型，彷彿世界上有一個人決定學生千篇一律都應該閱讀《哈姆雷特》、《梅岡城故事》、希羅多德的《歷史》、《麥田捕手》，以及一本叫做《玄學派詩人》的書。我大約是認識阿奇的時候得知何謂玄學派詩人，記得當時還告訴他我發現一名叫做安德魯·馬維爾的詩人，他寫過園藝，甚至是除草。

除草？阿奇問道，我看看。

我給他看那首詩，講的是一名男子，一邊除草一邊哀嘆他殘忍的心上人對他所做的，就跟他對草坪所做的一樣。

因此，你們這些草地，阿奇唸道：**曾是令我思緒更綠的伴侶，現在將成為徽章，用來裝飾我的墳塚**。你覺得這是什麼意思？

不知。他的心上人想把他殺了埋在草坪下？

阿奇把書還給我。清新又歡愉的草地？不知感激的草地？馬維爾這傢伙，看來他是一輩子也沒除過草。

但我一直記得除草者的綠色思緒裝飾墳塚的那幾句，雖然我不能假裝懂得含意。

幸好許多詩人以樂觀的態度探討死亡。濟慈平靜溫和地歡迎死亡經驗，是我在這本指南中想要採用的基調。**多少次我幾乎愛上了靜謐的死亡。**我重讀這些詩句，覺得死亡是可以嚮往的。的確，**死亡似乎是相當富麗的。**是我們熱切且深情地渴求的，而不是心不甘情不願地屈從就範。我瀏覽〈悼亡詩〉，放到一旁：我不想看丁尼生的詩，甚至所有維多利亞時代的詩人都要避開。我的書不要帶著陰沉憂鬱的情緒。普拉斯的拉撒若夫人是那麼有魅力，我考慮用她的話當書名。《死亡的藝術》聽起來很有吸引力。和諧、莊重、頗具文學底蘊，可惜已經有人用了。

我帶著愉快的焦慮，熱切地撰寫《死亡居家指南》。想到多年來都在追趕截稿日，也就是稿子的「死期」，而這次的「死期」名符其實，不禁覺得有趣。而自己的死還算是有利用價值。死亡是必然的、無意義的、讓人不知所措的。我從來就不要任何人從我提早死亡的事實當中挽救出什麼意義、希望或安慰，繼續在某個地方的來世耀武揚威，在意料之外的地方找到慰藉。我沒辦法同意鄧恩的話。死神就是死神，死神是不會死的。最後的得分將是黛莉亞：〇，死神：一。但我可以留下《死亡居家指南》，教導別人怎麼一步步邁入死亡。希望我的葬禮上能夠拍賣這本書，希望南茜在我的守靈儀式上準備拍賣箱或展示櫃，雖然我還沒跟她提起這件事，因為我知道她和其他人都會覺得很沒品。

我的《死亡居家指南》並非用來預測來世，或告訴遺眷走出悲痛的過程——這最好交由心理師和諮商師來處理。相反地，我決定把焦點放在實務面：選擇自己的棺材；囤積冷藏室的食物，好讓家人在你去世之後撐一陣子；取消信用卡；結算報稅表；緩和便祕症狀；刪除硬碟裡的資料；準備臨終食物；取消訂閱的報紙；規劃女兒的婚禮；為貓找新家；選擇葬禮和死後要穿的正確服裝；器官捐贈；屍體防腐；埋葬或焚化。碧頓女士年僅二十八就去世了，要不是因為她是健康活躍又知識豐富的女子，我確定她那本包羅萬象的書一定會涵蓋臨終者的照護守則。對這位二十幾歲的年輕女子來說，死亡這樣的未來就像寓言世界，一個有半獅半鷲的怪獸和九頭蛇的地方，太過奇異和遙遠而無法認真看待。不久前，我一定也是這麼覺得。

根據我的健保方案，我的情況就跟俄羅斯合作商店一樣悽慘。在這個既非全民亦非完全私人的健保制度裡，像我這樣的「個案」（「病人」一詞已逐漸不用）得到的醫生，是深信他們的人生使命是加強你字彙能力的那種。我的腫瘤科醫生李醫師隨口介紹了許多冗長難懂的專門術語，替我們的會診增添了不少色彩。我就診時，一手拿著血液和尿液樣本，另一手拿著袖珍型醫療字典（我真的不介意——你永遠不知道脫屑或腫瘍這種字什麼時候會派上用場；知道自己可以隨口說出「溫度覺」這種字眼，然後在需要時應用出來，甚至讓我興奮得微微一顫）。

上次就診之後，我就決定除了處方簽之外，我完全不需要她了。她沒辦法給我什麼建議，也沒帶給我多少安慰。她對病人的態度是拘謹正式和奇怪膽怯的結合。她是名身材矮小、頭髮轉灰的女人，像隻白老鼠一樣蜷縮在過大的辦公桌旁，眼神一直很難與我交會，彷彿她逐漸明白（她終究得明白）她扛起的重擔——身為腫瘤科醫生，治療的對象必然是將死的病人，我同意承受這種重擔是極不公平的。不過話又說回來，李醫生對於我的病情和未來幾個月的狀況，都解釋分析得清清楚楚，令人印象深刻（只要我記得帶字典，會診幾乎是件愉快怡人的事）。經過幾次手術後的回診，我對病情的進展了然於胸。

如同她的預測，我在治療期間經歷了好星期和壞星期。壞星期是感到前所未有的難過和痛苦，不抱康復的希望，沒有胃口，嘔吐不停，連從床上爬起來的力氣都沒有。接下來改變用藥療程或停止服藥，細胞有機會恢復元氣，這是一段健康時期，可以吃喝、走路、洗澡、做其他事情，甚至考慮中午外食。好星期完全沒有壞星期的症狀，讓我開心得精神抖擻。沒有疼痛、沒有嘔吐、不覺得血管裡的每滴血液都被抽出來換成熔鉛，讓我大鬆一口氣，比之前好太多了。我讓大家誤以為做了治療，就能夠買回原本的生命，但心裡明白這只不過是延長幾個月的租約而已。儘管如此，在這好些星期裡，我覺得自己無所不能。女兒出門上學後，我總是立刻回到書桌前工作。

我撰寫章節大綱時，著重在創造一本南茜團隊會忍不住想推銷的書籍。在行銷方面，你一定要把焦點放在精選關鍵字上，一定要記得「入門」一詞是關鍵字，這跟中間路徑無關，但是跟事情的「下場」（另一個關鍵字）極有關係。所以在這個階段，我不會提到書中將引用詩人的作品。雖然南茜經得起詩的考驗，但我只能暗中把詩偷渡進去。詩人不是什麼關鍵指標，詩也不是關鍵字，其實幾乎連提都不能提。詩暗示晦澀難懂和偏執狂，以及財務赤字。所以在提案和章節樣本當中，強調詩是沒好處的。暫且把那些死去的詩人置於一旁（反正他們會一直待在那裡，我可以隨時拿來參考），我很快地規劃出全書架構，覺得它有價值和啟發性，實用性更不用說了。

我寫到飲食、休閒活動、對於舒緩環境的需求，但也要有足夠的刺激。我寫到與親朋好友談論死亡，把工作事務做個了結，把生活中所有雜七雜八的東西丟掉——不是為自己，而是替家人在你死後省掉一些雜事。我寫到計畫和清單，以及兩者的重要性。我寫到書籍和歌曲、作者、歌手，也就是在你臨終時或葬禮上，你希望他們朗讀的段落或演奏的曲子。

我不停地寫。寫到當一切（疾病、藥物、程序、醫生）都威脅著要控制你時，你如何把事情控制好。寫到在用盡一切方法之後，他們永遠都能再掏出一個終極療程要你放膽一試，也就是他們袖子裡永遠藏著另一個法寶，這時你要怎麼拒絕。寫到跟他們說「不」能帶來多大的力量，該療程雖然可能讓你多活幾個月或幾分鐘，但是並不值得。寫到治癒的錯覺、迫近的死亡，寫到擁抱死亡而非抗拒……我寫這些是因為我是過來人，知道那是怎麼回事。我一直寫、一直寫，寫得面面俱到（或者我以為面面俱到），因為我都經歷過，我是專家。直到有一天我再也寫不下去，因為有一天起床時，發覺要讓事情都在控制之下遠不如想像中簡單。

有一天我發覺自己一直在自欺欺人，才明白要教別人如何了結未了之事，自己首先就得以身作則。有一天，我就是得跳上車，離家一趟。

20

幕簾上的影子像顆四角星：兩隻手臂、兩條腿。影子隨著音樂的節奏，先是慢慢旋轉，然後飛速旋轉，最後慢了下來。幕簾是近黑的深藍色，但是被馬戲篷遠端的聚光燈照亮，變成發光的藍色，其上的影子跟墨水一般黑。

另一座聚光燈照亮了旋轉的表演者和觀眾，這時為數不多的觀眾群起驚歎了一聲。她穿著閃發亮的粉紅色緊身連身衣褲，旋轉、繞圈、扭曲、側轉得如此輕鬆優雅，如同一名芭蕾舞者在地板上踮腳旋轉，只不過她是在十五公尺高的地方，身上綁著一條彈性繩索由從篷頂中央垂降下來，而且幾乎像是只繫住了她赤著的腳趾頭。結束時，她從繩索上跳下來，向觀眾一鞠躬，跑向幕簾，隱身在後方，彷彿音樂盒的蓋子闔上了。打在幕簾上的燈光熄滅，馬戲表演指導再度出現，身後三個小丑跟著翻滾過來，方才在高處繩索上表演不可能動作的閃亮粉紅人影，彷彿只是一場夢。

表演結束後，我去找她。當時是傍晚，天空被片片雲層撕裂，我在大帳篷後方的馬廄內找到她，她正在幫小馬刷毛。大帳篷沐浴在夕陽的光芒裡，隨著她身子的移動而忽明忽暗。

泰菈？

她迅速轉身，像其他人一樣，面露短暫的詫異。

嘿。她朝我走來，緊緊抱住我好一會兒，接著後退一步，凝視我的眼睛。多久了？

大概十四年了，我說。

噢，真高興見到你。我們望著彼此的雙眼閃爍著淚光。

我就知道會再見到你，知道你有一天會回來。你好嗎？

我還好，還可以。

我第一次見到她時，她才十幾歲，現在如果遠遠看，她也還是像個十六歲的少女，身材那麼纖細，還是綁著長馬尾。她沒有長高，沒有變瘦，近看時發現她的肌肉更緊實，線條更分明了。當時，她是空中飛人和雜技演員家族成員裡年紀最小的一位，這個家族依然是馬戲團的臺柱。

她剛開始是跟母親同臺演出。她們下方雖然設有安全網，但她母親發展出一齣危險的劇碼：

把泰菈拋給她蒙住雙眼的姊姊，姊姊抓住她，往空中拋丟一次，在高空鞦韆第三次擺盪時把她拋回母親那裡。我第一次見到泰菈時，這齣劇碼還在上演，只不過她姊姊已經離開馬戲團和鎮上，原本的角色由一名年輕男子接替。泰菈在找年紀較小的孩子取代自己，因為母親也離開了鎮上，她得調到母親的位置。她母親為何離開，這段故事最好保密，當時如此，到現在也是。

記得蒙眼的那段嗎？

嗯。她的手伸進後褲袋，掏出一包壓皺的鼓牌手捲菸草。跟你說，那沒什麼大不了的，她說。只是時間有沒有算好而已。你會數數，就會玩高空鞦韆，不管有沒有蒙住眼睛。而且下面一定有安全網，是我長大一點之後才拿掉的。反正跟丹尼比起來不算什麼。

誰是丹尼？

他是康提尼茲家的，她說，是多年前她還年幼時便離開馬戲團的那個家族。丹尼四歲時就跟哥哥們一起表演。他們從跳板上依序跳到前一個人的肩上，從大的開始；他是老三，所以是最後一個。他們練習了幾百次，練到爐火純青的地步，這馬戲團三兄弟就像打開的俄羅斯娃娃，一個套在另一個上方。只不過他們第一次在觀眾面前表演時，某個地方出了差錯，丹尼每次都能精準地落在哥哥的肩膀上，但這次卻沒有，而是飛到了旁邊。

她深吸了一口菸，緩慢得令人火大，然後嘆口氣把煙吐出來。

怎麼了？我問。

他飛過頭了，她說，結果落在後方的軟墊上，滾了一圈之後站起來。我們全都嚇壞了，當時我才六歲，恨他入骨，但連我也嚇壞了。不過觀眾覺得非常精采，還以為是故意的，那小混蛋竟然還有臉鞠躬答禮。

她又捲了一根細菸，點燃後懶洋洋地往椅背一靠，她穿著無袖上衣，曬成古銅色的手臂孔武有力，活像一名老牧場飼養員或剪羊毛的熟手在午後休息抽根菸。小陽對馬戲團的興趣發展成迷戀，甚至渴望擔任團員，此時我和泰菈成為朋友。泰菈很高興他來，加入馬戲團的兒童幫，有些是受訓表演的，有些只因為他們屬於那裡。

我們坐著享受傍晚的最後一點陽光，共享一瓶健怡可樂。現在馬戲團周圍看不到任何小孩，而且也比我印象中安靜許多。

過了這麼多年，她說，有些家庭離開了，永遠離開這一行，把孩子帶到他們以為更好的地方。你呢？

我？她停頓一會兒說：我從來就沒有過孩子。

我不是這意思。

我知道，她說，抱歉。

21

親愛的黛莉亞：

我發現你的專欄都在談清理打掃的事，連帶也肅清男人，你大概心裡有問題。我會把空瓶空罐丟進回收桶，整理報紙，類似的事情都會做。女人和清掃是哪裡出了問題？

親愛的不解的讀者：

不只是女人。清掃是動詞。一名男性作者說得妙：「動詞有某種勇敢的特質。」動詞，假設你還沒發現的話，就是「動起來」的詞。偶爾把一些東西丟進回收桶，跟鼓起勇氣激起膽量來拖洗、沖刷、擦亮那些有黴垢、油垢、鏽跡、灰塵、細菌的地方，是不能相提並論的。

蘭伯特先生發現他後院有風頭鸚鵡時，不禁火冒三丈。更精確地說，風頭鸚鵡是在他屋頂上，那是鳥兒唯一能夠棲息的地方。牠們每天下午抵達，用吵雜的吱喳聲打破他餐後的寧靜。他表明了我個人應該為此負責。就某方面而言，他是對的，因為我選擇種植的樹大多會開花，把小鳥吸引了過來。不過呢，我覺得他的意思是（至少根據最近阿奇的傳話推測，因為他不再跟我講話了）我在後院放了幾盤水是不負責任的行為。更糟糕的是，我是故意氣他的。這又進一步地侮辱了我的雞，實在很沒修養。距離我們上一次隔著側籬笆講話，已經有兩、三年了，當時他聲稱那些雞毀了他的生活。

哪門子的生活啊，艾絲桃當時這麼嘀咕，充滿九歲小孩的尖酸。

還有你的小孩是我見過最沒禮貌的，他的禿頭消失在籬笆下方之前，丟給我這句話。這個事件發生不久之後，生命力最強的木麻黃樹就枯黃而死，接著是阿奇在後方角落種植的竹子。後來，我知道他趁月黑風高的夜晚，偷偷摸摸地往我們這裡灑除草劑。我沒有採取報復行動，擔心我的雞會是下一個目標，更擔心我的女兒。她們在屋前溜直排輪時，他噓聲將她們趕走，不讓她們靠近他那輛一塵不染的白色豐田花冠汽車。

我知道蘭伯特先生只是找風頭鸚鵡來洩憤而已。經過那次的側籬笆衝突，我放了五、六顆雞蛋在他門廊上做為和解的禮物，沒想到卻惹毛了他。三天後地方議會的衛生檢查員來訪，這名年輕人頻頻道歉，解釋說蘭伯特先生寫了一封很長的信，抱怨我養的家禽數量超過法定限制，在郊區後院非法飼養（他自行決定法定數量是三隻）；還說我養了一隻公雞，每天早上都打擾到他；雞棚發出惡臭，讓他沒辦法待在自家後院；整個地方是有害動物（即老鼠）的天堂；雞棚跟他的側籬笆和我的後籬笆太近（應該要再隔個一點五公尺），這同樣是違反了似乎沒人聽過的法律；最後一點是整個鄰里都反對飼養雞隻。

他有沒有提到蛋？我問。

蛋？

我給過他幾顆，是美麗的褐色雞蛋。

噢對，說到這個。他又查閱了文件。這裡寫著食物很不衛生地留在外頭，他還得把雞蛋丟到自家的垃圾桶裡。

那是新鮮雞蛋！我只是放在他家門前而已。

年輕的檢查員嘆口氣。抱歉，他說，我只是照規定向你報告，看得出來你的雞很乖。

你要不要去雞棚好好檢查一下？

不必不必，謝了。

蘭伯特先生看到衛生檢查員不願命令我把雞棚撤掉，非常洩氣不滿，於是又義正辭嚴地發出另一封信給地方議會，重複同樣的反對理由，再加上一些新的抱怨：阿奇決定不要挖掉而是融入蕨類和附生植物當中做為景觀的樹樁（看來那會藏匿白蟻）；阿奇辛苦了好幾個月開闢的水塘，那當然是他的得意之作（滿是孑孓、深度超過規定的十八英寸、沒有柵欄圍住）；還有我們搬來後不久，據稱有阿奇搭建的非法後露臺。既然蘭伯特先生從來沒到過我們後院，沒人曉得他如何能一口咬定水塘太深（我認為不夠深，因為睡蓮長得不怎麼好，但我沒跟阿奇說），還有我們家和他家之間隔著一道高聳的籬笆，他又是如何能夠隔著這麼遠的距離看到孑孓呢！

衛生檢查員再度光臨時，又道歉了一番，說這次他得檢查後院了。他讚美我的雞，注意到沒有臭味，表示我想養多少隻就養多少隻，只要地方保持乾淨就好。他同意眾母雞當中沒有一隻是公雞假扮的，也證實我對所謂的有害動物看法無誤：這個地方靠近自然保護區，常會看見澳洲的土生老鼠——寬足袋鼬，殺掉一隻就得罰款一千澳幣。他繼續查閱蘭伯特先生的清單，斷定這個水塘滿是飢餓鯉魚和黑摩爾金魚，沒有一隻孑孓活得下來。他表示被指稱違法的露臺看來只是稍微翻修，是我們搬來不久後，原本的露臺垮下來我們才重蓋的（如果我願意，他可以請擔任建築檢查員的同事書面證實這點，當時我請他這麼做）；靠近露臺角落的樹樁並沒有藏匿白蟻，永遠也不會，因為那是棵檸檬尤加利樹，白蟻認為嘗起來樹脂太多而不願靠近。

檢查員眺望整座後院，全景盡收眼底——茂密的樹叢（這不在蘭伯特先生的清單上，他知道這會太過份）；紅色屋頂的雞棚；抓扒著土地、滿足地互相吵嘴的黑、白、棕色母雞；樹蔭遮蔽的角落；水景；經年來任憑風吹雨打的沙岩石堆；鳶尾花和百合花叢；有如母親圍裙的平整中央草坪，周圍的景觀全簇擁著它，就像任性但可愛的一群孩子湊在母親身旁；整個地方涼爽平靜，氛圍豐饒祥和。這時他跟我說：

你沒有青蛙可真奇怪，牠們住這裡會覺得像天堂！

這倒是個點子，我說。

在大多數午後，風頭鸚鵡會在毫無預警下吱吱喳喳地來到附近，有如喜歡製造尖銳煞車聲和在路面留下輪胎膠痕的一幫流氓。我實在不怎麼喜歡牠們，不過打死我也不讓蘭伯特先生知道。阿奇痛恨牠們。牠們剝掉銀樺的樹皮，把橡膠樹上的花撞得七零八落，粗魯的程度就跟牠們弄碎封簷底板和松木圍籬的木飾條一樣。不過我很高興蘭伯特先生把焦點放在牠們身上，這代表他對於我的雞、樹，包括小孩就不會盯得那麼緊了。我只是想風頭鸚鵡離開後，他會拿什麼做為新任務；我確定牠們終有一天會離開，牠們總是說走就走。

有一天牠們停在蘭伯特先生的電視天線上（安裝天線實在多此一舉，我確定他從來不看電視，裝天線做什麼！），他氣急敗壞地忙得團團轉，一下拿出長竿子想把鳥兒趕走，一下把木梯架在屋側爬上去大呼小叫、揮手驅趕，激動得梯子不住搖晃，但是卻毫無用處，風頭鸚鵡只是兇巴巴地對他嘎叫幾聲，我看得興味十足。接下來幾分鐘，依然毫無進展，只不過他頭部正中央贏得了一大坨白色鳥糞（那一定是鳥兒無法抗拒的目標），我坐在後露臺喝茶看書，噗嗤笑了出來，蘭伯特先生對我怒目而視，甚至還舉起拳頭，只不過梯子晃動，他趕忙放下來緊抓著屋頂的排水溝槽。我以前認定他是紙老虎，現在我可不敢肯定了。他對於他家和我家後院的大多數生命形式，都發狂般地鋸掉、根除、毒害，不知道這種狂熱會不會再更進一步。我走了之後，他會緩和一些嗎？如果他內心深處有一丁點仁慈，那也是無法觸及的地方。到目前為止，我的疾病還沒有觸及到他那點（第二次診斷結果出爐後，阿奇就跟他說了，但他只是點點頭，繼續澆水），所以我的死亡大概也不會奏效。

那天下午看著他熾盛的怒火衝著單純的風頭鸚鵡而來，看著他企圖控制自然界的無力憤怒。我也面對了自己深層的怨恨和憤怒，那是長久以來目睹他如此蹂躪自然界所累積的。我發現自己不想把這種負面情緒帶入墳裡。我對他一直產生不了影響，以後也不會。我的死亡不會改變他的行事作風，但我還是可以做點什麼，我可以報復一番，但方式是無害的。我會讓他氣惱，但方法會是最溫和良善的。總之，我將以某種方式踩在他上面，而且將讓他永難忘懷。

我一直在苦思這本指南要以什麼做為起頭。困難之處不是研究資料；我書桌上放著一堆厚厚的資料夾。不是具體內容；內容都已經準備妥當。是開頭。我很難找到正確的字眼來形容某些事情，比如死期迫近的狀態。是有一個字眼可拿來變化使用：死去。我死去，一個單純而勇敢的動詞；我即將死去；我瀕臨死亡；我死了（如果不嚇到讀者的話）；或者她死了。在我們的語言裡，也有同樣勇敢的字形容人生旅程的另一端——起點。我出生；我被生下來。但要描述婦女生孩子的動詞限制多些，一般不會說她使一個孩子出生，而是她「生下」孩子，強調「賦予」生命這個動詞的意義。

南茜曾打算出版一本關於分娩的居家指南。出生、生產、產前、產後、嬰兒期、幼兒期……她就像許多沒當過母親的女人，往往把所有階段和經驗混為一談。她認為繼洗衣、廚房、園藝指南大獲成功之後，下一本理當是生產，否則將被視為整個系列的一大缺憾。她認為我有養兒育女的經驗，因此有資格執筆。我很高興能以一個截然不同的提議駁斥她的計畫，以這本終極指南、這本終結所有指南的指南來壓過她。我不是育兒專家，我對養兒育女所知不多。生產過兩、三次後，只能讓你明白自己在這方面有多糟糕。養兒育女這回事就是個大洞穴，我只是站在洞口，沒什麼把握地探進裡頭無盡的黑暗。

也許是書名的問題？她後來提議。如果不取做《分娩居家指南》呢？讀者就不會誤以為你是內科專家、產婆還是什麼的。

那要取什麼才好？我問。

《養兒育女居家指南》？

聽起來是五〇年代的書。

《母愛居家指南》？

母愛？你開玩笑！（我希望她是在開玩笑。）

唉呀，她嘀咕，書總是要有一個賣得出去的名字啊，還得跟整個系列風格一致。

最新這本指南（這本我堅持撰寫的指南）碰到的困難，我可不想讓南茜知道。等待死亡的狀態是沒辦法形容的。死前？「邁向死亡」不夠好，太廣泛也太精確了。首先，我們全都在邁向死亡，所有人從出生的那一剎那就開始邁向死亡，特別是躺在床上吊著點滴、罩著人工呼吸器、插著導管，在身體要永遠關機之前的最後幾天或幾週，親朋好友圍在身旁的時刻。但現在呢？哪個字眼可以精確形容我目前的狀況：活躍又機敏，大部分時間覺得不錯，但是又面臨幾個月後清楚明白的生命終點？

這種諷刺緊緊攫住我，不過諷刺一詞還是如此單薄、不貼切、可鄙，不足以形容這種感覺。一定還有其他字眼，但我滿架的字典和同義辭典、我對任何有脈絡可循的詞彙的熱情、單字本身的熱情、字彙癖、對新詞的狂熱、對填字遊戲和難詞解析書籍的喜愛，在這裡都派不上用場。碰到這個題目還是詞窮了！我，一個專業審稿員，以讀字典為樂的人，曾孤獨地住在拖車裡什麼書都讀，而開始覺得自己像女神，能讓文字活過來的新媽媽。一個知道「營巢」和「靦然」是什麼意思、不會把「羸」、「猞」、「宭」與「贏」、「[illegible]」、「窘」搞混、可以隨時用上「潮解性」和「鏤彩摛文」等詞彙的人，而且絲毫不引以為恥。一位詞藻十足華麗並以此為榮的作者。當邁向死亡的感覺其實像活著時，當衰敗、腐壞、疾病如此激烈又尖銳地集中在你身上，彷彿剩餘的每個日子都像在雕刻刀刃上努力求得平衡時，能夠捕捉這個過程的字眼就算存在，我也找不到。

我覺得一本《死亡居家指南》的作者有責任找出正確的字眼。我希望書的開頭是對於死亡的正面思維，來一個勇敢的動詞會很有幫助。一個好名詞也很不錯。這個名詞不是病人，不是住院醫師，不是顧客、個案、申請人。這些多少都相關，但沒有一個非常正確。

亞瑟．史特斯找到了正確的字眼。這位行蹤不定的澳洲遊民在雪梨市區內隨地寫下完美的字眼——「永恆」，幾十年來讓雪梨人奉為傳奇[31]。這個完美的字眼是他當時帶給位於古老大陸邊緣

---

31 亞瑟．史特斯（Arthur Stace, 1884-1967）匿名行動初期，當地警察及記者以找出「永恆先生」為業餘樂趣。「永恆」（Eternity）一詞也因成為雪梨的城市代表詞。此傳奇故事後來被改編為電影《*The Eternity Man*》。

新興城市的禮物。一天他在教堂聽到這個詞，便有如一記棒喝。他說只有這個詞能夠傳達意思，讓人停下腳步思考。

他的字跡依然在他的墓碑上，這是我們去參觀威弗利墓園時發現的。亞瑟．史特斯幾乎是個文盲，但他卻臻至文學的完美境界。永恆包含了他要說的一切。這個詞等於一整首詩，一首令人難忘的詩。他用粉筆把「永恆」一詞寫在雪梨市區的人行道和布告欄上，每天寫超過五十次，三十年如一日。要是你找到完美的詞，你也會這麼做的。

22

我正在翻閱天堂樂園汽車旅館的地方電話簿，查詢許久以前的名字，這時手機響了，是母親。我把電話簿還給櫃檯人員，上樓回到房間講電話。

謝謝你過去幫忙，我說。應該都還好吧？

還過得去。你要是能夠每天打通電話給你女兒，我確定她們不會有事。

我以為不打會比較好，我說。你也知道，就是讓她們習慣……

黛莉亞，別傻了，她們怎麼樣也不會習慣的。

大概吧。

夏綠蒂也幫了忙，她說。她快期末考了，但有些下午會過去，這個星期天晚上就碰到她。跟你說，她們真的很喜歡她呢！

嗯，我知道。

艾絲桃迷上的電腦玩意兒，她好像都很懂，什麼「我的房間」[32]啦，還是什麼部落村落的，我也不知道叫什麼。

很多東西就是了。她二十八歲，那些她全懂。

而且她會坐下來跟黛西一起吃可怕的冷盤。

我幾乎可以聽見母親搖頭的聲音。她第一次看到德國香腸切片冷盤時，是在艾絲桃五歲的慶生會上。你會以為那是蟑螂。

還有，她說，你知道那小妞一星期吃掉多少蕃茄醬嗎？

嗯，知道。

那簡直是她維他命C的來源。

好啦，我知道黛西水果吃不多，但現在我沒辦法擔心這種事，反正她比我還健康。

你小時候吃得很好。

母親說得沒錯：我吃的都是天然、自製、未加工的食物，直到高中才被學校的學生餐廳養壞。話是沒錯，可是你看我，根本不能證明得癌症是因為飲食不健康。

唉，親愛的，她嘆道。我完全明白她的感受。她能了解我在幾百公里之外電話這一頭的靜默。

你是在折磨自己，為什麼不放下？回家吧。

---

32 應該是「我的空間」（MySpace），後文「村落部落」指的是「部落格」（Blog）。

靜默如氣球般膨脹後爆破。

媽，你當時也在場，我哭著說，你記得發生什麼事。我做錯了嗎？

你做得完全正確，你知道的。

那為什麼這件事讓我這麼不安？我為什麼得回來一趟？

你要試著靜養休息，她說，然後考慮回家。我雖然可以隨時過去幫忙，替阿奇照顧小孩，但他們需要的是你。

我知道，可是現在我需要她，我要找到她。不會很久的，再過幾天就好。

也許你找到她並不是重點。

什麼意思？我揉著眼睛說。

也許是她需要來找你，等她準備好的時候。

也許那時候，我說，已經太晚了。

但別忘了，阿奇也需要你啊！

我和阿奇的感情步入某個謹慎的階段時，我心裡還是存有疑惑，好不容易鼓起勇氣問，他還是堅持他和珍珠的感情已經結束了。

珍珠很棒，他說。但我們沒有共同點。結束了，她也知道。

「我們」有很多共同點嗎？

至少我們合得來。

你和珍珠不也合得來嗎？一定是合得來才會在一起啊。

女性版的貓王會是什麼樣子？他問。

不知。瑪麗蓮夢露嗎？

沒錯。所以想像一下，要是你下半輩子聽到的都是她的聲音，看的都是她的照片，就連在那該死的床上做愛時也是，跟那種人生活在一起會怎麼樣？

痛苦。

懂了吧？很可惜。珍珠雖然嘴巴上否認，但她永遠也不會跟誰定下來，不管是我或跟任何人。她已經有貓王，那對我來說太競爭了。還有，反正我愛你。

啊哈。他說了。他愛我。

阿奇，我也愛你，可是……

為什麼，他握起我的手說，你總是得加個「可是」？

泰菈請小陽過去跟馬戲團的小孩過夜時，我偶爾會去阿奇家住。他曾邀我搬去同住，但我拒絕了。在我帶著一個小嬰兒而周圍沒有任何人或資源可以依靠的時期，我的固執鞏固了我的獨立。我傷痕累累的自尊告訴我，你不需要男人。我帶著尊嚴，緊握著這些意念，我將永遠不再期待落空、被拋棄、被否定。

但年輕時說什麼都不算愚蠢。有一天我終於醒過來，明白自己釋懷了。要是范恩沒有在那個時候離開，他後來也會離開的。我喜歡穩定，喜歡閱讀。家是永久的，就算只是輛露營拖車，但范恩是表演者、音樂家、歌手，我這名觀眾對他而言永遠不夠。他注定要雲遊四海，也許現在正在遊走天下。我想像他一個月在愛爾蘭的酒吧做深夜演奏，一個月在上海外灘街頭賣藝，最後在哥斯大黎加的海邊經營酒吧。他年紀愈大、皮膚有如皮革時，當地少女會比我對他還親切溫柔。

我到底是怎麼搞的，一直對阿奇這種男人說不？我會說好，但是要在小陽面前說。阿奇會在晚餐前來找我們，我要給他們兩個驚喜。

23

親愛的黛莉亞：

又是我。謝謝你所有的建議，現在廚房看起來很棒。我和女友上星期五晚上在那裡煮義大利肉醬麵來吃，還做了生菜沙拉。你可以解釋怎麼正確使用熨斗嗎？還有洗衣機好像也有問題，我的衣服全都變成怪怪的灰色。

沒那麼走投無路的讀者敬上

親愛的走投無路的讀者：

你錯了，你還是走投無路。你周遭難道沒有任何一位生活榜樣可以讓你請教基本家務嗎？我沒辦法解釋熨斗怎麼使用，走投無路的讀者，那得親自示範，你一定可以找到教學影片，YouTube總非一無是處吧。至於洗衣服，問題不在機器，而是在你。你就跟全世界的男人一樣，不知道洗衣服要分類，我不是說上衣要跟褲子分開，而是白色要跟有色分開。沒錯，就像以前的種族隔離政策，這對洗衣世界的和諧是至關重要的。還有，別再把擦碗巾跟內衣褲混在一起洗了。

我看著螢光黃的液體經管子流入我的手臂。這個顏色看起來毒性很強，讓人相信它有能力殺死任何東西。需要施打兩個小時，再花兩個小時用生理食鹽水沖掉。但這並不能消滅癌細胞，至少消滅不完。我決定這是最後一次接受治療。既然都已經決定了，我不是很確定為什麼我不現在就把管子拔掉，一走了之，再也不回來？再施打五百毫升的滅可善除癌劑有任何幫助嗎？

我坐在化療椅上，讓藥物攻擊我的身體，我把背往後靠，但還是很難放鬆。一、二天後，我會一直吐水；上次化療後長出來的稀疏毛髮又會開始掉光；我會形容枯槁、臉色慘白、難受到筆墨無法形容的地步；雖然筋疲力盡，卻沒辦法安睡；討厭被人打擾，但獨自一人又感到難過；我沒辦法閱讀；肥皂、咖啡、花的香味都變得噁心；某些顏色，像橘色和紫色，令我無法忍受；大家送來美麗的玫瑰，可是放在房間裡我受不了。我吃什麼都像在嚼金屬，整個消化系統都出現潰瘍；不再覺得難受時，會想吃平常不感興趣的食物——零食、速食，以往最愛的菜肴卻嘗起來噁心。我會變成一個浮腫到眼睛都變成細縫的光頭怪物，脾氣暴躁，大口吞嚥外送比薩，猛灌甜滋滋的氣泡飲料。在經過這一切折磨之後，癌細胞依然是每分每秒開開心心地繁殖分裂，征服剩餘的部分：我不會再長回來的剩餘肝臟、我的腦袋、我的脊椎神經、我的喉嚨。

所以，沒錯，這將是我最後一次的療程。

椅子寬大豪華，厚軟舒適。在腫瘤科門診裡，我們是不需要臥床治療的病人，只是乖乖地與監測器和輸液控制器連接著，讓有毒液體一點一滴流進血管，同時愉快地翻閱雜誌等待。我們在之前先吃三明治，要不然等藥效一發揮，光是想到食物就痛苦不堪。只不過今天在打滅可善時，我沒有加上特定劑量的敏克瘤或少量的卡氮芥來緩和滅可善的殺傷力，這次的化療雞尾酒不加稀釋、不假裝飾，沒有橄欖，沒有鮮亮活潑的小紙傘。最近化療時，我不閱讀，也不玩日報上的填字遊戲，而是帶著筆記本，盡可能利用這個經驗，把對這裡的真實感覺記錄下來，好用於指南，確定細節正確無誤，免得為時已晚，我一去不復返。現在我仔細觀察，才突然發現我們在腫瘤科門診裡是多麼自立自強。同時有高達十一、二位病患吊著點滴，靜靜地吸收藥物，周圍幾乎看不到一名護士。我們被放任在這裡自行注意機器，確定注射了足夠的液體，推著輸液控制器上廁所時，記得收集尿液。監測器嗶嗶叫時，我們甚至自行調整。我是自己開車來的（雖然阿奇說要載我），等一下也會自己開車回家，並為這樣的殊榮支付鉅額的停車費。要是我們能自己抽血和肌肉注射，我確定診所也會讓我們自己來。我剝了一根香蕉，把筆記翻到另一頁。

就在這時候，李醫生走了進來。她很少在門診部出現，寧可隔著大辦公桌診斷處理病人，以保持舒服自在的一個手臂的距離。少了辦公傢俱的保護，她簡直像沒穿衣服。

她幫我檢查時總是帶著些微的詫異。我當她的病人將近三年了，經歷過第一期、第二期，現在是第三期的癌症，但她的反應還是一副我侵入了她的專業領域。我常覺得如果可以不必跟人打交道，她會是一流的醫生。她瞪著點滴袋裡的滅可善，彷彿那是條爬蟲類。她戰戰兢兢地問我感覺如何。

還好，謝謝。

很好很好，她說，現在露出微笑，彷彿全世界最令人放鬆的事情就是坐在腫瘤門診部的化療病房中接受一劑又一劑的毒藥，治療著終究會置你於死地的疾病。但奇怪的是，這一切感覺起來好正常，至少對我來說是的，因而覺得坐在這裡等待幾個小時，周圍都是陌生人，跟各種儀器連接在一起，一手拿著吃了半根的香蕉，是一個我可以接受的現實。

現在來驗血，她說，然後幫你排下次的治療時間。

不用了，我說，我不來了。

我走出醫院時，經過兒科門診。通常我會快速通過，不願意遇到頭髮掉光的幼童、躺在透明壓克力嬰兒床裡的嬰兒，或是憔悴的青少年。他們彷彿只剩眼睛和嘴唇，五官因為沒有頭髮而顯得大。一名嬰兒坐在床上吸吮拳頭，兩頰因類固醇而通紅，胸口植入導管，連接著輸液控制器，水蜜桃色的背心凸顯了那肥圓的手臂。我從窗外凝望著她，她也張著眼睛看我，拳頭從嘴巴拿開，滴下些許口水。她的雙眼鉤住了我的，眼神真誠而自然。她大概八或十個月大，用的藥物應該跟我差不多，雖然不確定她得的是什麼病。可能是急性血癌，兒童癌症中最常見的一種。不管是哪種癌症，對於這麼柔弱的身子，一個幾乎還沒開展的新生命，都是一種凌遲。我往前走出病房區。

我的小孩還在襁褓時，對我而言是多麼純潔和健康。我想像那名嬰兒的母親看著導管插進她體內，一週又一週地看著血液被抽取出來，會感到這是多麼嚴重的侵犯。每一次小女嬰做腰椎穿刺、吸引術、切片檢查時的麻醉，之於母親都是一次小死亡，如此反覆。我可以想像那位母親在熟睡的病童身旁躺下，陪著她吸氣、呼氣，珍惜著那感覺和氣味，希望愈久愈好。

我還記得新生兒的氣味嗎？我知道用什麼字眼來形容嗎？

就在孩子逐漸遠離嬰兒期，而我逐步邁入生命終點之際，我似乎憶起了孩子剛出生的樣子，甚至聞到了他們的氣味；這似乎不太可能，因為我的鼻子和嘴巴都被藥物的金屬味占據。他們還是小嬰兒時，頭部似乎籠罩著看不見的神聖光輪，尤其他們頸部後方有塊區域，散發出新生命的細緻氣味，聞起來是健康、溫暖、微甜的。有點人味，卻純淨如天堂；是新的氣味，卻很熟悉。寶寶被放入你的懷裡之前，你可能從來沒有聞過那股氣味，但是只要一聞到立刻能認出來，彷彿那原本就烙印在你的ＤＮＡ裡，一直在你的生命裡等待被發現。每個嬰兒都有不同的氣味，但是都同樣芳香和舒服。你月復一月、年復一年地把寶寶抱起來，深深吸入嬰兒香，直到心滿意足才吐出來。不管是香水、藥物或是其他任何東西，都沒有嬰兒來得香。剛修剪的青草、咖啡豆、一杯陳年葡萄酒、在手中搓揉的檸檬葉、一滴香奈兒五號香水、一本新書，或是生命中所有我們欣賞的、珍視的、普通的、稀有的，讓我們慶幸自己有鼻子、或難過於感冒鼻塞而聞不到的所有氣味，都比不上嬰兒香。

我的身體將逐漸「往上」接近天國，或者該說是「往下」的，因為過程比較像是準備降落的飛機，駕駛員關掉儀器、關掉系統、把節流閥向後拉、調暗最後關掉機艙的燈光。這讓我花更多心思在思考生命的氣味，因為死亡應該會帶來它的新氣味，不受歡迎的新氣味。

我是在一天深夜偷偷溜到外頭時想到氣味的。幾個星期前，關於如何留下我的特殊記號給那位鄰居，我拿定了主意也開始準備，結果花了很長一段時間。這些短暫的拜訪分多次進行，因為要等待天時地利人和。首先要覺得自己有能力，不可能是累得只能躺在床上，或是噁心感重得無法走動，或是藥效讓我無力、頭暈而無法專注的時候。此外，當然得選擇月黑的夜晚，大家都已經入睡的時候。這包括蘭伯特先生，但是以一位年老的鰥夫來說，他有時候還真晚睡。

我閱讀了好幾個小時，不時放下書來窺看他是否熄了燈。他的捲簾窗都拉了下來，但小縫隙依然透出亮光，不過終究遁入黑暗。我赤著腳，穿著深色運動褲和運動衫，躡手躡腳地穿過前露臺，避開會嘎吱作響的木板條，輕輕走下臺階，活像個夜賊。如果我是要去偷東西，可能會有點罪惡感，但我是要去放東西的，所以每一次的夜行都極有成就感，無比興奮。

我緊靠著他的前籬笆聆聽，裡面確實安靜無聲，沒有收音機的聲音（他偏好失眠症患者愛聽的電台，我從未聽過他家廚房窗戶傳出危言聳聽的廣播主持人的聲音，這點值得讚賞）。他的前院大門低得離譜，我根本不用打開（就算必須打開也不會嘎吱響，他一定上過油了）。山梅花的香氣如此濃郁，簡直有麻醉的功效，但他從不出來嗅聞空氣中的花香。我跨過大門，踏上水泥鋪成的側道，這條側道直直從旁經過他的前院，經過房屋，通往後院的門。他的前草坪像處女般純淨，沒有小徑從中穿過；除了沿著前籬笆種植、被修剪得規矩乖順的山梅花之外，沒有灌木叢點綴其中，也沒有踏腳石通往門前台階，就是一片空曠的完美草坪。

寒冷的冬夜讓我停工了好一陣子，但一旦完工，需要的只是等待。一個晚上在這裡動手腳，一個晚上在那裡動手腳，我唯一需要的工具就是原子筆的空筆管。在那二、三個夜晚，趴在蘭伯特先生的草坪上，在他的鹿蹄草上頭加上我的個人特色，表達我的心聲，幾乎覺得這會是去世的好地方。要是蘭伯特先生發現一具屍體破壞了他完美的前草坪，身上各個洞孔流出有毒屍水，只得請醫務人員來把我的屍體移走，當他們的靴子在草坪上不住踐踏，想到這幅情景就讓我過癮，而且是絕佳的報復，誰叫他毒害我們的木麻黃、割斷我們的蓬萊蕉葉、攻擊我們的竹子，還把我那幾顆溫熱美好的雞蛋丟進垃圾桶。

他的鹿蹄草草坪是令人愉悅的安息之地。柔軟、芳香，具有最令人舒緩的綠色，而且當然連一株翅果假吐金菊都沒有；赤腳踏起來相當舒服，氣味當然也清新美好，是大自然贈與的最佳禮物。我把裝滿種子的原子筆管戳入泥土（肯定是施加有機肥料的），青草和濕泥土的氣味撲鼻，只能用誘人來形容。塵土回歸塵土，我很快就會回歸塵土了。

我希望至少找到一個字眼來形容嬰兒香（至於哪個字眼能夠傳達邁入死亡的情況，我已經放棄了），但現在把心思轉到死亡的氣味上。最近我對周圍的氣味有點著了迷：不是化療排出的胃氣、糞便的惡臭味，或是藥效發揮極致時所放的屁。那些氣味毫無尊嚴，我視之為完全「不自然」的味道。化療結束時，一切回歸自然，身體純粹是盡本分，做發育期過後它最擅長的事情——轉過頭來開始走下山坡（大多數人走得比較慢），最後回到土地。

我想死亡的氣味跟腐敗的死屍氣味是不同的。那種具有古怪甜味的惡臭並不陌生，我處理過夠多的死老鼠和幾隻死雞，知道腐肉是什麼氣味。必定會出現，也是我不期待的狀態，是臨終病人揮之不散的滯濁氣味。我曾在一些醫學圖解和先進的電子影像上仔細看過滿布癌細胞的器官。器官腐壞到那種程度，一定有某種臭味。但我也聽過和看過一些說法，表示臨終者滑向生命的盡頭時，身體會恢復一種清新純潔的狀態。我準備放棄追尋單一個字眼，而專為這本指南寫一些適合的題材。就快了。

24

馬戲團是在經濟大恐慌時期來到紫晶鎮的，就此安定了下來，最後成為年復一年在澳洲北部巡迴演出的基地。像泰菈這樣的好演員大半時間都在巡迴演出，但當他們回到鎮上時，也很樂意一星期表演個兩、三次，娛樂地方上慕馬戲團之名而來的少數觀眾。有些馬戲團家庭注定要永遠到處遷徙的，但經年下來，因為他們的定期回來，使得地方上的馬戲團演出也逐漸變得固定。一些家庭從未離開過，他們把生活開銷減到最低，用最具創意的方式維持他們的失業、肢障、單親或其他任何狀況，向政府申請福利補助。但不管是到處遷徙還是固定居住，馬戲團家庭一直住在露營拖車裡，不過他們的營地有自己的洗衣和洗澡設施，還有一個共用的大廚房。每輛拖車之間都隔著花園，花園也圍繞著馬戲團四周。泰菈拖車兩側分別是她姊姊和母親的拖車，兩輛都門窗緊閉，周圍冒出雜草，拖車彷彿慢慢變成兩朵大蘑菇。這兩輛拖車是一九六〇或七〇年代的遺物，比我的還新一點，雖然破舊但還沒全廢；退休人士打算來一趟悠閒的釣魚之旅時，會把這種拖車帶出去一次，然後就永遠丟棄在後院。泰菈把她那輛拖車的外殼漆成亮粉紅色，裡頭漆成黃色，爬進去時感覺像進入一個貝殼。

她這輛也是跟拉撒路買的，大家的都是。馬戲團和拉撒路的奇特事業享有共生關係。拖車損壞到不堪使用時，車主會換一輛，但不是新的，只是稍微沒那麼舊而已，全都是從小鎮南方公路上的拉撒路買來的。但這不是拉撒路老闆賺錢的方式，他仰賴的是獨特的再利用奇蹟和供需模式。首先主要是幾百位領取養老金的退休者源源不絕地從墨爾本出發，決定逃離寒冷的天氣，拜訪他們在書報雜誌上讀到或在旅遊節目上看到的地方。他們總是還沒抵達昆士蘭的北部就開始膩了，而到了紫晶鎮近郊，看到拉撒路的歡迎看板——**拖車露營車休旅車現金收購立即成交隨你出價**（不完全正確，不過差不多是那個意思）**特別歡迎退休人士前方三公里處**。此刻這些人心裡已經把行李打包好堆到休旅車後方，想知道距離下一個火車站或機場還有多遠。

他們抵達拉撒路車行時，情緒上和精神上已經走了十分之九，而拉撒路會快速處理剩餘十分之一財務上的疑慮。他的確以現金收購，但是會一邊搖頭嘆氣，一邊喃喃暗示收購露營拖車雖是明智之舉，但是轉賣的機會不大，不過他今天慷慨大方，願意幫他們一個忙，看得出來他們急於脫手……他指引他們下一個汽車旅館的方向，一、二天後就把拖車轉賣給年輕旅客而獲利。這些年輕旅客都是從北方一路搭便車南下的，對於睡在蟑螂亂爬、發出髒鞋臭味的青年旅社已經疲乏，也厭倦了拖著行李到處移動，活像東倒西歪爬行的烏龜。

拉撒路沒什麼羞恥感，很少打掃露營拖車，常常是連踏進去都沒有過。他前一天才從退休人士那買過來，隔天就賣給第一對出現的年輕人，他們已經走得雙腳酸痛、累得再也撐不下去，看到豎立在小鎮北邊幾公里處的另一塊看板，上面寫著：**優良露營拖車便宜賣，各種車輛任君選購歡迎背包客**，彷彿這些年輕人是圓桌武士加拉哈特，拖車就是漫長疲憊旅途所追尋的聖杯。

許許多多的年輕男女拖著退休人士布置好的露營拖車，裡頭還配有熱水瓶、摺疊式購物手推車、大字體歷史傳奇小說藏書、幾副破舊的撲克牌。小廚房裡有一罐罐減糖果醬、齒得麗假牙清潔片、速溶湯粉、一盒盒保久乳。這些車主可能一輩子都住在南方的貝克斯利鎮或巴拉雷特鎮，退休時才實現往北旅行的夢想，但是抵達紫晶鎮之前就已經膩了，這時該怎麼辦呢？這種事曾經發生過，泰菈之所以知道是因為跟她祖父母有關。她祖父母玩性大發，決定離開馬戲團和小鎮，往南方前進，消失了十幾年，有一天突然回來，拖著同一輛露營拖車。他們賣掉後換一輛比較大的型號，繼續開往紫晶鎮，發現原本停放的地方仍是空的，只不過雜草叢生，但還等著他們回來，彷彿他們只是出去度假幾個星期而已。

許多馬戲團表演者說故事都說得天花亂墜，泰菈就是其中的翹楚。但是這個故事我知道是真的，因為我來到鎮上的第一個禮拜，就向拉撒路買下了她祖父母的拖車。

25

最近一份「布萊爾與兒子們」調查報告發現，近六成五的受試者喜歡除草；五成五以上的受試者承認除草時，會有愉悅和寧靜的感受；約有五成的人同意除草是超越當下、減壓、甚至沉思冥想的機會；不到五成的人承認，除草提供可貴的獨處機會，對他們而言，引擎的噪音有如音樂伴奏，且提供了正當理由減少與伴侶、小孩、鄰居、寵物的互動。

——〈除草的藝術篇〉

《園藝居家指南》（二〇〇四）

一天下午小睡時，旋轉式割草機規律的噠噠聲讓我醒過來，阿奇已經不用吵雜的引擎割草機了。女兒們鐵定目不轉睛地在看下午的電視節目。這幾個月來，我為了在床上多休息，讓她們看電視的時間增多，實在慚愧。不過今天我神清氣爽，相當舒服。我走到後露臺，坐在陰涼處喝著蘇打水，享受一個男人照顧草坪的模樣，多麼令人安心的畫面。

我之前以為阿奇洗衣服的能力是我愛上他的原因，但現在不禁納悶會不會一直是園藝的關係。看著男人照料花園、處理草坪、大步穿梭其中，彷彿花園是他的天下，有某種無法言喻的魅力。男人除草和女人熨燙是典型的家庭畫面，兩極而相對。但差別究竟在哪裡？把草地變成草坪，還是把皺不成形的床單變得平順柔滑？也許所謂的男主外女主內的對立位置、傳統角色，比我們以為的更能相容。也許其之所以存在，是因為它們非常根本、強而有力，甚至情色。

也許誰可以把這一切釐清。我太累了，不想談理論。

我們處於後中年的位置，但是卻連中年都還沒到。我坐在露臺上，阿奇踏著篤定平穩的步伐，在後院裡推動著自己和割草機。在更遠的地方是庫房，他的庫房，裡頭擺滿神祕的男性工具，即使我對五金器具有些了解，看著還是覺得陌生。對他而言，那些是必備用品。生鏽的鐵格柵和一片片黑色、銀色的外牆板。像鑽機一樣的大型鑽頭，當然沒有夠大的鑽機能夠套上這樣的鑽頭。一圈又一圈的電線、軟管、繩子、導線管。垃圾，我相信全是垃圾，不過是最整齊的垃圾，所有東西都各就各位。阿奇的庫房後方是菜園，再過去是養雞的地方，由四英尺高的金屬絲網圍成，上頭攀爬著佛手瓜的藤蔓。

我穿著過大的運動衫和現在為了能隨處躺下而穿的伸縮褲，阿奇穿著飽經風霜的「王吉牌」

工作褲、鬆緊口式工作靴，打著赤膊。他具有雄健的肌肉，被太陽曬成古銅色，帶著薄薄的一層水氣而發亮。阿奇就算汗流浹背、全身髒污，聞起來還是非常神聖，有如剛除好的草地，具有他那職業特有的大地性。

以除草維生意味著他不總是能把除草當成是浪漫的事。我們搬來這裡時，他拔掉野牛草，開始造園。後院成了一項工程，代表他從園丁和除草工轉型為景觀設計師。排成人字形圖案的鋪路沙磚、架高的苗床、位置經過審慎思考的棕櫚樹，以及水景設計：水沿著一座黑甕的邊緣涓涓流下。後院變得美麗、安詳、自然不造作，而且機能良好。曬衣繩沿著一邊的籬笆掛著，不用拆下來，也不會引人注意。庫房在後方。但幾年過後，我瞥見阿奇渴望地凝視著後院。我知道他腦中浮現什麼光景：一大片藍灰色的柔軟草地，或是一塊綠油油的茂密草坪。他從沒想過竟然有一天會想念除草。他明白除草其實不只是勞動，而是自我表達和冥想沉澱的機會。他就是在這個時候擁抱除草禪的，因而又開始種草。他敲掉鋪路沙磚，開始挖地、翻土、通氣、施肥、澆水、種下新型的混合草種。一切都整頓好之後，草長了出來，他除了好幾次，以達到既短又硬的適中程度，這時我們會像孩子一般坐在上頭，感受手掌下的草坪，讓衣服沾上綠色污漬。我們有時候也會一家四口坐在那裡，而兩個孩子對草都不會過敏。

阿奇的草坪是最美麗的創作。不會軟到讓人不敢踩踏，也不會刺渣到光腳踩在上面時感到不舒服。乾季時，他親手用我們從洗衣房汲出來的廢水澆草。傾盆大雨時，他用一種特殊的園藝耙子來幫泥土通氣，他把耙子綁在一根長竿上，耙子細長的錫齒能把硬土鬆開，但不會破壞表土結構。他除草時，草香隨著溫暖的微風飄送過來，童年所有假期、生日、耶誕節，以及每一件快樂的記憶都湧上心頭。青草香的正面力量難以言喻，無法抗拒。我坐在露臺的那個午後，深深吸入那股清香。要是能裝瓶保存就好了。

又在試著把下午混過去啦？阿奇說。

割草機在除完草坪正中央的最後一小塊時停下來。阿奇的嘲弄有時候很刺耳。

好吧，我也來做點家事，我說。我站起身，重重地踩下露臺階梯，故意舉步維艱地經過他正在耙草的地方，走去雞棚。撿雞蛋是少數幾件我能發揮用處的事。而那天稍早，雞棚雖然傳出很多得意的咯咯聲，下蛋箱裡卻只有一顆雞蛋。

母雞一定是開始停產了，我喊道。

不該是這個季節啊！他說。他彎下腰抱起一堆除下來的草，走過來丟到圍籬這頭。五隻母雞立刻衝過去，想看看裡面有沒有蟲子。他說得沒錯，母雞在初春時蛋應該要下更多，而不是更少。

我把蛋交給他說，我把這裡清一清。

我對花園的貢獻就是這些母雞，雖然原本的計畫是讓牠們隨意漫步，但造成了我和阿奇之間的緊張，直到後來阿奇以金屬網架設了圍籬，安裝好雞棚的門。雖然我非常喜歡看著棕色、黑色或白色的雞隻在翠綠色的草坪上遊走，但我同意牠們需要限制範圍。如果我對這點曾存有任何懷疑，看過牠們住了僅僅幾天的雞棚院子，疑慮也會消失無蹤。任何綠色植物的葉片，不管是雜草還是有毒植物，都被啄得精光，我才明白牠們可以在幾個星期之內，把整片草坪吃到只剩黃土和碎石。不過雞隻在草坪上漫步的影像還是在我心中縈繞不去，那代表著某種完美的家庭畫面，某種自然界的理想和諧狀態，所以我偶爾會把珍放到草坪上一會兒，放鬆地坐著欣賞她的羽毛在富含葉綠素的青草上被襯托得更顯斑斕，就像古時候傳令官制服上的徽章那般耀眼燦爛。

我用鏟子把舊稻草移開，再把一些新鮮稻草放下。母雞群就跟平常一樣慌亂，這個行為只是做做樣子。我並沒有讓牠們慌張的地方；我是牠們的主人、餵食者，把牠們從小雞養大。慌亂的舉動跟原則比較有關，這是一個信號，表示牠們的地位不管多麼低微，還是有自尊心的。我發現即使最骯髒的母雞都有她的尊嚴。也許是因為她們有能力下蛋，畢竟不是每隻雞都做得到。我在凱蒂下方發現另一顆蛋，她輕啄我的手，整整羽毛，從下蛋箱跳下來，幾乎是鬆了一口氣地飛奔離去。投注於孵蛋的熱情，到最後都變得如此務實。如果有人讓你免去這件苦差事，你會稍表抗議，但馬上便投入手邊的下一個工作，那對凱蒂來說便是在餵雞盤旁邊抓抓扒扒，希望能夠找到今天殘餘的飼料顆粒，或是一隻蠕蟲。她未免太樂觀了。

草坪是我不久之後將回歸的地方，更精確地說，我會長眠於其下。死亡讓草坪的可用性達到極致。在世界各地，草坪都意味著死亡。草塚、古墳、法國各地豎著白十字架的草地（但曾經是屍橫遍野的泥巴地）、墓園、火葬場，這些地方都翠綠且溫暖，芳香而靜謐。在所有的亡者紀念碑旁，在全世界的公園和花園裡，在我們附近的公園裡，草坪都被用心照護、種植、施肥、除雜草、澆水、修短，無止盡地修短，向已逝的過去致敬。沒有人可以修復死亡帶來的毀壞，尤其是殺戮戰場的慘況，但割草機刀片的每個割除動作，灑水器噴出的每一滴水，都代表有人試著表達他們的關心。草坪其實不是草坪，而是一床帶著憂愁和希望的毛毯，是我們用來蓋住過去、願之不再回來的覆蓋物。

我知道我不能埋在自家草坪底下——就算家人不介意，法律也不許可。但我想要是這本書的封面放上我們家草坪的照片會有多美。只要能夠把草坪跟主題連結在一起，我就心滿意足了。不過上面要是放著一具棺材，可能太怵目驚心了。此外還有品牌的問題，破壞品牌形象沒有好處，這本指南應該要跟本系列的其他指南一致，同樣赤土色和沙褐色的書緣和書脊設計。我還考慮到更多細節。《洗衣居家指南》的封面是白色亞麻布餐巾夾在曬衣繩上輕輕飄動的照片，背景是油亮的草地和寧靜的藍天。這是大家熟悉的景象，雖然再沒有人用亞麻布餐巾了。但卻能營造這本書的質感，也點出了居家生活裡的一個小觀點：有些東西，持家者也許永遠不會使用，但也永遠不會疏離。這種細節很重要，不管是在書裡還是封面。沒有多少人會考慮到這點，但我和南茜都明白這種細膩的形象鋪陳——大家都熟悉且象徵無拘無束的晴朗天空，以及象徵純淨、帶點神聖的白色亞麻布精緻餐巾，對於我們推銷的產品至關重要。因為我們賣的不只是居家指南，而是更龐大的居家理念。這種跟家庭的完整性、永久性、安全感有關的概念，是所有居家書籍所隱含的。

《廚房居家指南》也是一樣，封面是一個樸素高雅的不銹鋼火爐，上方的架子掛著一排廚具，一條格紋擦碗巾隨意丟在角落，以達反諷效果。買得起那種爐子的人並不多（大約澳幣六千元，還不包括抽油煙機和不銹鋼防濺擋板），但大家都買得起（也大概都擁有）格紋棉製擦碗巾，在兩元商店裡不用兩元澳幣就買得到。如果你有擦碗巾，就可以透過聯想（至少可以幻想）而覺得自己也擁有德國頂級家電品牌「美諾」的爐子。你在現實生活中無法真正擁有的遺憾，藉由你仍擁有擦碗巾得到撫慰。要跟阿奇解釋這層層意義的重要性，簡直是對牛彈琴，這就是為何我放棄跟他討論封面設計。我和南茜在這方面意見一致。她不需要討論就完全了解細節為何重要，也許這種事終究跟性別有關。但我還是可以想像，阿奇會搔著腦袋說，曬衣繩上掛著紅色花邊內褲或黑色胸罩，會比一排無趣的白色餐巾好看多了。

話雖如此，我懷疑南茜會同意把草坪和棺材拿來當封面，其實是任何暗示葬禮的畫面她應該都無法苟同。儘管書名跟死亡有關，她還是會堅持封面的形象是要發揚生命、希望、革新的。那草坪就好，不要棺材呢？我很可能沒辦法活到要做出最後決定的時候（**控制狂又來了**），所以這點要努力思考。要怎麼說服南茜呢？古怪封面的點子還是在腦中縈繞不去。有人曾經從墨西哥寄給我一張絕妙的明信片，上面是一具乾枯的屍體躺在未闔上的棺材裡。屍體雖然看起來敗壞乾枯，卻寧靜到近乎泰淡地露齒微笑著。它散發的氛圍是如此沉靜而平凡，彷彿在墨西哥每個街角都可以看到展示在樸素棺木裡的乾枯屍體。就我所知，墨西哥可能真的是這樣。這具屍體（是男是女難以分辨）一手拿著小書，可能是祈禱書，另一手拿的似乎是乾枯的麝香百合。

然後我靈光一閃——這是最妙的封面點子：我躺在未闔上的棺材裡裝死。許多作者都把他們的照片放在封面上閃閃發亮。這樣很自大，但又如何？我永遠也不會成為名人，所以就這麼一次何不假裝成名人呢？反正我早就打算替自己買棺材，現在要做為封面，我會更積極地行動，而且過程會更有意思。我可以想見自己繫上紅色和紫色亞麻布圍裙的樣子，彷彿說著居家小女神離世長眠，總之是這類的主題。

這時，我內心某處感到阿奇起了一陣雞皮疙瘩。老婆利用死亡經驗達到私利和商業目的，已經讓他很不舒服了。我要他了解這一切不只那樣，尤其跟金錢無關，但他還是抗拒。他認為我這時候應該要盡量平和且舒服地走向死亡，而不是忙著撰寫關於死亡的書，但我知道他無論如何也無法了解的。

但事情就是這樣。我發現只要跟死亡有關，都不讓人舒服。躺在那裡等待死亡和培養平和的態度是最糟糕的去世方式。當你想到那些該整理的櫥櫃、想讀的書籍、從沒去過的地方、該丟掉的報紙、想重看的最愛電影，這份清單永遠列不完。你長久以來一直嚮往的冒險活動，比如從橋上高空彈跳，或是坐熱氣球，或是任何你從沒嘗試過的刺激經驗，或是特別的奢侈享受，例如在你永遠地離開之前，在巴黎的「美心餐廳」享用一次大餐、只穿絲質內衣褲、每天噴上大量的香奈兒私密香水，或是開一瓶長久以來一直想品嘗的葛蘭許紅酒——而這一切最終都沒有道理，沒有意義，有意義的是繼續做我擅長的事情。此外，之所以繼續寫作，也是因為我認為艾絲桃和黛西需要的是生活正常進行，盡可能地正常。她們已經得看著我經歷痛苦疾病，面對我住院而常不在家，也看著我不時放慢動作和休息。如果我開始跑去學排舞或是鍵盤式手風琴，她們大概會覺得我腦筋出了問題。

況且我寫的不是自己的死亡，也許該讓阿奇看看幾個章節好讓他放心。他跟別人在一起時，比如朋友或生意上的伙伴，他會請我不要把這本書的性質講得太清楚，告訴他們你寫的跟家庭有關就好，這樣他們就能有很多聯想，很多主題都跟家庭有關，對吧？特別是跟阿奇的朋友在一起時，比如他從園丁轉型為景觀設計師期間所結識的建築商和開發商，或是他的橄欖球隊友，我其實非常樂於扮演家庭主婦的角色。他們在談論纖維強化水泥或快速球[33]的回收事宜好活絡場面時，我從不敢打斷轉移話題，詢問他們對「奧妙」和「瑞迪恩」這兩個牌子的洗衣粉的看法。即便如此，我偶爾會宣布我目前正在研究塑膠衣夾或三明治烤機，引來餐桌上一陣靜默。對此我倒是不後悔，反正我的病況愈來愈糟，而這些熟人當中有些已逐漸疏遠。

我納悶了一下，不知道我的人生故事是否變得過於沉悶，人物角色愈來愈少了？我認為（也在《死亡居家指南》的第六章提到）這是因為病危之際，除了非常親密的朋友，全部的人都會棄你而去。這些人招架不住內心的恐懼、內疚、擔憂（難道死亡會傳染？），或只是無助得動彈不得，因而不想記得你的存在，更不用說記得你曾經當過他們的朋友。

同時，阿奇想到我的封面圖案就起一陣雞皮疙瘩的景象，依然在我腦中縈繞不去。我決定一步一步來。我得去買棺材，而為棺材選購所做的研究完全適用於指南，因此應該不會有問題。等棺材送來後，我再來感化阿奇。趁著風光明媚的一天，我會把棺材拖到後院草坪上，用幾塊磚頭把頭部那端墊高，內部再放幾個靠墊，也許披掛個幾條毯子以製造隨意效果。也許我會繫上一九五〇年代鑲褶邊的女主人圍裙，而不是一大叢朱槿花圖案的紅紫色圍裙。我可以一手拿著打蛋器，另一手端著令人愉快的雞尾酒。我可以斜倚在棺材裡頭，而不是靜靜躺著，而且眼睛張開，露出陽光般的燦爛笑容。

親愛的黛莉亞：

浴室，打勾（雖然我的確得注意淋浴間的牆壁凹槽是否有黴垢）。廚房，打勾（反正我們大

33 快速球（rapid ball），類似壁球的新型運動。

多都外食）。洗衣間，打勾。那裡沒什麼大問題（你覺得蟑螂也愛躲在洗衣機裡頭嗎？）。但我的臥室好像有點黴味，連我都聞到了，我偶爾會把窗戶打開通風等等。

謝啦。

走投無路的讀者（我有點習慣這個名字了）

親愛的走投無路的讀者：

我絕對是叫習慣了。有沒有想到要換洗床單被套呢？

26

住在紫晶鎮時，阿奇大多的時間都在除草。他雖然會清理、修枝，但主要工作還是除草。在那些年裡，他會獨自工作上好幾天，就只有他和他的工具為開發商清理一塊長著馬櫻丹的土地，或是他和割草機修整公共用地。有一天他去整理河流東側的沿岸地區，那裡還沒有開發成公園，但是週末時許多家庭都喜歡在那裡活動，偶爾會有流動工人紮營過夜，當局來趕人時才離開。當時阿奇在做自己最喜愛的事情——在土地上施加最少的秩序和技巧，幾乎什麼也不栽種、什麼也不修飾，就讓「怡人的田野躺在那裡被人遺忘」。我再多加思考了一會兒，發現馬維爾說的的確有道理，雖然阿奇不同意。除草是人類對大自然所能做的最少和最多的事情：其他全都不自然、怪誕、攙假，都是罪行。

那天下午，我和小陽從麥當勞和墓園回來時，阿奇正在小鎮另一頭新建住宅區的外圍除草。雖然天色漸暗，草地上的影子快速拉長，他還是繼續把工作完成，而不是留著隔天再回去處理。我們事先說好他完工後順道來我的拖車一趟，我們會一起喝啤酒，小陽則是吃冰棒，玩他的兒童滑板車，或是在拖車營區灑水系統的水霧之間跳來跳去。看來八歲玩這種遊戲還不算太幼稚。

我和小陽從墓園折返後沿著大街走到鎮中心，打算租個錄影帶。他是個活潑好動的男孩，一刻也靜不下來。我們過完馬路時，他不知哪來的一股勁，突然離開我身邊衝回路上，雖然還不到路中央，但也夠遠了。在關鍵的一秒，是什麼遮蔽了他的視線或吸引了他的注意？看到特別的車種嗎（目前他迷的是ＢＭＷ）？我們頭上的鸚哥在棗椰樹之間飛來飛去，飛得又低又猛，彷彿在向彼此挑釁，是牠們的關係嗎？他以為看到了熟人嗎？這些都足以表示小陽當時出現在錯的地方，那輛藍色福特汽車也是，在應該慢行的大街上開得太快，突然轉向時又過於靠近人行道。車上的駕駛者連忙踩煞車，但還是不夠快。車子的左前側撞到小陽，把他撞飛上天，然後落在馬路正中央，頭先著地。

大家圍攏在我們旁邊。我頓時陷入另一度空間，在那裡小陽似乎即將跳起來說：你被騙啦！其實什麼也沒發生。然而我沒聽見呼吸，沒看到動靜，我望著他動也不動的身軀躺在前方的路上，周遭的呼喊聲似乎變得不真實。我相信也不相信自己眼睛所見，直到緊急救護車抵達時，符咒終於破解。十五分鐘過後，他躺在加護病房的輪床上，在醫護人員幫他連結到一排儀器之前，我不需要他們解說什麼，我自己就可以看見兒子金色鬈髮的後腦杓血肉模糊，伸手碰碰他時，可以感覺到他軟弱無力的身軀。

五金行老闆達格火速開著他的貨車去找阿奇。阿奇像是沒兩秒就趕到了醫院，但因為我從醫院的窗戶睜眼望著夕陽消失在樹林之後，知道其實已經過了半小時。滿身都是青草和汗水味的他走過來抱住我，沒說那些他知道沒用的安慰話語（至少當時沒用），我終於明白小陽為什麼那麼愛他，不禁納悶自己怎麼那麼久都猶豫不決，現在好不容易做出決定時，卻晴天霹靂，為時已晚。

後來，我想是否是光影的關係，也許是薄暮時分而形狀扭曲、影像模糊時所產生的迷幻錯覺。也許駕駛者根本沒開太快，也沒有太靠近人行道。也許錯的是小陽，低斜的強烈陽光讓他看不到車子。或是光線從車輛骯髒的擋風玻璃折射，刺入駕駛者的眼睛，讓他把一名男孩誤看為陰影，或是根本沒看到。我兩邊都沒得問，而且也沒有目擊者，因為周圍雖然有許多人，但事情發生得太快，對當時的情況沒有人有十分把握。警察訪談了十幾個人，得到十幾種不同的說法。駕駛者不是鎮上的人，之前沒有不良駕駛記錄。他沒有遭到判刑，就算判了刑，也於事無補。

在紫晶鎮的最後那幾天，事情已經處理完畢，除了離開沒有其他事情好做，於是我一再在傍晚時分回到大街的事發地點，把每個方向、每個角度都檢視一番，想像自己是福特轎車的駕駛者或是小陽，試著找出原因解開謎團。光線的確強烈，而且是金黃色的，這點我確定。不過黃昏愈來愈長，十月份的北部地區就是這樣。但那天到底發生什麼事，我已經混淆不清了。我聞到和聽到自知不存在的味道和聲音，因此要是看到什麼其實不存在的事物，也不叫我意外。

27

打算替自己購買棺材的人，這裡提供幾項祕訣：給自己充裕的時間、帶補給品、準備好大吃一驚。更好的是，要記得線上購物的好處，並把謹慎拋到九霄雲外，因為我們不可能興奮得連訂好幾口棺材，從eBay拍賣上購買電影海報、新穎袖扣、沒貼酒標的葡萄酒或其他所有廉價品時才會那麼衝動。

——〈葬禮前的準備事宜篇〉《死亡居家指南》（即將問世）

我第一個學到的就是「棺材」要稱為「珠寶盒」[34]兩者在殯儀業者的神話中是具有重要差別的，這倒也合理。在這個產業裡，如果能用更具詩意、尊嚴、抽象的字眼或片語，就絕對不要用直接、普通、實用的語彙。因此「死」或「死的」要說「逝世」，或是「往生」，隱含「另一頭」的意思，帶來另一世界的幻覺，能夠讓遺眷稍感安慰。另一個用語是「羽化」，那麼簡潔、莊嚴、詩意。羽化，讓人覺得亡者的生命就像一陣神祕的風吹拂而去。

「棺材」暗示了死亡的肉體層面。死屍顯然處於腐敗的狀態，這可不是遺眷樂於想像的畫

---

34 英語中「棺材」除了coffin，另一文雅說法為casket，與「珠寶盒」相同。

面。聽到棺材就一定會聯想到樸素的木板（大概也很便宜）、陽春的設計。棺材具有陰森可怕和不可避免的目的，十足暗示死亡的氣味，那是如此陳腐、難聞、噁心。棺材裝的是不被需要和不受關愛的死人骨頭，裝的是不再擁有一切、穿著簡樸衣服或裹著白棉布壽衣的死屍。棺材是給窮人用的。這些人的靈魂絕望且痛苦地在宇宙中徘徊不已，無處安息。

另一方面，「珠寶盒」帶來的意象不只令人愉快，還具有舒緩作用：裝飾雕刻、浮雕嵌板、鍍金把手、隱蔽鉸鏈，還有打褶、裝飾、縫繡的白緞內襯，它就像精緻的樂器，散發出蜜蠟和黑檀的芳香。「珠寶盒」裡頭的遺體（不是死屍歐）絕對找到了安息之處。我們要是看到一個人安詳地躺在深色木頭「珠寶盒」裡的白緞軟墊上，的確可能相信他的靈魂獲准穿越白色大門進入另一維度，在那裡，死亡是大家不熟悉的狀態，連形容的詞彙都沒有。

這些都是我在鄰近郊區的「寧和葬儀社」學到的。這附近有三家地方性殯葬業者，第一站是「寧和葬儀社」，它提供迷人的窗口，讓我一窺關於死亡（或說往生）的行業。在許多方面都不出我所料：嚴謹的氣氛配上庸俗的傢俱、隱藏式音響傳來輕柔的長笛音樂、笑容可掬的服務人員──毫無跡象顯示這個地方的目的，就跟妓院一樣。要是燈光再暗些、室內裝潢的顏色再深些、音樂再輕快活潑些，真的就更像了，至少在接待處是如此。

不過我以為會有些商業氣息，結果連「珠寶盒」都沒有展示出來，令我相當失望。我站在接待櫃檯旁，其後方牆壁上是一扇假的彩色玻璃窗，設計具當代感，從後方照明。櫃檯上擺著美豔動人的花，都是本地種植的，但沒有百合──這是好跡象還是壞跡象？一名服務人員踏著輕巧的步伐，從容地走了進來，把身後的毛玻璃門輕輕帶上，遮住了一小群人正要離去的背影，他們顯然是葬禮剛結束，被服務人員從側門領出。我沒想到這名服務人員那麼年輕。他穿著淺灰色西裝，頭髮整齊得令人難過。他左側翻領上別著黑色的小名牌，上面寫著：詹姆士。

女士，能為您效勞嗎？

我想買棺材。

拐彎抹角沒有好處。葬儀社人員溫和沉著的態度是有名的，但小毛頭看來是嚇了一跳，但只有一剎那，顯然這一行不管提供什麼樣的訓練，與顧客的應對之道肯定是首要的。詹姆士眼睛眨了兩下，嘴巴開闔一次，才又開口。

嗯……是的，要買「珠寶盒」。他意味深長地強調這個詞，足以顯示在我們現階段的關係，他只能用暗示的方式來糾正買主（大概要說用戶才對）。

冒昧請問，他繼續說，這是要給……他揚起眉毛，意味深長地做個手勢。直接問是要給誰的，一定不怎麼禮貌。

我決定不買他這個帳。當然是幫死屍買棺材囉！

他吞了吞口水，喉結明顯地跳動著，然後瞄了一下四周。我在這片神聖的安息之地說出注音ㄙ開頭的那個字，顯然是破壞了規矩，違反了該行業的默契。他的上司會不會來譴責他呢？

他又吞了吞口水，微笑了一下。

那當然，為……為……逝者買……「珠寶盒」（更強調了，聽得出來他有點洩氣，但還沒死心）。他又微笑了一下，彷彿想讓自己心安，確保雖然沒能避開那個字，但他不會遭到天打雷劈，或是被炒魷魚。但我們有特定的對象嗎？還是……

看來我注定得幫他忙。

當然，特定對象就是我，我要幫自己，也就是幫我死的時候買棺材。

他的眼珠是極深的藍色，但很可能是因為他雙眼睜得老大，嘴巴也是。我看得到他嘴巴裡頭（那張小嘴真是可愛，粉紅又純真）完美的小牙齒。我開始替他難過，他閉上嘴巴，第三次明顯地嚥了嚥口水，喉結像溜溜球一樣上下快速滑動。

但您……您……

還沒死？還沒，我還活得好好的，你也看得出來。這次換我微笑了。但我很快就要掛了。跟你說，我得了末期癌症，想要事先安排葬禮，買棺材是第一步。

雖然我一直使用錯誤的字眼，尷尬的氣氛卻有點轉變了。詹姆士緊抓著「事先安排葬禮」這句話，有如遭遇船難的水手死命抱住一塊浮木。他稍微恢復鎮靜，呈現專業的一面。

好的，女士，我們當然可以提供協助。許多人請我們事先規劃葬禮，這麼一來，當不幸的日子來臨時，遺眷的壓力才不會那麼大。

啊，你誤會了，現在我只想買棺材。

「珠寶盒」，他喃喃低語，彷彿感覺這場戰役已經敗北，但有些原則是永遠也不能妥協的。

我當然會規劃葬禮，但時候未到。現在我只想買棺材（我不要說「珠寶盒」，我沒辦法投降，現在還不行），所以想看看你們現成的有哪些。

這時候我才發現「寧和」就跟其他大多數葬儀社一樣，沒有陳列室。我以為任何一家葬儀社只要空間夠大，就會有展示樓層讓我漫步參觀，但是卻不是這麼回事。也許是我替太多本《居家指南》做過研究，走遍了市內的大型零售店、大型百貨、展示店面，因而有這樣的期待，或是因為「寧和」的一邊是廉價傢俱店，裡頭堆滿尚未上漆的便宜松木製品，另一邊則是二手車經銷商，在隨風飄揚的鮮豔旗幟下方，在一個個寫著「九九九」的特大螢光標誌後方，是一輛輛乾淨淨、閃閃發亮等著顧客選購的車子。或是因為我對殯葬業就是有不切實際的想法。

沒有實際硬體可以參觀，他們的產品就是各種組合的服務，詹姆士只能拿商品目錄給我參考。他坐在櫃檯旁翻動各種小冊子的同時，趁機恢復鎮靜。我原本抱著消費主義的幻想，希望能夠昂首闊步地穿梭於走道之間，撫摸各式棺材的光滑表面，現在只好放棄了。要是有硬體可以參觀，我可能願意讓步，把棺材改口為「珠寶盒」。我把他拿給我的精美小冊子瀏覽一番，他指出「珠寶盒」有幾種款式，價格有高有低，好配合顧客的預算。他解釋他們不是純粹只賣「珠寶盒」，他們是殯儀服務公司，購買他們的高級「珠寶盒」，只是整體服務的一部分。

一本彩色冊子上印著一些樣式迷人、木頭漆色各異的棺材，沒有價格，而且全都出自同一個棺材製造商，遠在西部的「高級壽木」。詹姆士似乎不願透露價錢，但那對我的研究內容卻很重要。最後他承認雖然市內至少有另外五家「珠寶盒」製造商，但「寧和」只跟一家配合。至於價錢則落在五千和八千澳幣的範圍。太遲了，我發現自己瞠目結舌了一下，但很快恢復過來。

換言之，一輛像樣的二手車的價錢，可以買一具基本款的棺材？

這個嘛，我就不知道了。他的語氣暗示他很少聯想到二手車。我可以保證這些都是高級「珠寶盒」，而且從來沒有人抱怨過價錢，甚至我們賣得最好的，都是比較貴的「珠寶盒」。大家都想給摯愛的親人品質最好的送終。

這個嘛，棺材是我自己買的，是貴是便宜也是我的事。

我要買廉價棺材，沒有人會抱怨。我開始受不了詹姆士，如果他們賣棺材能抽佣金，我也不會訝異。所以如果我要另一種棺材，或是比較便宜的，就得自己搜尋，很可能最後得去找棺材製造商。

我決定再去參觀另外兩家葬儀社，才回家翻黃頁或上網繼續研究。「聯邦葬儀社」位於同一郊區的另一頭，沿著公路再往南開一點就到了。在這棟「聯邦」建築的日出圖案上方，「一九〇一」四個字精巧地嵌入水泥刷面，其上還刻著「家族事業」，我懷疑現在還是不是。現在殯葬事業多為跨國企業所有，主要是銀行，而且來自美國。聯邦葬儀社提供更為包羅萬象的棺材，但還是沒有展示區，只有小冊子。這些小冊子也印刷精美，但我內心的消費者還是不滿意。去了聯邦葬儀社之後，我參觀了「斯摩爾葬儀社」，結果情況一模一樣。三家葬儀社都營造同樣的氛圍：輕柔的笛聲、柔和的燈光、金色的傢俱，沒有任何跡象顯示這是擺放和運送屍體的地方。斯摩爾葬儀社也有一位穿著深色西裝、打著灰色領帶的年輕男子，名叫約翰。這些從事殯葬業的似乎屬於某種特殊人種。

我再幾個月就要死了，我說。我要幫自己選棺材，你可以幫我嗎？我疲憊不堪又火氣大，講話難免直率。

約翰聽到「死亡」二字，似乎跟詹姆士一樣驚恐。對於這個產業能夠在完全不提實際主題的情況下運作，我幾乎要佩服起來。委婉的說法永無止盡。約翰沒有直接回答，而是從櫃檯下方拿出幾本小冊子。一本是介紹斯摩爾公司本身的，既然我已經來到這裡，這本就嫌多餘，但我還是拿來翻閱，於是趁著約翰打電腦的時候，我瀏覽裡頭的照片，都是擺在蕾絲布塊上的玫瑰花和十字架，而且照片邊緣都模糊化，旁邊附上大字體的簡短文字，寫著「永恆的安寧」、「最後的長眠之地」，或是「摯愛親人永遠安息」，這時我忽然覺得這家公司可能會有答案。

你們有什麼貼切的字眼可以形容邁向死亡嗎？我問。我是說「正確」的字眼，形容像我這樣的人？我比著自己。我穿著我最好的一條牛仔褲，儘管體重下降，牛仔褲卻不會太鬆垮，上衣是真絲針織的，我看起來很正常，還化了妝，綁了頭巾，沒有人猜得出來我正邁向死亡。

約翰張嘴又闔起。

我是說，你看看我，我就要死了，但也還活著，充滿生氣。這要用什麼語彙來形容？那個字會是什麼？我絕望地盯著他看。

呃……他搖搖頭。呃，我真的不知道。

你不覺得做這一行的應該要知道嗎？

我們做這一行的，永遠帶著敬意指稱亡者，他說，聽起來像是在引用「殯葬業者入門」第一堂課的話。而我們的客戶就是遺眷。

是人，我說。

不好意思，什麼？

都是人嘛。亡者也好，遺眷也好，不需要用什麼正式名詞來稱呼。我們都是凡人，凡人都會死。就是人而已。

所以我沒找到那個正確字眼，而是帶著幾本小冊子回家，進入研究的下一階段。但是關於人類需要的最後一件傢俱，在我上網搜尋一些精采資料後，只感到筋疲力盡。「回歸塵土」棺材製造商生產環保棺材，保證在兩年內生化分解，但是卻沒有運到澳洲。「DIY自己挖」公司提供美麗棺材的配套零件，但建議請專業傢俱組裝師傅來組裝，我可不想那麼麻煩。位於西部郊區的「硬紙板壽木」從回收的箱子生產環保的便宜棺材，但他們網站上的棺材跟超市展示的商品一樣沒多大吸引力。還有總部設在馬奇的「木葬」公司，他們的獨特風格和粗俗程度都達到了極致：我無法想像什麼樣的客戶會選擇他們橡膠樹葉子形狀的棺材、假皮編織的棺材，或是其他由粗糙的去葉樹枝和厚板樹皮製作而成的樣品。他們甚至提供亨利．勞森豪華棺材，在每一面的無脈相思樹嵌板上刻畫勞森著名詩作的場景。

瀏覽所有資訊後，我找到一個人名。這個人我認識，但希望永遠不要想起他。

28

儘管跟母親意見不合、嫌隙日深，儘管多年來彼此冷漠對待、互不交談，但還是有那種時候，你恨不得母親能在身邊。我生產時，非常希望母親在身邊，但硬是把這股渴望壓抑下來，不願讓它乘機釋出。

兒子瀕死之際，我的哭泣還有一個原因：與母親最後的爭執，我幾乎是失去了她。當時，她說范恩不值得我付出，我為了找他而搬到北部是浪費時間，我早該墮胎，我這是在毀滅自己的人生。我說我恨她、恨她的規劃、恨她完美成功的人生，然後氣呼呼地把前門甩上，力道之大，甚至聽得到家裡的裝飾品在搖晃。

寫信告訴她小陽出世，是我第一次釋出善意，此後我們不定期聯絡，但我以為她只有在小陽生日和聖誕節時，才會出於義務想到他。然而，當周遭的儀器嗡嗡響，醫護人員啪嗒啪嗒地進進出出，我從小陽的病床旁打電話，想跟她說發生了車禍，一聽到她的聲音，我的喉嚨就像被灼傷般一句話也說不出來，只能邊哭邊叫噢媽、媽，因為當時我恍然大悟，才明白她是多麼愛我，而且不管怎麼樣，她永遠無法停止愛我，才了解到孩子的痛苦就像一顆大石頭卡在母親的胸口。我離家時，她就是那種感覺，現在看著小陽，難受的母親換成了我。

隔天早上，母親像魔術師的白鴿一樣忽然出現在醫院。我們又流下更多眼淚，互相道歉，然後又告訴對方不需要道歉，接下來她就開始做她擅長的事——打點實際事務，比如我的衣服、頭髮，以及小陽的棺材。他的「珠寶盒」會簡樸實用，會小得令人心酸，但卻是必要的。

因此，我們站在毗連馬戲團最南邊的「維大羅和兒子們」的庫房裡。母親帶我過去，因為她知道我自己都還不知道的事情——她知道我一定會想親自幫小陽挑選棺材。我因為醫師強迫施打鎮靜劑而變得沉靜，因驚嚇而麻木，因為剛才允許醫方對獨子做出重大處置而啞然無言。我成了活殭屍，成了非存有，成了處於生物與非生物中介狀態的東西。母親的治療方法就是行動、面對。此外，小號棺材需要量身訂做和趕工製造。

維大羅的庫房前方用低矮的鐵絲柵欄圍住，柵欄歪斜刮地，看似被雜草叢托著而永遠開著。小屋低矮破舊，但前方有美麗怡人的天竺葵花園，旁邊種著一排芭蕉樹。除了一個小招牌之外，沒有跡象顯示「維大羅和兒子們」是死亡相關產業。後頭傳來電動鑽機的聲音，我們繞過去看。

如果我和母親以為會看到一名口音濃重、頭髮鬈曲的移民技工，以及健壯魁梧但不擅言詞的三個兒子，那麼可與事實相差十萬八千里。維大羅是名中年男子，身材高瘦，沒有鬈髮、口音或兒子，他正在支架旁埋頭做事。

這幾隻就是我兒子，他指著三隻懶洋洋的狗，其中兩隻是牧牛犬，另一隻是不知什麼跟什麼交配的棕色短毛小型雜種狗。牠們客氣地喘喘氣，繼續舔舐自己的蛋蛋。

比爾、鮑伯、花生，他說。那隻小的聽到主人提到自己的名字，親切地搖搖尾巴。我是艾爾，他說，伸出沒有拿鑽機的那隻手。

聽起來很義大利，母親說。

他微笑道，全名是艾爾多。

唉呀，那我猜對了。

「維大羅和兒子們」聽起來比較好，他解釋，同時把鑽機放下來。在這一行，尤其在這一區，家庭是很重要的。大家認為如果全家都參與，你就是值得尊敬和信賴的人。

艾爾．維大羅曾經當過房地產經紀人，擴展到居家裝修的領域，成了業餘的木工（他的真愛）和傢俱師傅（他趁晚上研究）。製作棺材是最近才開始的副業，櫥櫃、餐具櫃、桌子、床架才是他的專長。但是他祖母在九十三歲壽終正寢前，曾請他幫她打造一具好棺材，後來又接到幾張訂單，才決定把棺材放進他的商品目錄裡。很少人親自來這裡參觀，比較喜歡跟代表他的葬儀社聯絡。

棺材還沒做好前，沒人想看，他看著我說。

我們要自己選，母親幫我解圍。有這個需要，然後她匆匆解釋原因。

他揚起眉毛。我記得自己很高興看到他這種表情，高興他沒有試圖安慰我，試圖找出字眼來表達無法言述的事情。他只是簡短而平靜地詢問要選用什麼木材、塗漆、裝配，雖然問的對象是母親，但注視著我，因此我心懷感激，感謝他讓我可免於做決定（這只會讓我痛苦），但同時又不會把我摒除在外，讓我覺得自己很可憐。

艾爾主要是接訂單，因此沒有多少現貨好參觀，現有的那些大多放在庫房後方，有些則放在院子的草叢中，靠著柵欄立著。闔上棺蓋的棺材受到風吹雨打而顏色灰濛，平板無趣、沒有特色，有如一排安靜零落的修道院院生，被叫到外頭默默罰站直到晚禱時分。艾爾對銷售棺材似乎不感興趣，只是心滿意足地繼續鑽孔和敲打，我們自個兒四處逛逛。母親挑選木材樣本時，我回到後頭，站在艾爾旁邊看他工作。他把最後一根短腳用螺絲釘固定後，把作品舉起來，正面朝上地放到支架上，結果是一張小咖啡桌。他手順著桌面拍掉木屑，上面帶有木頭的紋路，不是十分平坦，彷彿平靜的湖水被微風吹起一陣漣漪。他拍掉木屑的動作帶著情感、自然，但又有點惆悵。看得出來這件簡單的傢俱花了他不少心血，想到未來要跟它分開，幾乎讓他悲傷地嘆了一口氣。

今天下午客人要來拿，他說。我進度有些落後了。

真漂亮。

木材稍微偏離中央的地方有塊深色色斑，彷彿被燒到一樣。不管那是什麼樹，色斑一定是木質較硬的樹心部分。

赤桉，他說，彷彿解讀了我的心思。我認識的一個傢伙從北領地那裡撿來的——殘幹、倒下來的樹、樹枝，反正就是那類的東西。

艾爾利用的是自然界不要的材料，讓我心情愉悅了起來。我稱不上是環保人士，但是想到砍樹做棺材就讓我良心不安。

你呢？做好決定了嗎？

我說不出口。說不說有差嗎？這只不過是走向一處再無法改寫的終站的中間路程。母親站在旁邊摟著我時，我還是說不出死去兒子軀體的尺寸。從口中發出來的不是文字，反而又是用力的啜泣，雖然無聲但強大，有如從我胃部某處升起的大石頭，逐漸堵住我的胸口、心臟、喉嚨。

艾爾瞪著他的靴子，靴子旁環繞著剛刨下來的芳香薄木削捲。

如果我去醫院看看你的小孩呢？他說。我會幫你做一口不錯的，大小剛好，樸素的，如果你喜歡樸素的話。

我點點頭。大石頭似乎稍微移動了些，不足以讓我開口說話，但應該足以讓艾爾感受到我的感激，感激他一點點的體諒。

29

早在進行第一個翻土動作之前，你就該考慮花園要種什麼種類的植物、它們的預期壽命有多長。有些土壤會助長不受歡迎的植物，其他則會抑制你想要種植的植物。舉例來說，木麻黃在沙質土壤中會長得枝繁葉茂，茂盛到病蟲害肆虐的地步，而玫瑰得種在黏質土壤裡，否則會凋零枯萎。請仔細思考你希望什麼樣的植物在花園裡存活下來。

——〈栽種前的規劃篇〉

《園藝居家指南》（二〇〇四）

在完成所有研究和參觀幾家葬儀社之後，我只能決定「不要的」是什麼。我不要浪費的、奢華的、俗氣的、昂貴的、裝飾繁複的、貼著表面飾板的。換句話說，我要尋找的似乎是殯葬產業無法提供的。但是看到維大羅的名字時，才發現這種想法可能有誤。我知道他已經離開紫晶鎮。他的網站顯示他目前在東南方的塔斯馬尼亞島做生意。他把店名的「和兒子們」去掉，我想他的狗大概不在了，至少不是同樣那三隻。

不過我打電話給他時，可以聽到遠處傳來激動的狗吠聲。他不需要提示就知道我是誰。

你最近回去了一趟，他說。

對。他怎麼知道？

他最近聽說了。我猜他也聽說我為什麼回去，只不過那件事情沒有完成。

我搬來南方是為了我的新太太瑪莉，他說。她來自島上的德文港。

我聽到他語氣中的遺憾，彷彿他從來就不想離開北邊的那座小鎮，這點我頗能體會。

現在我能幫什麼忙呢？

好吧，我心想，他不是什麼都知道，他不知道我就要死了。我跟他說時，他只說：噢。我想像在電話另一頭的他站在木材邊料和木頭削屑之中，眼睛直盯著自己的靴子。我直接切入主題，問他我想要的棺材可以怎麼製作，好讓他不需要試著找話回應。

我們討論材質，艾爾說他不願提供最近流行的環保棺材。那種棺材用的是壓縮的回收材料，完全不用漂白劑，只用可生物分解的黏膠，整個棺材的設計，包括塞子和把手，都不是用我們常用的金屬螺絲和配件，而是要在埋葬後的兩年之內完全分解的材質，不在土壤裡留下化學痕跡。

他們雖然保證，艾爾說，但又怎麼知道？難道有人會把死去的家屬挖出來，檢查腐爛的進度嗎？有沒有人要求退款？別笑，他說，我就是要跟他們唱反調，快把我給氣死了。啊，抱歉……

不會，我說。我這副身體分解後不留下化學痕跡也難，環不環保就沒那麼重要了。反正我本來就不考慮環保棺材，我跟他說，所以才會打電話給他。

我說我要自己裝飾棺材，他聽到簡直開心了起來，但我開始解釋理由時，他打斷我。

你想要有歸屬感？

對。

要有……怎麼說呢，要有某種控制權嗎？

對。

我敢說你一定也想表示什麼。

當然，我要呈現的是……

諷刺？

沒錯。詼諧，還有諷刺，就像我。

我們倆都開懷大笑，艾爾真了解我啊，就跟以前一樣。

親愛的黛莉亞：

我之前問過你燉鍋食譜的事，你建議我把燉鍋丟掉，去吃牡蠣或什麼的。幾個星期過後我在退伍軍人俱樂部認識一位真的很棒的男人，開始跟他約會。有趣的是，他竟然說要一起用燉鍋煮晚餐，但現在我已經沒有燉鍋了。

好奇的讀者

親愛的好奇的讀者：

男人如果認為用燉鍋煮晚餐很有趣，我在正常情況下會勸你把他也丟了。不過現在我建議你去最近的慈善商店或二手商店看看，他們一定有賣燉鍋這種東西。食譜的話，他很可能會有。

30

這個世界充滿了傷痕累累的平凡生命，他們鮮少被企業擴展的金手指加持，反而還經常被它詛咒。在世界上，很難找到一條不曾被所謂的進步碰觸過的死路，而更難的是珍視這樣的死路，不視之為先經濟理性主義時期留下來的痛苦遺骸。在世界上，馬戲團是真正的天堂，那是社會主義者的真正理想，依然在它失去光彩的光輝裡吱吱嘎嘎地緩慢前進，依然庇護著格格不入的孤寂生命，否則他們會被經濟和社會進步不斷磨咬的嘴巴嚼碎，卡在牙縫裡的肉渣則被不屑地剔除。

紫晶鎮的馬戲團是畸零人的安頓之處，他們是變化和發展遺留下來的小眾社群，而現在的發展速度之快，有如不停旋轉的旋風，使得從旋風外圍掉出來、落於沿路塵土殘骸當中的他們變得更為顯眼。馬戲團接納所有人，讓每個人各司其職，讓大家都覺得自己身負重要的任務，也短暫地讓每個人成為明星或英雄。

馬戲團自己照顧自己，大家有福同享有難同當。小陽年幼且朋友不多的時候，馬戲團歡迎我們。沒有人過問他的父親或是我的過去，他們不需要問。我以為范恩離開家鄉、家人、馬戲團世界，會讓我們遭到些許敵意，以及小鎮對新鄰居（尤其是來自南方城市的陌生人）慣有的懷疑。然而，馬戲團的人發現我被吸引來的原因之一，是對於這個小鎮有憧憬，而且我又願意在這裡把小陽養大，令他們頗為感動，很高興紫晶鎮成為我們的新家。雖然他們話不多，對此從未明說，但是那很自然地流露於我剛認識他們的時候，泰菈、她家人、小丑蒙弟等馬戲團的人都默默地歡迎我和我兒子進入他們的生命。

那是個寧靜的午後，我與另外兩位觀眾看完了馬戲團表演後，跟泰菈坐著聊天到傍晚。後來我覺得準備好了，可以回到營區把我那輛露營拖車打開，著手分類、打包東西，以及最重要的——丟掉，這些都是需要完成的事情。

你要我一起去嗎？泰菈問。

不用，謝謝，我自己來就可以了。

我知道我可以，我有辦法回去完成十幾年前無法做到的事。我向她道別，說很快就會再見面。

隔天早上，我離開天堂樂園汽車旅館，開車前往拖車營區，但差不多到半途時，決定下車走路，畢竟以前都是這樣。於是我把車停在綠洲街的可力夫便利超商外頭，下來走路。現在時間還太早，可力夫還沒開，但我隔著窗戶往裡頭看，發現稍微有些改變。可力夫的展示櫥窗總是在每週日晚上重新擺飾：一排排安迪·沃荷風格包裝的康寶湯罐堆疊成完美的金字塔形狀，或是一盒盒早餐穀片或洗衣粉，磚塊般工整地疊成一面牆。現在比較有創意了，有人（可能是可力夫食品雜貨家族的新生代）在展示櫥窗內搭建了模擬浴室，裡頭的老舊馬桶被捲筒衛生紙淹沒，衛生紙一路滾到櫥窗角落。

以前我總要足足二十分鐘才能走回到營區，不過那時候有孕在身，再不就是推著嬰兒車，或帶著小孩散步遊蕩。對小陽來說，抵達目的地遠不如旅途過程來得有趣。現在，我不用十五分鐘就到了。首先沿著綠洲街走，經過那些座落在深處、被棕櫚樹保護、藤蔓覆蓋的大木屋。走到盡頭時左轉再右轉，就可以一直走到拖車營區。這一路走來，我覺得沒什麼改變，但一切又似乎不同，心裡百味雜陳，有種說不上來的距離感。

抵達時我已經氣喘如牛、筋疲力盡。在這麼寧靜的小鎮，天氣又如此宜人，很容易忘記自己有病在身，而且我沒帶水。前花園的水龍頭藏在蒲葦草叢的後方，我彎下腰來喝了幾大口，然後坐在前圍籬上。那是一道低矮的圍欄，白漆早已斑剝，露出底下的灰色木材。上午的營區是屬於鳥兒的，現在時間還夠早，牠們在圍繞營區的棕櫚樹叢上叼啾個不休。米喬的拖車門關著，表示他還沒起來，或是他晚上在酒吧過夜。營區停放著六輛露營拖車，兩輛露營車，看不太出來哪些有人居住。我走到營區中央的洗衣間和淋浴區，旁邊是長年疏於照顧的橙色朱槿，長得還是那樣茂盛，鮮豔逼人的花朵依然垂曳在草地上。洗衣間是水泥牆和波狀鐵皮屋頂搭建而成的，已經很久沒有使用了。安裝金屬彈簧鎖且永遠吱嘎作響的木門鉸鏈已經脫落。洗衣間裡頭涼爽幽暗，有兩只老舊的銅鍋和一排高桶子，桶子上方高處都有黃銅製水龍頭。窗戶下方的架子過去是用來擺放長形的黃色肥皂。現在這裡空氣乾燥，好像多年來都沒有人打開過水龍頭。銅鍋的鍋蓋不見了，銅鍋本身則是被一層灰塵覆蓋，鍋底簡直鋪了一層枯葉和死昆蟲。架子上擺著一小塊肥皂，乾裂如化石。肥皂旁邊放著一根粗木棒，我拿起來一看，似乎就是以前攪拌小陽尿布的大木匙斷掉的手把。洗衣間後方就是我的老拖車了。

我的拖車在營區的最裡頭，靠近圍籬，依然妝點著牽牛花，過去我總是把牽牛花藤剪掉，擔心被它們吞沒。在撐起拖車一端的磚頭堆周圍，草長得高聳茂盛，但附近的草坪都修剪得整整齊齊。我跟拉撒路買下來時，拖車就已經是個老古董了，過了十幾年，它往地底陷得更深了。擴建部分已經拆掉了，不過那充其量也只是一頂長型的遮陽棚，以前我在那裡擺了一盆垂葉榕，我們的鞋子和小陽少數幾個戶外玩具也放在那裡。現在周圍什麼也沒有，門邊的垂葉榕已經不見了，但盆子還在，沒有人有閒工夫來移開它。

拖車的烤漆現在似乎斑剝得更為嚴重，顏色竟還能更加黯淡，真不可思議；門窗的鋁框已經曬得褪色且凹痕累累，窗戶上也積滿了灰塵，但除此之外，看起來好像我才離開一星期而已。我把皮包裡的鑰匙插進掛鎖，左右轉動了好一會兒鎖才鬆掉。我敞開車門，閉上雙眼，準備好吸入充滿辛酸記憶的十四年空氣，那充滿痛苦、內疚，以及雖然經常處於含有狀態，但從來沒有飽和過的空虛。然而車門一打開，我什麼也沒聞到。

裡頭很小。現在住的市郊房子裡，周圍是阿奇用心照顧的美麗花園，家裡有自己的辦公室，兩個女兒共用一間臥室，廚房比我這輛拖車還大，實在很難相信我和小陽一直都住在這裡，卻從來不嫌擠。拖車裡整齊潔淨，沒有什麼放在不該放的位置。我離開之前，母親幫我整理和打包我要的少數幾樣東西，我還把環著車內擺放的書籍全部裝箱，方便之後請人寄過來。有些是便宜的平裝本，有些是污跡和霉點斑斑的精裝古典文學作品（大多是車庫大拍賣的便宜貨），這些都是我的珍藏。當時我輕柔地把它們放到紙箱裡，還撒了一些樟腦片，從來沒想過也許我一本也不需要。我也許再也不想重讀《劫後英雄傳》或《齊瓦哥醫生》或《萬里任禪遊》，或二手書店買來的所有舊書，但我也割捨不掉。

拖車裡少了書看起來赤裸又脆弱，而且陰鬱不樂。窗簾已經褪成灰藍色，紅色塑膠長椅出現了裂痕，水槽旁的碗櫥仍擺著我們寥寥無幾的盤子和平底鍋。毛毯和毛巾整齊地疊放在床頭上方的架子上，現在淪落為陳舊骯髒、勾起回憶的物品。水槽旁的流理檯上立著我唯一的花瓶，是粉紅色的壓製玻璃。裡頭有一層棕色物質，當初一定是把花扔了，卻忘了倒掉髒水，水氣蒸發後留下一層污垢。

壁桌旁的地板上有只老舊的棕色行李箱，原是從舊貨商店以兩元澳幣買來放小陽的嬰兒用品。後來他把他的寶貝收藏在裡頭，我也不時把特別的東西放進去。現在我跪在行李箱前，打開扣鎖。當初離開紫晶鎮時，打算心裡調適好就回來。但不管是回去跟母親同住，還是阿奇向我求婚時，甚至是我們結婚成家後，我從不覺得心裡已經調適好了。

艾絲桃出生後，讓我空虛的內心褶皺處飽和了一陣子。後來黛西也誕生了，我還是沒有回來一趟。但現在，在我死去之前，這個地方用力拉我回來，那種急迫感讓我拋下他們父女，一天就這麼開車走了，留給阿奇和兩個女兒一張字條，幾乎沒有再跟他們聯絡。我又成了壞媽媽，只為了再把那些寥寥可數的衣物、玩具、書籍、畫作拿在手裡，再撫摸它們一次，也許兩次，希望能夠捕捉兒子的感覺、氣味、聲音，希望最後一次接近他，免得再晚就來不及了。

但現在，我一一把他的特別收藏拿出來（我為他做的衣服和戲服；他自己撰寫、畫圖、摺疊而成一本的故事書；麥當勞玩具；那雙他一下就長大而穿不下的小號牛仔靴子），舉起來好藉著日光看清楚時，我感受到的只有空虛。

我拋下家人、忽略工作，趁著作古以前，大老遠開車來這裡重溫跟兒子的時光，找回他遺留下來的任何部分，但是沒有，不在這裡。某個地方有小陽的一部分、他最重要的部分，但不在這裡，不在這輛拖車裡。

我突然對女兒產生一股強烈的渴望。就在那一刻，跪在小陽行李箱的前方，我只想抓住和抱著艾絲桃和黛西，把我的臉往她們脖子裡鑽，深深吸一口她們溫暖的兒童香味，再次感受她們又熱又黏的手在我臉頰上亂摸。我要艾絲桃拉扯我的頭髮，雖然我不喜歡，但總是任由她這麼做。我要讓她隨心所欲地玩弄我的頭髮，嘗試各種髮型，拿著髮夾和髮圈做各種實驗。我要黛西拿著直笛對著我的耳朵直吹，吹那首她永遠抓不住音準的〈輕輕划〉，那叫人想撞牆的聲音，現在我是多麼想念啊！

我把小陽的東西收折好放回行李箱。我用廉價碎布幫他縫製的金色套裝；馴獸師的裝束和塑膠長帶編成的鞭子；《破碎童話》和《鴨子皮恩》這兩本他少數想保留的書；一套魔術把戲和小丑裝束。幾乎全是就地取材、手工製作的東西，雖然是假的，但確實有某種神奇魔力。我把行李箱扣上提了起來，現在我知道要怎麼處理這一箱東西了，而且會盡快處理，好回到原本的生活。

走出營區時，發現米喬拖車的門打開了。我喚他，他走到門口，身上還是酒吧的工作服，頭上還是那頂船長帽。他看著行李箱。

找到你要的啦？

你也知道我回來不只是要拿這個而已。我把行李箱往上一提。

跟你說了，你找不到她的。

反正我又還沒要走，總是可以繼續找找，再見啦，我說。

拖車怎麼辦？他的頭朝那裡一點。

我轉身凝望。那是我長久以來不敢回去的地方，現在是如此不起眼，像家兔一樣純真無害，低低地蹲伏在茂盛的長草中，想把自己隱藏起來。

它好像想繼續待在那，如果你不介意的話。

嗯，他說，好啊。

31

請記得，「珠寶盒」（或棺材）的式樣和價格雖然終究是無關緊要的，但是對親朋好友而言，卻是重點。許多人會在「珠寶盒」（或棺材）裡找到方式表達致哀之意。因此，你和你的臨終至愛若想共同挑選一只合乎預算的，看來雖然明智且實際，但最後，很可能迫於親友的期待而變得不可行。抵銷失望和衝突的最佳方式，就是在死亡之前打點「珠寶盒」（或棺材）時，讓愈多人參與愈好。

——〈葬禮前的準備篇〉

《死亡居家指南》（即將問世）

快遞送來棺材的那一天，天空細雨綿綿。我到前院大門簽收，蘭伯特先生正好出來檢查郵筒，頻頻拋來好奇的眼光。我把包裹沿著花園小徑拖到露臺，留在那裡等阿奇回來再做處理。我和艾爾之前說好，請他把按尺寸裁好的木板疊好，打包寄過來，並附上簡單易懂的組裝說明書。我知道所有的準備工作阿奇都會想參與，但我也知道要他從頭到尾自己製作棺材是天方夜譚。他雖然手藝精巧又能幹，但只要碰到木材就沒輒。許多事情，他不費吹灰之力就能做得妥妥當當，但他曾弄斷畫框、毀了花園傢俱、把書架弄得四分五裂而只好拿去當柴燒，次數多到我根本不想記了。

我坐在椅凳上，耳邊聽著蘭伯特先生拿著修枝大剪刀，喀擦喀擦地摧毀侵犯到他草坪小徑的草葉，一邊把說明書唸出聲來，指示阿奇把側面A放入尾端D的狹長細孔中，看著他把艾爾提供的銅製十字螺絲排成一列。儘管下著平靜的毛毛雨，剪刀的喀嚓聲不斷，跟我們為女兒買的電腦桌比起來，組裝棺材簡直易如反掌，不到半小時就完成了。這不是「珠寶盒」，而絕對是棺材。

艾爾答應加上一點個人特色，果然相當明顯：每塊木板都是其他訂單製作剩餘的部分或裁下來的邊料。知道自己沒有破壞森林，連一棵樹也沒有砍，就能問心無愧地長眠於地底了。棺材一側用的是樸素而多眼的松木，另一側是兩種色澤的休恩松，有如帶著蜂蜜波紋的奶油。底板是某種深紅色的木材，我認不出來，阿奇說是昆士蘭楓木，也許他猜得沒錯，但我知道他只是假裝在行而已。頭板是橡木，我是根據木紋和堅果般的香氣判斷的，而尾端好像是從老舊木箱拆下來的一塊板子。

但棺材蓋板讓我私心竊喜：我的感官已被化療藥劑污染，但這塊銀白色的樟木板在我聞起來卻有如置身天堂，這股清香驀然帶我穿過這輩子度過的每個冬天，想起所有毛毯和羊毛衣物，那些存放著個人物品、撒著防蟲樟腦片的衣櫥和紙箱。這股清香把我帶回到童年時期的樟木珠寶盒，裡頭放著我視為珍寶的小飾品；回到父母床頭處收納棉被毯子的大型木箱，我常躲在裡頭，心滿意足地享受獨處的時光；回到離開紫晶鎮時，我用來打包寶貝舊書的所有紙箱，它們最後還是跟著我來到這裡。艾爾不可能知道這些背後故事，把後院的香樟樹移除的蘭伯特先生也不知道。那棵香樟可是靠近圍籬的唯一一棵樹，他把它移走，讓我多麼難過他都不知道。香樟樹是有害植物（我嫁給一位景觀設計師兼園丁，怎麼可能不知道？），但我愛極了那股氣味。我暗自竊笑，很高興把一個祕密笑話帶入墳裡。

棺材用沙紙磨得光滑，而且前窄後寬——就像艾荻·本德侖的棺材，但我希望我的下場不會像她那麼悽慘[35]，並塗了一層薄薄的丹麥油。家裡空間有限，但前露臺寬闊得很。在郊區，坐在前露臺乘涼的傳統早已消失，但我還是在那裡放了一張藤椅和小桌子，以便擺放書籍和蚊香。

35 艾荻·本德侖（Addie Bundren）是福克納著作《我彌留之際》（*As I Lay Dying*）的女主人翁，她認為人一生的價值寄託於死後的尊嚴，但死後卻依然落得荒誕不經的鬧劇一場。

對於棺材的存在，女兒幾乎沒什麼反應，讓我相當驚奇。可能是因為阿奇口中唸唸有詞又髒話連連地組裝時，她們也在一旁觀看，所以不覺得有什麼好震驚的。不出幾天，棺材就成了傢俱，艾絲桃開始把東西留在上頭：習作、CD、手環。黛西則把彩色鉛筆和紙張擱在上頭畫畫。

幾天過後，黛西把棺材當桌子畫畫時，正在替盆栽澆水的我問：

你們想不想一人畫一邊？

真的嗎？嘿，小艾，媽要我們在她的棺材上畫畫，她往屋裡頭叫道。

艾絲桃出現在門口。我才不要在那上面畫畫，她說。

為什麼不要？很好玩耶！黛西說。

艾絲桃只是瞟了我一眼，就溜進去了。

黛西，你還是可以畫點什麼啊，我說，要不要把水彩拿出來畫個……

全都乾掉了啦！

那你的彩色筆呢？

找不到。

這又會變成那些我們經常上演的對話，所以我就此打住。

我決定棺材蓋板要給阿奇來發揮，至於我將貢獻的部分，不用說也知道。但我跟他提議時，他的反應跟艾絲桃一樣。

不過，黛西在她床底下找到了繪畫盒，於是那一週的接下來幾天，她自個兒亂塗亂畫，反覆擦掉重來，直到星期天艾絲桃過來要她趕快拿定主意，因為這簡直把她逼瘋了。

選好一個就不要再改了啦，白癡耶，她說。

但是她罵得充滿感情，因為她接著在妹妹旁邊坐下來，開始幫忙上色。然後她也跑去拿她的顏料過來，甚至讓黛西一起使用。我又到前露臺瞧一瞧時，她正在她那一邊寫上她最喜歡的歌詞，由一個叫做「垂死品種」的樂團所演唱，團名跟我目前的狀況還真契合，所以每次她播放他們的歌曲時，我都假裝能夠忍受。黛西其中一組圖畫的靈感來自《小小馬鞍子》，現在她忙著上色。到了我蹺辮子的時候，她們迷戀的卡通人物可能會變成布萊姿女孩或海綿鮑伯，或者忍者龜會再度出現——她們著迷的對象差不多每三個月換一次。不過依目前的情況來看，我入土為安的棺材兩側，一側會寫著吉他殺了其主人的歌詞，另一側則是粉紅色的馬蹄鐵。阿奇還沒有在棺蓋上做出任何記號。

上次化療復原之後，我一直在等著病痛再度發作。我目前是覺得還不錯，但自知這樣的好日子不會持續太久，因此盡可能把每件事情都做得完美。不過經營一個家庭很難達到完美，教養小孩更不可能。我覺得這股憂慮並非來自我的內心，而是阿奇捕捉和反映出來的情緒。當我凝望著他的臉，總瞥見自己的死亡。發現這個情形的那天早上，我的身體還不算太糟，但是在後院晾衣服時，我感受到這股哀愁和恐懼。

阿奇看著我以我慣用的精準顏色系統晾衣服。他想必還帶著早上淋浴後踏出浴室時貫有的樂觀。現在他站在後露臺上啜飲著咖啡，只要是個不錯的早晨，他都會這麼做。

我用顏色相配的衣夾把女兒的檸檬黃制服上衣夾在曬衣繩上。洗衣間有一整個櫥櫃放著成套的塑膠衣夾，大多是紅、黃、藍這三種原色，再加上綠色。有一家製造商專門生產傳統顏色的衣夾，證據就在我的籃子裡：鉻綠、橘粉、瓦紅。當我說收集這些衣夾是為了做研究，阿奇就不再相信我說的任何話了。

我已經用澳洲國旗的白、藍、紅三色衣夾，愛國地夾在他騎士牌素色內褲兩側的鬆緊腰頭上。我先洗白色衣物，然後淡色衣物，再來是有色衣物。如果曬衣繩上還有空間，最後再洗顏色最深的衣物。髒衣服一下子就堆積成山，實在不可思議，簡直像實驗室裡培養的孢子一夕之間大量繁殖，他心裡會那麼想。他也會想這是我本週第二或第三次洗衣服了，曬衣繩內側少說有五件男用內褲，還有許多襪子也是他的。我一直到最近才開始穿襪子，以前從來不穿，包括冬天也是，但現在腳一直覺得冰冷，只好去買幾雙厚得不像話的棉襪，套在我那兩隻以後幾乎不會再穿上它們的腳上。女兒的襪子有淡黃色、粉紅色、白色，晾在阿奇的襪子旁邊。你買得到粉紅衣夾，淡粉色的那種。

他輕啜著咖啡，他總是喝黑咖啡加兩包糖。他喝的是「老咖啡牌」的，味道濃郁但絕不苦澀，是用濾壓壺泡的。「我們」都喝這個牌子，一直都是。但現在，咖啡的氣味讓我反胃。我已經把較大的那座咖啡機放到爐子上方的碗櫥底部，那裡還放著燉鍋、鋸齒狀的切肉電動餐刀、義大利麵製麵機，以及其他很少用到的廚房器具，這些都濃縮在我們共同烹飪生活的時光膠囊裡，以後再也不會用到了。

我差不多快晾完了。他的襯衫是最容易的：猛力一抖，潮濕的布料發出痛快的霹啪聲，然後用顏色相配的夾子，夾住衣服下襬兩角倒掛着曬，這樣能乾得很快而且不需熨燙。我背對著他，流暢地彎腰拿起衣物，這樣流暢的動作我不再視為理所當然。兩天前，我還沒辦法做得那麼順，這點他看在眼裡，也許還在納悶為什麼我一早就穿戴整齊，除了腳上仍汲著拖鞋，稀疏的幾縷頭髮盤在頭上用頭巾包住。他大概會覺得我太瘦了。我把最後一件襯衫撫平。沒有人會認為我曾經怨恨這份工作，但我真的那麼喜愛嗎？還是做給他看的？但我根本沒意識到他的存在。他站在屋外悠然喝著咖啡，趁著穿上衣服前，盡情地搔遍浴巾底下的私處。我把衣夾籃和空的洗衣籃拿起來轉過身去時（我從不把它們留在曬衣繩附近忍受陽光曝曬），看到他站在那裡，禁不住微笑又皺眉，可能也是因為陽光刺眼的關係。

他也對我微微一笑，一飲而盡剩下的咖啡。他的臉上有種看了明知不該看的對象的猥瑣神情。他很想假裝剛剛是在檢視草坪而不是在看我和衣物。但是曬衣繩上的衣服七零八落，令人震驚，他一定覺得我的體能正在走下坡，他會不知道該怎麼辦才好。我只要他做基本的家務，那些我身體太疲累而難以完成的家務。

我走上露臺臺階時，他傾身在我臉頰上一吻。他眼前這一片輕微絕望的證物，在他的平整草坪上，在逐漸吹起的微風中歡欣鼓舞地飄動著。這星期曬衣繩上的衣服排列得有如棋盤格，兩邊各立著一隻花園地精，像是隔著戰場彼此對望，應該是黛西的傑作。

那天早上我跟他說過話嗎？看到他站在後露臺上，向他皺眉頭大概就是我的第一個反應。他在我冰涼的臉頰上一吻，引起性欲的程度就跟一隻蒼蠅飛過一樣。

親愛的黛莉亞：

你是指全部床單嗎？多久要換一次？

走投無路的讀者

親愛的走投無路的讀者：

如果我是你女友，而你期望我躺在床單上休息或做其他事情……光是想到你的床單可能藏納著什麼，就引發我聯想到噁心得無法形容的細菌畫面。請不要再寫信給我，你是無可救藥的邋遢鬼。要是你女友受得了這一切，還沒把你甩掉，才叫我吃驚！

32

陰雨綿綿的時候，馬戲團是個淒涼的地方，滿地泥濘、落寞寡歡，彷彿所有的光彩和魔力都被雨水沖走，暴露出節目和人物虛假不實、錯誤百出的原貌。星期六下午回去找泰菈時，因為下雨而觀眾不多。雜耍團的演員悶悶不樂地坐在大帳篷的入口處，悶不吭聲地抽著菸。一些人站在自己拖車的門口，泰菈的門開著，似乎她對天氣轉好還抱有希望。我走過去時，她靠著椅背坐著讀地方報紙。

進來吧。她瞥見我手中的行李箱，知道裡頭裝什麼。

我有幾個東西要給你，我說。

你確定？

確定。

我打開行李箱，拿出小丑衣、馴獸師套裝、竹條彎成的呼拉圈、塑膠皮鞭，以及雜耍演員穿的黑色緊身連衣褲。行李箱最底部放著一副紅色塑膠鼻子和一朵塑膠大雛菊，雛菊連接著一條軟管和一顆燈泡。

大概就這樣了，我說。

她拿起馴獸師的衣服，輕聲笑了起來。

可憐的小陽，他總是搞不懂為什麼我們沒有真的獅子。

或任何其他真的動物，我接口。記得那些玩具狗嗎？

蒙弟是其中一位成人小丑，他有一場表演是假裝訓練一群玩具狗。你永遠也想不透他是怎麼辦到的，因為從來沒看過他用繩子或釣魚線繫住玩偶，但玩偶就是會撲通坐下、猛然一扭、到處走動，還會雙腳站立做出乞求的動作，到了節目最後，觀眾會深信自己看到的是真正的吉娃娃、梗犬、貴賓狗。

小陽對於表演狂熱得無法自拔，泰菈需要另一個小孩加入她的高空飛人節目時，小陽一再央求我。當時他四歲，唯有所有的安全網都墊在底下時，我才願意讓他嘗試。幸好如此，因為這個小不點雖然堅持不懈又認真練習，卻手腳完全不協調。幾個月訓練下來，泰菈只能搖頭嘆息，試著把他的注意力轉到其他表演上。

抱歉，她跟我說，我沒辦法用他，他遜斃了。

可能是因為他年紀太小？

可能是因為他沒有馬戲團的血統，她說。

這點她錯了。范恩雖然不是雜耍演員，但他依然出身馬戲家族。泰莅引起小陽對扮小丑的興趣，而後是馴獅。他的道具是個獅子玩偶，推著牠滿場跑，後來年紀大一些、約六歲時，他招募馬戲團的一名幼童，偶爾會同意為他做跳環特技。

我把這些戲服摺成整齊的一疊，紅色鼻子放在最上頭。

也許你會找到另一個小朋友，這些全都可以給他穿，我說。

她拾起假鼻和雛菊。

你要不要保留這兩個帶回家去？

我還沒要回去，還有事情要辦，我說。不過我還是保留好了。

我把紅色塑膠鼻和噴水雛菊放回行李箱，道別離開。

33

執行驗屍的理由很多：猝死、暴力致死、非自然死、自殺、工業意外、離世前一個月沒有醫療照護的情況。遺眷若能在親人去世前便正視驗屍的必然性，將能避免困惑、不確定或悲痛。請做好心理準備面對驗屍報告，以及報告所暗示的事情。

——〈死後狀態篇〉

《死亡居家指南》（即將問世）

任何一本包羅萬象的家居死亡指南都會獨闢一章描述驗屍。我的屍體應該不會送去驗屍，但事情總不能說得那麼絕。比方說，要是我決定注射過量的嗎啡加快死亡速度，那麼導致的可疑情況就會需要驗屍。如果因此而牽連到李醫師，我會深感歉疚，因為她做的只是全澳洲的醫師都會做的：私底下謹慎小心地緩和死亡必然帶來的痛苦。

但南茜給我的指示是寫出一份專業文稿，因此需要進行專業研究。南茜當然開始打聽消息、動用人脈，強迫法醫部門的一名熟人讓我觀看他們驗屍，但鎩羽而歸。近年來，大批的偷窺狂、變態，以及專挖聳動八卦新聞的記者中較為原始的人種，都想一窺驗屍過程，導致現在嚴加管制，唯有獲得批准，才能在一旁觀看。她打電話來報告最新發展時，我決定助她一臂之力。

我認識一個人，我說。好幾年前認識的一位醫生。

誰？

羅傑．薩爾門。

沒聽過，但你知道我可以……

他是心臟外科醫生，我打斷。

嗯哼？

他可以幫我弄進去，我來打電話給他。

「觀察室甲」的標誌用膠膜護貝，以「藍色寶貼」黏土貼在門上。那是解剖室裡隔出的小空間，其中一面牆有獨立的出入口通往外頭走廊，對面有一扇低達腰際的大窗戶。地板是塑料材質，頭上的日光燈冷漠無情。一共有六張橘色的塑膠椅，角落放著廢紙簍，一個小擴音器高掛在牆上。好像沒有「觀察室乙」。

雖然薩爾門醫師動用關係促成了這個小奇蹟，但法醫部門還是堅持一名帶領人相隨，才准許我觀看整個過程，所有非醫療專業人員都要遵守這項規定。我的帶領人是克萊兒，她看起來非常年輕，在這種地方卻怡然自得。不知道驗屍過程要觀看多少次才能習以為常，才能認為這畫面每天在眼前出現是不足為奇的。很難相信以她的年紀，不但有目睹驗屍過程的膽識，甚至還有耐力一再回來。

第一次最可怕，她解釋。接下來就習慣了，但是看小孩例外。

有多少小孩我問不出口。

你知道「驗屍」英文的字面意思嗎？她問。是「親自勘查」，我第一天來這裡工作就學到了。今天你能親自勘查，看見你死後看不見的。

高登．麥克納奇醫師是法醫部門最資深的病理學家，他操著親切友善的蘇格蘭口音，符合我被電視灌輸對這一行所抱持的每個期待。他是個招搖愛現的人，繫著蝶形領結，波浪型鬈髮從額頭處往後梳，可惜也長得像音樂劇大師安德魯洛伊韋伯。他說話帶著些許鼻音，聽起來讓人幾乎覺得可靠，雖然與其說是鼻音，不如說是刺耳的喉音。停屍間到處都貼著禁止吸菸的標誌，但他從門口一走進來，就捻熄手上的菸，立刻點燃另一根。我很快就看出來高登是個藝術家，他的拿手好戲即將開鑼。他折一折手指關節，啪地套上乳膠手套，誇張地從消毒過的拖盤上拿起器具。

我在本子上寫下筆記。為什麼要消毒？消毒在這裡似乎不必要，尤其是高登儘管戴著手套，卻在整個過程中不時飛奔到角落的小桌子旁點燃香菸。他的手在屍體上方比劃，賣弄地檢視屍體一番，假裝看到什麼令他詫異的事，最後才用黑色麥克筆在軀幹中央畫上一系列的記號。

這當然全是作秀，方便我們了解，克萊兒提醒我。通常這些是由艾瑞克執行。

艾瑞克是助理，一個身材矮胖、戴著厚重眼鏡、開始禿頭的傢伙。高登舉止神氣活現，艾瑞克卻似乎笨手笨腳。如果說高登是《科學怪人》裡的瘋狂醫生弗蘭肯斯坦，那麼艾瑞克就是駝背助理伊果；如果高登是將靈魂出賣給魔鬼以換取知識的浮士德，艾瑞克就是那名魔鬼梅菲斯特；但艾瑞克顯然比較像伊果而非梅菲斯特。

高登開始他的獨白，這不只是為了娛樂觀眾，每一場驗屍都要錄音描述，作為後續法律之用。高登獨白的特色，在於他加進了根本沒必要的資訊和細節，很可能是為了讓小貓兩三隻的觀眾讚歎佩服。

一開始，我只敢偶爾瞄一下屍體，覺得直勾勾盯著它好像不太禮貌。就算你認識那個人，他赤裸裸地躺在海灘或其他地方，你也不會目不轉睛地瞅著他看，何況這裡的燈光如此明亮。我覺得要先認識一下這具屍體，稍微熟悉一下就好，於是盯著他頭頂一會兒，忽視鼠蹊部位，又好好看著那雙腳，才讓自己直視他的其他部位。

我怎麼會以為這是男的呢？

她面色如紙，看得出來是白種人，但我原本以為會看到可怕的屍體，比如有些地方腫脹，或是邊緣部分腐壞，彷彿雙手和腳趾上長了菌類，或是臉部五官萎陷。我沒想到她全身會是淡淡的米白色；原本以為會是死灰色，或是青紫色，或青黃色，總之是「致命的」這個形容詞會讓你聯想到的顏色。這具屍體已經放了五天，自從心臟停止跳動，它就經歷了巨幅的變化，因為整個腦功能或身體的血液循環出現不可逆的停止，我知道這些是醫學上對死亡的正式定義，因為克萊兒帶我過來的路上已經說了。

到了這個階段，屍體僵直的狀況已經出現（死後十二至十八小時）又消失了（死後三十六小時）。她是死後二十四小時之內被找到的，一直存放在停屍間的冷凍室裡，因此腐敗過程及早暫停。軀幹上的青色和紫色屍斑、膨脹的外貌，或是進一步腐爛時血管變為粗大的樹枝網狀，目前都不明顯。我一直告訴自己她不在那裡。我不確定是否還應該稱作「她」，還是她已經超脫進入另一個狀態，也許她是「它」。不管她曾經是誰，都早已消失了，這具身體只不過是皮囊、外殼，裡頭的東西（精神、靈魂、想像力、沒有名稱的東西）已經離開了，等同於肉販賣的死豬死牛，不需要帶著恭敬或畏懼之心看待。高登和艾瑞克並沒有露出崇敬或畏懼的神情，只是輕巧俐落地處理，彷彿她是一塊大豬肉，即將切割分解成排骨、里脊肉、內臟。

在刺眼的強光下，每個傷疤、斑點、毛髮都一覽無遺，驗屍過程進行得如此迅速，讓準備好被恐懼侵襲的我先是震驚，而後驚奇，最後讚歎他們靈巧熟練的效率。我以為他們執行時會帶著某種敬意，我想像大家壓著嗓子說話，燈光調成陰暗的藍灰色，空洞深邃的寂靜會被故作嚴肅且重要的話語刺破，對這具肉體安靜、慎重地處理。這是人類親密行為中最為親密的，是活活剖開一具沒有給予同意、沒有知覺、無法表達女性羞怯、無法力求對方住手的身體，是在視覺上毫不客氣地吞噬這具身體。

高登開始對著錄音麥克風敘述細節（成熟女性的身體，我們知道是五十八歲，沒有明顯的傷痕，幾個辨認得出來的瘢點，包括珍珠形狀的淺棕色肉痣，直徑約兩公分，長在右肩上……），沒說幾句，就有三位學生進入觀察室，讓裡頭突然擁擠且忙亂了起來，只不過出奇地安靜。看來是護理系學生，全是女性，穿著素面的藍色制服。私自觀看的經驗被破壞了，但儀式的感覺卻增強了。現在我們確實成了一群禮拜者，在一間小聖祠裡向某個觸及不到、不可思議的神明禮敬膜拜。現在我們全都有某些義務，都意識到彼此的反應、感受、信念——房間那麼狹小，因此感覺特別強烈。如果說主持的那兩位祭司不覺得這是一場禮拜儀式，對這些女子而言倒也無所謂，對其中一位（她們當中年紀最大的一位）尤其無關緊要，她顯然是第一次旁觀驗屍。她睜眼瞪著那具身體時（還是說屍體？或是屍首？），雙手緊扣在一起，口中不住呻吟。那是模稜兩可的聲音，顯示痛苦與過癮之間的某種情緒，可能是敬畏。她繼續呻吟、發出聲音、扣著雙手，偶爾嘆道：老天爺啊！使得玻璃窗另一頭執行的動作成了貨真價實的禮拜儀式。

屍體（病患？樣本？）的身分是附加因素。基於隱私權，我們不知道她的名字，但克萊兒輕聲提供細節。她生前是名修女，獨自生活。她姪女四天前發現她癱倒在廚房餐桌上，旁邊一壺茶也打翻了，茶水都滴到地板上。烤麵包機裡兩片乾酥的土司已經跳起，奶油和橘子果醬整齊地放在流理檯上。看來她就在茶水流光和土司烤好的幾分鐘之間心臟病發作或中風而死。死在陽光充足的一個早晨，在廚房裡準備牛奶和全麥麵包——還有什麼比這種情景更日常的嗎？但她沒有心臟病或中風的病史，而且屍體發現的時間估計是在死亡一天之後，所以醫護人員別無選擇，只能安排驗屍。

高登誇張地舉起解剖刀，興致高昂地準備下手攻擊。他從頸部（明顯地比身體其他部分還粉紅，而且細紋交錯，好像穿了整套衣服待在戶外卻忘了防曬一般）直直切到深褐色的陰阜。他又沿著第一道割痕再用力劃過一遍，然後在乳房正下方橫著切開，切的同時先後把兩邊的乳房推開，好像它們只是這條快速路線上兩塊有點煩人的減速板。在軀體上切了大十字形之後，他流暢地以刀刃從中央將上層的皮肉脂肪剝開，往後一站，讓艾瑞克拿著看起來像電動切肉餐刀的工具，沿著胸腔中央往下鋸開。高登似乎覺得眼前這一幕很有意思——個頭矮小的艾瑞克站在高大的解剖檯旁埋頭苦幹，形成不成比例的滑稽景象。艾瑞克踮著腳尖，哼哼地來回拉鋸著，而高登站在觀察窗和屍體之間，抽著菸同時滔滔不絕地做實況報導，使得接下來半小時，都在跟角落裡電子秤和煙灰缸旁的收音機競賽。

驗屍過程是如此觸目驚心，掩蓋了詭異的成分，但驗屍官一副公事公辦的模樣，又使得這一幕不那麼駭人。我想這就是徹底且純粹的人類喜劇：從生到死，從高登鮮豔大膽的粉底黃點蝶形領結，到前修女的左腳大拇趾上用橡皮筋綁著的孤伶伶暗黃色標籤，這一切事情的循環。驗屍過程是如此平凡普通和沒有意義，就像高登裝在塑膠杯裡喝了一半的咖啡，目前擱在擺著筆記本和錄音機的桌子上。艾瑞克現在用來舀起體腔液的那把不鏽鋼長柄杓，就跟我廚房裡的一模一樣，壓印著「美人魚不銹鋼六盎司／一七五毫升」的字樣。那是我從強森百貨買來，出現在《廚房居家指南》封面上醒目的位置，我上一次使用，是用來舀豆子湯的。

高登解釋在進入下一步之前，體液一定要先取出來測量，否則就無法有效率地處理器官。

艾瑞克對於噴濺在他身上的體液蠻不在乎，甚至還心滿意足地哼著曲調，活力十足地把體液舀到兩公升容量的透明塑膠測量罐中。我家的也是相同牌子，只不過容量只有一半，是兩個女兒用來做果凍的。

胸腔已鋸開，皮肉已掀開、垂於身體兩側，體液也已收集好，於是高登和艾瑞克開始工作，有如兩名喜劇演員在彩排熟練的低俗鬧劇中一搭一唱，默契十足且節奏流暢。艾瑞克取出器官拋給高登，高登再丟到秤子上，大聲喊出重量好錄音存證。我又忍不住想把他們比做肉舖裡的肉販，雖然這樣的比喻並不新穎高明：他們把顫動不已的整塊臀肉、一條條里脊肉，或滑溜溜的一堆臘腸漫不經心地丟到秤子上，然後用白紙包住，交給客人時還會心地眨眨眼，甚至跟客人打情罵俏；看得出來高登的表演就是那種調情的極致，目的是要我們這群女性觀眾讚歎佩服。

他一把接住心臟，滿足之情洋溢於臉上。如果高登說得沒錯，通常能夠解開猝死之謎的不是心臟就是腦部，而到目前為止，沒有情況顯示他的預測有誤。他解釋他在心臟會尋找洩漏祕密的鈣化物質（肌肉變白的情況），或是動脈裡頭脂肪形成的堆積物，這洩漏的祕密就更大了，也許還能在血管某處發現完全阻塞的情況（不過洩漏什麼祕密呢？酗酒一輩子？毫無節制地抽菸和攝取培根脂肪？在這名修女身上？）。他十字剖開心臟，暴露出左心室、右心室、左心房、右心房，最後指指最上頭環繞表面如王冠而得其名的血管，冠狀動脈。

高登把心臟放到不鏽鋼小托盤上，拿到窗邊觀望。肉舖的意象還是在我腦中縈繞不去，彷彿看到了標示價格的塑膠牌和一朵朵人造塑膠荷蘭芹。

這個器官健康得很，他說。沒有脂肪堆積物，沒有硬化，沒有鈣化，沒有結塊，沒有任何心臟病的證據。他又踱回解剖檯。不過呢，我們還是要切片做進一步分析。於是他把心臟兩邊各切下一點，然後把心臟推到一旁。他走到菸灰缸旁，又點燃一根菸，在那裡吞雲吐霧，艾瑞克則繼續完成頭部的工作。

那些器官看起來真眼熟，肝臟就跟我在肉舖裡看過無數次的一樣。艾瑞克首先在後頸的髮際線下方橫向切開，把頭皮剝下來，這時解剖檯上的屍體已經進展到不成人形的地步，根本看不出是個已逝的前修女或死去的女人，連屍體都稱不上，簡直成了畜體，一具不斷滴下屍水、皮開肉綻的畜體，中央有個大開口，肋骨、乳房、成片的皮肉以離譜的角度向外凸出。頭皮翻了過來蓋住臉部，一撮撮灰髮從底下冒出。艾瑞克橫向切開頭部的中央，將工具置於一旁，把頭蓋骨的上半部移開，彷彿只是在掀開一盒禮物。裡頭的腦袋微微顫動，濕潤發亮，而且很眼熟，因為形狀和顏色都跟羊腦一模一樣。我在想為什麼我們稱之為灰質？也許是因為保存一段時間之後會褪色，但這顆腦袋是淺粉紅色的，簡直是乳白色。高登把它切成兩半時，露出裡頭深處的紫色、藍色、桃紅色。心情的顏色，情感的顏色。

腦袋是另一位主角，高登當天下午小劇碼的第二位明星。由於在這個階段，還沒有發現心臟有結塊或阻塞的跡象，所以另一個可能性最大的死因，存在於這個器官一圈又一圈的粉紅色柔軟皺褶裡。

因為腦部是那麼柔軟，他解釋道，初步檢查通常是不具有決定性的。我們接下來得將它冷卻到幾乎凍結，才能夠切下夠薄的一層，方便更詳細的檢驗。在這同時（他把那兩半腦繼續切成約兩公分寬的厚度），我們很快地看一下。

眾神保佑高登，因為當他放下最後一塊平整的厚切片時，他發出滿足的一聲啊哈！

這裡（他指著直徑約一公分的深色圓點）你可以清楚看到死亡原因。他矗立在那裡，蝶形領結方正整齊，食指直指這位前修女四天前在透著陽光的廚房裡等待烤土司之際暴斃的原因。他心滿意足，他是終極的演出者，呈現了一場完美的表演。

那個呢，他說，還停頓一會兒加強效果，代表中風的致命一擊。那個點好大，是我見過最大的之一。毫無疑問，這就是死因，還有你們可能會想知道，這個死肯定來得突然、不帶痛苦，死者一定不知道自己下一秒就會中風。

不過呢，他繼續說，政策規定所有器官都要送驗，所以我們會繼續做每個器官的取樣，才開始清理。

他和艾瑞克開始幫腎臟、肝臟、腸子，以及解剖檯上的所有其他東西切片，把器官樣本放進塑膠袋，貼上標籤。艾瑞克拿來塑膠垃圾袋，開始把剩下的器官都掃進去，結果滑溜溜的腸子掉到地板上，他伸手一抓，塞到袋子裡。清理完畢後，他用黃色塑膠繩綁住袋口，放入內臟全被掏空的胸腔，往下壓一壓把多餘的空氣擠出來。他們把垂於兩側的肋骨蓋回去，最後把乳房推回原位，壓一壓皮膚，使之在中間會合。鑑於之前他們把內臟取出，又以這種方式放回去，屍體現在看起來還算體面。高登拿起一根大型縫針，穿進一條看起來上過蠟的粗線，開始從鼠蹊部位往上縫合，縫針在屍體上俐落且有力地上彎和俯衝。此時的艾瑞克忙著把灰色的工業用填棉塞入空空的頭殼裡，再放回上半部的頭骨，把頭皮掀回來，竟然接合得恰到好處，我頗為詫異。他拿來自己的針線，開始縫合頭皮的切口。由於頭部垂掛在解剖檯邊緣，由後頸的某個地方支撐著，也因為艾瑞克是那麼矮小，所以縫合頭部並沒有聽起來的那麼困難。被線團和灰色填棉包圍的兩人不發一語，各自在屍體的兩端忙著縫合，有如一對大型精靈在聖誕老公公的小工廠裡縫製某只沒穿衣服的鬆軟玩偶。高登已經接近肚臍了，不時把一直從切口冒出來的塑膠袋壓回去，最後打了幾個結剪斷。艾瑞克縫到了脖子底部，很快就會跟高登的縫線會合了。

然後，高登說，家屬會收到一份報告，詳細列出重要器官的重量、大小、狀況。家屬對於驗屍的幕後工作有絲毫概念嗎？我心裡納悶。他們純粹就是沒想那麼多。

心臟，正常，六五〇克。

肝臟，正常，二．七五公斤。

依此類推。每個器官都秤重、檢視，以文字描述狀況，身體每個可以檢查的部位，都以冰冷的字詞和沒有爭論餘地的數字評述。

血型：O型陽性，酒精含量，無；藥物含量，無。

估計死亡時間：四至五天前。

對於不確定死神如何到來的家屬，就會一直往下讀到整個程序唯一重要的部分：

腦：兩公斤；右半腦皮層動脈破裂。

在結尾處的「觀察」一項，只有幾行空格可以填寫：死亡原因乃右腦之腦血管出現嚴重意外（中風），導致身體所有功能突然停止（死亡）。

高登的一番努力濃縮成一頁文件，似乎讓他的心血變得微不足道。他會寫完這份報告，簽了名，讓人送去給家屬看。家屬要是思考一番，就會想到如果要把腦拿來秤，首先就得把它拿出來放到秤子上。難怪沒什麼人願意想這回事。

我們帶著空虛、不安的感覺離開觀察室，好像白天從電影院出來。護理系的學生默默不語、打著哈欠，只有那名不斷祈禱的學生依然怔怔地兩眼直視前方。

大約一小時前，我從後門進入停屍間，跟克萊兒在那裡碰頭，這是事先安排好的。現在我們從正門離開，好像我通過了一道儀式測驗，本來見不得人，現在可以光明正大走出去了。我走出有色玻璃門時，車水馬龍的喧囂直衝耳際。我穿越馬路，經過對面大學校園的鐵柵欄。這裡的草坪上散布著繁花茂盛的橡膠樹和大葉榕。才剛過午後，就已經有澳洲小鸚鵡在大口吞食橡膠樹的花蜜了。空氣顫動，樹上的鳥兒活力十足叼啾吱叫，萬物的生長似乎都肉眼可見。在蓬勃的景象之中，死亡的念頭應該只會暫留片刻，我猜想自己對這個主題已能輕鬆面對。我可以目睹死亡而不畏縮，也不是第一個把視線轉開的人，但這跟我想寫的書到底又有什麼關係呢？我如何把剛才目睹的場景轉變成有用的訊息呢？我身後就是那棟占地寬廣的棕色矮建築，在這個星期五午後，當城市的大多數人都一心嚮往著下班後去喝一杯或來個放鬆身心的晚餐時，高登在那棟建築的深處搓洗著他的雙手，艾瑞克則拿著軟管沖洗生前是修女的死屍殘骸，彷彿他們剛完成了任何人們熟知的傳統工作，現在只是清掃一番，當然事實的確是如此。

親愛的黛莉亞：

我們附近的越南肉舖老板總是賣些稀奇古怪的東西，比如腸子、豬膀胱、脾臟、豬血。豬血到底有什麼用處？

好奇的讀者

親愛的好奇的讀者：

法國名廚博斯伯．摩答內和伊莎貝拉．碧頓等權威人士告訴我們：血腸是亞述人[36]傳下來的一道古老菜肴，他們的豬肉販是當時舉世最好的。任何一種血都可以拿來做血腸，但聽說豬血做的品質最好。他種動物的血則品質中等，而且營養價值不高。

34

在紫晶鎮「退伍軍人俱樂部」二樓的一個房間裡，聚會已經開始了，我偷偷溜進去，坐在後牆旁邊的位子上。大約有二十幾個人坐在前幾排的塑膠椅上，面對前方的小舞臺，年齡層分布極廣。現在才剛過晚上八點，我前方的一名男孩看起來年紀小得早該上床睡覺了。他旁邊的老先生滿頭白髮、皺紋密布，像是隨時都要打起盹來。在座有少童、青少年、中年人、老年人，而且男女都有。

全場鴉雀無聲，這是另一個特點。接下來，一名男子自舞臺走下並發起一陣輕柔的掌聲，此時，一位坐在前方第一排旁邊小桌椅的女子，半對觀眾半就舞臺地以鉛筆輕敲桌子，大夥兒全都站起來，大聲唱起令人心潮澎湃的〈我看見曙光〉[37]。沒有音樂伴奏，卻出奇和諧。乍看之下，選擇這首歌做為貓王歌迷地方聚會的開場有些奇怪，但是在無信仰的年代，迷戀貓王可能就跟其他事情一樣成為一種宗教，而且任何能夠讓老老少少齊聚一堂、團結一致又如此認真對待的事情，就不可能是愚蠢荒謬的，甚至是值得嚮往的。也許這才是重點。貓王畢生愛好福音音樂，因此以讚歌做為此聚會的開場是合理的，尤其這首又出自一位美國南方帥哥之手，他走在這條滑溜難行的音樂道路上，達到風靡全球的至極顛峰。

聚會進行了一小時，大家發言、唱歌、分享經驗，一個接著一個，講話內容都結構鬆散，讓人聯想到「匿名戒酒會」或「匿名戒賭會」之類的聚會。結束時，我上前去找坐在桌前的那名女子。

我還在納悶什麼時候會看到你呢，她說。

我並不期望得到她友善的歡迎，但我們倆都清楚有些事情需要做個了結。

要不要去喝一杯？我問。

今晚不行，我為聚會忙得累死了。

方便的話，我也許明天再來找你。

甚至在小陽還在的時候，數據就已顯示全球貓王歌迷的數量逐年增加。至於模仿貓王的藝人就不用提了：他們什麼形狀、大小、體積都有，因此世界上充斥著矮個頭、大胖子、禿頭、蓄鬍、女性、肢障、戴眼鏡、黑人、眼盲的各路貓王。貓王模仿者當中有五音不全的，不久之後還

36 亞述人（Assyrians），西元前生活在兩河流域的一支民族，尚武善戰。

37《我看見曙光》（*I Saw the Light*）為美國著名鄉村歌手漢克．威廉斯（Hank Williams, 1923-1953）的創作，被視為經典廣為翻唱。

會有全啞的。

珍珠是紫晶鎮暨地區性貓王歌迷俱樂部的創始人和會長，她本身便代表了那些性格古怪但確有其人的歌迷。珍珠好幾世代的祖先都在當地種甘蔗，她認為自己對貓王的了解無人能比。她有一次告訴我，沒有人比她更處於社會邊緣：出身鄉下、窮人、女性、黑人（雖然摻了些白人的血液）。她是她偶像的靈魂伴侶。

小陽還在襁褓時，甚至還沒出生（也就是我在米喬推薦後，第一次去她的書籍交換中心借書時），她就認識小陽了；但直到小陽五、六歲的某一天，她才聽到他唱歌。那時候我正忙著在一箱黃斑點點的精裝書籍中東翻西找，看有沒有比華特．史考特爵士的歷史浪漫小說還更有趣的讀物，因此沒有注意到他在唱歌。

聽聽那小子，珍珠說。

小陽正在她家外頭的草坪上，推著他的玩具除草機，口中哼唱：一個人去割草，去割一塊草地……

我知道大多數孩子唱歌都不比樹上的蟬聲好聽到哪裡，而我雖然覺得小陽的歌喉悅耳迷人，但從來沒發現有多麼甜美純淨。

嘿，小陽，進來跟我一起唱，她大聲說。

她播放錄音帶，帶著他唱了前面幾小節的〈泰迪熊〉。

他很有天分，珍珠告訴我，你大概早就發現了。

並沒有。我自己沒什麼音樂天分，也不擅長辨別他人的。

我唱得有他一半好聽就要竊喜了，她嘆口氣說。我本來也可以當模仿藝人的，而你猜怎樣，我看得出誰是璞玉，還能幫他們雕琢成器，但自己卻沒天分，可惜吧，嗄？

要是珍珠也是模仿藝人，她對貓王的迷戀會發展到什麼地步，我連想都不敢想。她每隔週就舉辦一次聚會，參加者都是與社會格格不入的「怪咖」；她在經營書籍交換中心以外的精力全都用來籌辦活動，好把貓王帶入當地文化的每個層面，我覺得這樣已經夠怪異了。現在，小陽對馬戲團的著迷逐漸冷卻，珍珠開始帶著他到處跑，參加俱樂部的小型聚會，他在那裡可以盡情歌唱、玩得盡興；也帶他參加園遊會和派對，好迎合大眾需求來點新奇的節目。不過這是在我和阿奇認真交往之前，後來當然事情就不同了。當時他們斷斷續續的戀情已經結束，而且結束很久了。當然故事總是有兩造說法，但那時我對珍珠的認識已足以了解阿奇的意思。她的屋裡到處都是貓王的大型海報，令我心生畏懼。我覺得她的瘋狂投入，已經到了病態的地步。而且就像阿奇說的，他比不上貓王不是他的錯，競爭太激烈了。

所以我和阿奇認真交往之後，珍珠對我就很冷淡，甚至帶著敵意，我不再去拜訪她的書籍交換中心，但是她太喜愛小陽，狠不下心來讓他失望。雖然我對小陽的歌唱天分感到歡喜，但也擔心他這部分的性格。他血液裡有表演因子，我擔心這在未來可能意味的事。

35

臨終者經常受到悉心的照料和得到過分的同情，而且如果想採取極端行動或做出離譜要求，也總是受到勸阻。但臨終者既然有權利掌管自己的生命，也有權利掌管自己的死亡，有權利不以溫馴的方式離開人世。他們應該要像詩人狄倫．湯瑪斯所說的：「氣憤吧，氣憤那消逝的天光。」

——〈臨終者的照護與溝通篇〉
《死亡居家指南》（即將問世）

我把棺材拖到後院草坪的那天，光線恰到好處，不會太亮，還有些浮雲讓畫面的顏色柔和一些。阿奇最近沒有除草，我覺得這樣看起來還比較好，比較自然。蒲公英開在草地上幾英寸高的地方。我將棺材的頭部那一端架高，讓棺蓋斜靠著棺材，像是死者即將從裡頭冒出來，然後調整數位相機照了幾張。我把照片用電子郵件寄給南西，半小時之後打電話給她。

你看了覺得如何？

不可思議。

你是說很好嗎？你喜歡這個點子？

不是，我是說你竟然想做這種事，真不可思議。

你不來幫忙嗎？還是請專業攝影師來？

我還未開口請阿奇幫忙拍我躺在棺材裡的樣子，找母親更是不可能，但我以為南茜會願意。至於在數位相機上設定時間，再趕忙跑回去擺姿勢，則是超越我的技術能力。我需要有人來拍我躺在棺材手上拿著馬丁尼的樣子。

我可沒說不幫，她說。

一小時後南茜抵達，我道具都準備好了。我化了妝，繫上圍裙，一手拿著調酒器，一手拿著打蛋器。她把鏡頭對準棺材，我爬了進去，這可是我第一次實地演練。躺在裡頭沒有想像中的奇怪，而且還聞得到艾爾不同木材的香味，連尾端拆自舊木箱的一片粗糙老松木都飄出味道。身旁的棺蓋散發出淡淡的樟木香，我深吸一口氣，閉上眼睛，幾乎覺得回到了父母床頭處收納被毯的樟木箱子裡，我的藏身之處。

我睜開雙眼，直視著上頭的天空，到時候就是這個樣子。躺在土地下數英尺的地方，要是能夠透視上頭的泥土、岩石、崎嶇不平的表土、草坪、墳墓的花崗岩，看到的就會是這幅景象——浩瀚無垠的天空，藍色淡得接近透明。

陽光從南茜身後照過來，浮雲也被風吹散，我瞇起眼睛。

不要瞇眼，她說。

這樣呢？

我坐起身子，一手高舉著馬丁尼，另一手托著打蛋器。

好多了。

她照了十來張之後，我爬出來。原本以為躺在裡頭能體驗出什麼意義，或是陰森可怕的感覺，但是卻只感受到背部多麼酸疼。底部沒有軟墊，我的骨頭實在吃不消，於是想著要墊點東西，真要長眠的時刻到來時才會舒服些，然後才發現這個念頭有多離譜。

我把馬丁尼交給她，想看看照得怎麼樣。

醜死了，我說。

我看起來鬼模鬼樣，比屍體還糟，虧我費了那麼大的心思搭配衣服、戴頭巾、化妝。這絕對是我最醜的照片，每一張都是。我臉頰凹陷、嘴唇太薄、鼻子過大、眼睛瞇得好像要消失一樣。

我不懂，我真的看起來那麼糟嗎？

也許相機能看到我們看不到的東西，她說。

我把相機交還給她。

或者大家說得沒錯，我說。算了算了。這是阿奇的相機，我最好全都刪掉。

南茜離開後，我坐在後露臺的階梯上，怔怔望著空空如也的棺材，還有到處都是的道具。光線是那麼恰到好處，我還以為這個點子有多妙。我把馬丁尼喝掉，走去雞棚把珍抓過來。阿奇帶著艾絲桃和黛西回來時，我還在拍她棲息在棺材頭端的寧靜模樣。

親愛的黛莉亞：

抱歉又寫信打擾你，但有一件事我想讓你知道。我和女友分手了，我之前不想跟你說，因為我以為她會改變心意。你有什麼建議可以給我嗎？

走投無路的讀者

親愛的走投無路的讀者：

沒有。

36

珍珠的住家也是貓王俱樂部的辦公室，是以支柱架高、外牆為雨淋板的木造建築，她買下來時搖搖欲墜，亟需整修。拆掉露臺、更換窗戶、在二樓建造一個有欄杆的小陽臺、屋子的正面加上幾根假大理石圓柱，再把整棟房屋漆成白色之後，珍珠擁有一棟體面可觀的小號優雅園，至少外觀上是。這番心血沒有白費，觀光客會改道前來紫晶鎮，只為了參觀這棟房子。只要支付一定費用，一名俱樂部會員就會穿上顧客指定的服裝（千篇一律是白色軟緞的喇叭褲裝再加上披肩，大約是貓王一九七五年在拉斯維加斯表演時穿的），在前草坪上擺姿勢供人照相。珍珠也是登記合法的主婚人，這麼北的地方只有她提供貓王式婚禮，婚禮上引用貓王的歌詞或他此生說過的話，背景音樂也放著他最甜蜜的情歌。

房屋內就沒有任何複製原版優雅園的企圖了，而是以價格、實用性、品味為重。珍珠（在我們還交談來往時）曾跟我說外頭是一回事，但裡頭可是她要住的地方。因此沒有藍黑色的厚粗絨地毯一路爬到牆壁一半的高度，臥室天花板上也沒安裝鏡子。她堅稱自己身為貓王精神的擁護者，態度是非常嚴肅認真的，跟純粹迷戀貓王物品的癡情歌迷有天壤之別。她聲稱自己的投入是更明智、甚至更靈性的，這是創立該俱樂部的精神，也是與其他舊式貓王歌迷俱樂部的區隔之處。她只蒐集音樂、海報、書籍、影片，騰出幾個房間來存放，其他只是過眼雲煙的垃圾，她覺得這樣的態度才正面。

現在，她家還是老樣子。草坪依舊修剪整齊，周圍的樹比較高了，但房屋本身嶄新雪白，好像最近才重新漆過。只有客廳改變了，以前是書籍交換中心，現在則堆放著唱片、CD、錄音、播音設備。

你的書都不見了，我走進店裡時說。櫃檯後方的電視正在播放業餘藝人的錄影帶。

幾年前就全部打包走了，她說。現在我只買賣音樂。

她等著我多說一些，但我只是盯著螢幕。

是一年一度的貓王模仿大會，她說。去年在帕克斯辦的。

螢幕上一名傢伙坐在紅磚小屋前的圍欄上，他不是太胖，但啤酒肚倒是大得可以，把他的藍色運動衫撐到極限，肚子的一圈肥肉還蓋住短褲褲頭。他蓄著長鬍子，戴深色眼鏡，臂彎裡托著吉他。

是啊，他說，我要上節目難得很，我每年都試，但從來就沒機會。不曉得，大家都說我看起來不太像貓王，但我覺得像，反正有一點像。我髮色深，還戴太陽眼鏡，看到沒？他拿下來舉向攝影機，金框的，就跟貓王的一樣。他戴回墨鏡，又直視鏡頭，活像一團形體模糊、只看到墨鏡、鬍鬚、大肚子的東西。

但大家說我似乎不適合，他說。他們說是鬍子的關係，但我說那不是重點，我抓到貓王的神韻，外表沒那麼重要，神韻才要緊。

他彷彿要證明自己所言不虛，把吉他擱在那笨重的大肚子上，彈起〈我情不自禁愛上你〉的前奏。他一開口唱歌，那聲音實在難聽至極，我從來沒聽過有人把貓王的歌曲模仿得如此糟糕，也從來沒聽過那麼五音不全的爛嗓子。唱了幾句之後，他回瞪著攝影機，一臉狠勁，想看看攝影師或誰有膽子，敢反駁他剛剛那一席與事實極度不合的發言。

儘管這次來訪，我倆之間的氣氛緊張，但是看到這一幕都忍不住大笑起來。她關掉電視，搖頭嘆息。這個人跟貓王唯一像的地方，是同為男人，她說。他五音不全，卻堅稱自己抓到了神韻，而我們全都看走眼。

但那個傢伙是百分之百認真的，她繼續說。他每年都去帕克斯，其他任何一場大會和新秀大賽他都參加，儘管每次都吃閉門羹，受到挖苦嘲笑，他還是覺得自己抓到了貓王的精髓。就某個層面來說，是的。他是徹頭徹尾的無名小卒，什麼好事都沾不上邊，沒有才華、長得又不帥，但他一扮成貓王，他就是無人不知、閃閃發亮、地位崇高的萬人迷，卻完全忠於自己。

我從來沒看過那麼不像貓王的貓王，我說。

像他這種人的錄影帶我有好多呢，長達幾千個小時！因為那是許多人最大的抱負。你可以超越自己的生命，但還是忠於自己，就像這個傢伙。貓王救了大家。

偶爾吧。

不知道她的偶像是否也救了她。在我看來，如果這麼多年下來，對擁有你昔日夢想的女人都還心懷怨恨，那就只是門空泛的宗教了。

要喝咖啡嗎？

我搖搖頭，在沙發上坐了下來，把行李箱擱在大腿上。她左顧右盼了一番，好像在決定要做什麼，接著也坐了下來，但絲毫不讓步，只是等著我再度開口說話。我開口時，整個房間聽起來空空洞洞，覺得自己隱沒在沙發裡。我的話在腦殼裡造成太大的回音。

珍珠，至少阿奇對你很誠實，而且跟你分手也是他的選擇，我從來沒有逼他做什麼，你別再怪我了。

為什麼？讓你死前好過些？

我揚起眉毛，納悶她是怎麼知道的。米喬應該還未告訴任何人。

她繼續。我全聽說了，我知道不該說這種話，但我當時很愛阿奇，也想跟他在一起，而且後來再沒愛過其他人了。

除了那位想也知道的大人物之外，沒有其他人。我心裡這麼想，一邊環顧四周。

如果珍珠以為我是來請求原諒的，那麼她錯了。如果她以為提到我死期將近會讓我難過生氣，那麼她也錯了。我十幾年前離開鎮上時，珍珠就像個染上無形疾病的女人，這個疾病她永遠無法開口談論，也無法尋求治療，那是憤恨和內疚交加的疾病。她厭惡一名兒子剛被汽車撞死的女子。她喜愛小陽，我知道，她非常疼愛他，滿足他小小的迷戀，附和他的幻想。她當時一定百味雜陳，但那時候我只能可憐自己，沒有心力同情他人。

現在我找到對她的憐憫，但不是因為過去任何事情。她住在神殿裡，把自己虔心奉獻給一名男子，而到頭來，那人只是一副美妙輝煌的好嗓子而已。貓王或那些模仿藝人唱得再動人，也永遠無法填補她生命裡的裂痕。

珍珠，我知道你愛阿奇，我輕聲說，但我就是沒辦法改變什麼，從來就沒辦法，你也知道。但你看看我帶來了什麼。

我打開行李箱，拿出金色套裝高高舉起。套裝小得滑稽，金色蕾絲滾邊用各種材質拼湊而成，只差沒有塑膠製的。廉價人造布料的褶痕閃閃發亮，儘管在箱子裡放了多年，依然沒有發皺。

她伸手拿過去，我把配套的玩具也交給她。

〈泰迪熊〉，她說。

對啊。

這套服裝並不適合，但小陽愛唱〈泰迪熊〉。他會一手握著塑膠麥克風，另一手抱著小熊，結束時把熊舉到頭上揮舞，往觀眾一拋，無論觀眾只有我和珍珠，還是有心情看他表演的同學，或是馬戲團的泰菈和蒙弟，以及被他拉來看他非正式演出的任何人。

她在大腿上把這件套裝摺了又摺，把泰迪熊放在最上面，低頭看著它，問我問題。

你有其他小孩嗎？

兩個女兒。

長什麼樣子？多大？

她們是全世界最美麗的小孩。艾絲桃是深色頭髮，十一歲，黛西八歲，頭髮是紅金色的。兩人都沒什麼音樂天分，就跟媽媽一樣。我好想念她們，都不知道自己在這邊幹嘛。

阿奇呢？

他很好。

她盡量裝得若無其事。我有小孩她沒有，我有她想要託付終身卻不知如何留住的男人，我的小孩才八歲，但對她而言還是強過沒有，這些都讓她羨慕，但她不願在我面前顯露出來。

阿奇是最好的父親，我說。從沒碰過那麼好的，他也很愛小陽。

她沒說什麼。最後她直視我問道，你知道我沒辦法生小孩嗎？

不知道。

阿奇知道，她說。

我反芻這番話的短暫片刻似乎成了永恆，腦中出現阿奇多年前在我身旁坐下來的畫面，當時我們坐在拖車外頭，他告訴我他跟珍珠是永遠不會有結果的，小陽在前方的草坪上玩耍，我倆疼愛地看著他，阿奇目不轉睛。

不知怎麼地，就是沒有字眼可以回應，說自己深感遺憾並不恰當，甚至帶有侮辱意味。

好吧，珍珠，我說，我要死了，可能幾個月後就走了。

她表情不為所動。

你知道這是什麼意思嗎？

她搖搖頭。

意思是，我說，現在只有最重要的事情才要緊。我來這裡是想跟你說，我是多麼感謝你為小陽做的一切。他很喜歡跟你在一起，他就是喜歡，我覺得有時候他幾乎是為此而活的。

我手伸進包包，拿出三本書。

我還想還你這幾本書。記得我是在他走之前跟你借的嗎？

我怎麼會記得？

嗯，我一直惦記著，我對書就是這樣，所以想拿回來還，但我猜既然你不做書籍交換了，這些書大概也不需要了。

我把愛麗絲・華克的三本著作交給她，那是我離開紫晶鎮時帶走的。《死亡去死吧！》、《好女人永不屈服》，以及《擁有喜悅的祕密》。

她仔細檢查一番，漾起了微笑，這是前一晚見面之後，她第一次露出微笑。

你難道不覺得該留下這本嗎？她把第一本還給我。這一看就是你會讀的書。乾脆三本都留著好了，三本都像你，反正我也不會讀的。

好吧，我就留著，那我要你留著小陽的衣服。

謝了。她聲音裡有一絲感激。我很樂意，她說。

37

大家都不該認定自己年紀太大，或健康太糟而不適合捐贈器官。就算是時日不多的人也有資格，各式各樣的器官捐贈者都有成功移植的案例。心臟、腎臟、肺臟、胰臟、肝臟可能會因為治療或疾病而衰弱，但眼睛、骨頭、皮膚組織可能都適合移植。

——〈死後狀態篇〉
《死亡居家指南》（即將問世）

有時候南茜是如此徹底地擁抱家居死亡指南的概念，讓我覺得她忘了作者本人即將往生；渡過；跨越到另一邊（見第九章：委婉語與臨終者篇）。她積極幫忙，近乎強人所難的地步。幾天過後，她打電話來說指南需要談到器官捐贈。

器官捐贈？

對，怎樣，有什麼不對嗎？

噢，沒事。

她繼續說要把文獻資料送過來，安排我跟器官捐贈協會的宣傳人員見面，訪談移植成功的器官受贈者，我還有機會目睹手術過程。那次觀看驗屍的經驗，顯示我是有膽子面對這種事情的人。心臟移植是最常見的，她可能有辦法幫我安排進去。

心臟移植。

南茜……我阻止她。

怎麼？

不需要，我不用看。

好吧，我信任你，但你會寫一章吧？我覺得很重要。

沒錯，的確重要，而且我準備充分，只不過沒想到後來整個故事會像一顆巨石向我滾來，而且愈滾愈大，直到最後故事施展全部的威力向我撞上來。那不住搏動的器官，鮮血淋淋、閃爍著生命。

因為我比南茜早了一步，我早就做過這方面的研究，不只研究，我實際參與過。南茜不知道，也沒多少人知道。

我很早就決定要捐贈器官，全部器官、任何一個器官，但又覺得不太可能。我問李醫生時，她不安地看我一眼，清清喉嚨，才提醒我細胞毒性藥物雖然具有毀滅性的毒素，但卻也把我徹底清乾淨。我的內臟將沒有病菌、細菌，也不會衰敗腐爛。我會像一架子被擦拭得乾乾淨淨的碗盤，當然也因此容易受到每一波傳染病或輕微疾病影響。不對，我要了解的是，我身體裡的某種……（停頓了很長一段時間）……惡化……（她終於幫我說了）……會不會排除器官捐贈的可能性。

最後我還是從她那裡挖到資訊。有些醫生就是不願意直接講出事實，但我逐漸明白，雖然醫療專業人員曾抱有迷思，堅信我的身體會對療程有反應，但是到最後，不管是她、其他人，現在包括我，都相信除了癌細胞繼續蔓延之外，沒有其他可能性。癌細胞會侵襲且徹底殖民我體內的每個器官，有如帝國軍隊占領並消滅較低等的種族。穿著制服、配備武器的士兵在小島的岸邊登陸，還不到晚上就已經把島上居民射殺殆盡，豎立旗幟，燒水泡茶。到了這個時候，邀請他人分一杯羹可能不是什麼好點子。

我得承認，你很少有機會感受到這種程度的拒絕。你身體有三個部分長了癌細胞，好，沒關係。你有一些小部位被切除。你接受治療——幾乎得先置你於死地而後才有效果的化療和放射治療。但那治不好你，你橫豎都會走的。並不是說你會被治療殺死（注意這裡可不是主動語態，而是被動語態），而是總之你會死。等等，也許沒錯，你的確可說是被殺死，被疾病殺死，被癌症殺死，而且你還沒辦法貢獻身體好扳回一城，不像舊車殘骸，你以為有些零件還好好的，還有利用價值，這裡留下起動裝置，那裡拆下側門，還有左後方的方向指示燈燈罩。

器官，你的器官，以及你身體的所有部分，到了臨終的時候，可能會充斥著癌細胞，使你瀕死的身體毫無價值。就算你英年早逝（沒錯，四十歲以前去世算過早了），你還是無法捐贈。在這個文化裡，我們把身體每個部位都商品化，連最後一片腳趾甲也不放過，但你就是沒辦法提供任何有用的產品。

這些可憐沒人要的器官構成我幾乎無法運作的身體，我想像它們的處境，想像那些大舉侵略的癌細胞是如何全面占據，連我脾臟最深最暗的角落都有它們的勝利旗幟，連我肝臟更難觸及的褶層裡都有它們的蹤跡。老天，連我的角膜都不安全，會被新統治者全面占領和取代。

李醫生終於把整個道理解釋完畢：那是個冗長的過程，尤其她坐在辦公桌旁的態度不帶感情又缺乏自信，又用委婉詞彙和多種字源組成的醫療術語來包裝一個清楚明白的事實（你就要死了，這一年之內）。我真是聽膩了器官這個詞。

器官、器官，除了器官還是器官。她一直提這個詞，好像我身體裡塞滿了樂器[38]或生殖器。讓我聯想到教堂音樂、聖歌、巴哈、高聳入雲的建築、大型鋼管、架高的鍵盤、在空中盤旋飛繞的塵埃；喚起賦格曲逐漸磅礴的音樂聲，是關於行軍作戰、創世君主，或稱頌天使的勝利歌曲。我還想到了另一個英文裡的怪詞「洗血」[39]，儘管每個女人都熟知關於血液的知識，知道用血來洗東西只會愈洗愈髒，但這兩個矛盾的字不知怎地還是能湊在一起。

只有體外的部位我才可能視為真正的器官，比如耳朵是器官，大家都看得出來。耳朵的確看起來像個器官，樣子非常醜陋，它的褶層柔軟細緻，往內捲曲，圈住隱密的耳腔，一副就是器官的模樣。男性生殖器當然也是器官，只不過是可以把玩的。我小時候，這個部位總是被委婉地稱為雄性器官。然而，其他所有部位——肺臟、心臟、腎臟、脾臟、胰臟、肝臟，以及組織（包括心臟瓣膜、骨頭、皮膚，或是角膜這類的眼睛組織），便很難被我視為器官。那些閃閃發亮、有時候還會搏動的部位，我只當它們是身體裡維持活動的部位，有粉紅色、紅色、紫色，甚至乳白色的。為什麼腦部沒被列入器官捐贈裡？如果你能得到一顆可以運作的腦，誰又會在乎你擁有的是另一個人的記憶、欲望、迷戀、恐懼呢？如果你身體健康，但腦部永久關機，難道八歲或二十歲或三十三歲的你，以及你的家人，不會歡迎得到新人生的機會嗎？這就像把一片全新CD放進播放器運轉，就像把作業系統從微軟換成Linux重新啟動。為什麼要浪費一具年輕美麗的身體呢？

為什麼我之前沒想到這點？早知道就針對這個問題做更多研究，融入指南裡。

或者，我的腦子受到治療或癌症或兩者加起來的影響，比我想的還更嚴重。而且我讓想像力支配邏輯，因而忘失了重點——我的身體在排斥生命，生命也在排斥我的身體。因此，我無法捐贈器官，無法捐贈組織。只有頂級一流、耐用持久的身體部位才可能傳給等候的病人，肝病患者、心臟衰竭患者。李醫師完全無需明說（這點她很厲害，我甘拜下風），就讓我清楚知道，只要組織有些微的品質不良，就會在受贈者體內造成排斥，因此我浪費時間考慮器官捐贈是很蠢的。

我的血呢？至少捐血總可以吧？

這個嘛，可以，的確很奇怪，她說。你的血球細胞更新得很快，所以血液大概是你身體最健

38 英文中「器官」（Organ）一詞亦有「管風琴」之意。

39「洗血」（blood washing clean）治療腎病的血液透析法，在台灣稱「洗腎」。此處為英文雙關詞，礙於文意，採直譯處理。

康的部分。不過當然，她又說，你只有活著的時候才能捐血。

會診結束時，我帶著身上這堆衰弱無力、不符標準的器官和組織離開她的辦公室。對於一位身體的每個部位都被斥為沒有價值的女人而言，我走得算有自信。

親愛的黛莉亞：

你覺得要是我買新床單，她會再給我一次機會嗎？

走投無路的讀者

親愛的走投無路的讀者：

我已經說過我無可奉告了，不過誰知道上天會不會垂憐呢！大衛．瓊斯百貨公司的寢具區在大特價（我推薦柔和淡色系的，不要花卉圖案）。

38

我從夢中驚醒，直冒冷汗、難以呼吸。是恐慌發作，我知道徵兆，可能是綜合化療的症狀，只不過我早就從上次的治療復原了。我吃力地將蓋被掀開，坐直身子，身上的運動衫被冷汗弄得潮濕，我控制呼吸直到平靜下來，才得以吸進一些氧氣。要不是現在是凌晨四點，我一定會打電話給阿奇，但我不忍心吵醒那位肯定睡得正熟的男人。要不是我不抽菸，我可能會點上一根。要不是咖啡和茶那麼平淡無味，我一定會泡一杯喝。我沒有蘇格蘭威士忌、愛爾蘭威士忌、紅酒或任何酒類。我躺回枕頭上。

問題是，這不是夢。**這不是夢，我清清醒醒地躺著。**那個記憶一直揮之不去，但經年來我扼殺了細節。自從回到紫晶鎮，我一直在等待這一刻，真的，等待廣闊的全景再度在我眼前展開。我躺在那裡，沒有喝酒、沒有抽菸、動也不動，終於讓自己橫跨過那一片心中的景象。那段記憶在這之前是如此強而有力、可怕至極，讓我無法靜下來思考，只敢偶爾偷偷一瞥。

我唯一想到的辦法是出去走走。我推開前門，沿著汽車旅館的車道走出去，這時天光才剛輕輕推擠著低垂的長形雲朵。天堂樂園的看家犬在狗屋裡輕輕打呼，而棕櫚樹高處的第一批鳥兒剛醒了過來，開始啼囀鳴叫。約莫一小時後，我重新恢復平靜。我已經繞完半個小鎮，沿路一個人影也沒有，只看到送牛奶的小貨車，以及主街上那家報攤的老闆開始送報。我在能俯瞰河流的紀念公園坐下來歇息，河流被柳樹和木麻黃樹擋住，但樹木的深綠色頂端連成一線，描繪出河流的輪廓。我在電話簿上查到了一些地方，現在發現自己就在其中一個附近，我認為我要找的那名年輕女子可能還住在這裡。我橫越公園，穿過馬路往東走，隨著地勢前進。很快地我來到了一條死胡同，叫做尼羅月街，但死胡同不可能是彎月形啊，我心裡這麼想，一邊東張西望，就是不看正前方的3A號房屋。到底是誰幫這條街命名的？我覺得不太舒服，頭昏眼花。可能是走太多路了，早知道帶水出來就好了，現在應該回去旅館喝水和休息。我轉身背對3A號房屋，卻覺得這裡在呼喚我。這只是個幻覺，一個謊言。

找到了沒？阿奇隔天早上打電話來時問我。

還沒。

你去了哪裡？

警察局、醫院、高中……

她應該已經離開學校了。

我知道，我只是猜想有人會知道她的下落。

你還好嗎？他停頓一會兒問道。

還好，有點累。

我要你離開那裡，我要你回家。有辦法開回來嗎？你沒力氣，我最好去接你。

拜託，阿奇，不要，我很好。就算不好我也會這麼說。

我的確還好，可以了。每天晚上都覺得疲勞蔓延全身，但除此之外，我知道自己狀況夠好了。只要放慢速度，分幾天開車，我是能辦到的，我需要辦到。我得全憑自己的力量，開到我們家的車道上停好，下車，開門進屋。到時候我手中會提著小陽的行李箱，而胸口裡被冷風吹拂了十四年的空隙終將癒合。

阿奇，別擔心，我答應會慢慢來，而且再過幾天就離開。幫我給艾絲桃和黛西好好地親一親，說我很快就會看到她們了。

你怎麼知道？

我怎麼知道什麼？

知道你再過幾天就找能到她？他掛斷電話。

就像你初次成為速霸陸的新車主時，不管開車到哪，都會注意到速霸陸。你快要死的時候，也就會敏銳地意識到周遭的死亡現象。是你去找它們，還是它們附著在你身上，像某種無形磁力一有機會就把你跟死亡牽扯在一起？這就好比你在舞會裡當壁花，結果來了一名忙進忙出、活躍熱心的雞婆婦女，硬要湊合你和一名滿臉青春痘、竹竿腿的瘦小子。

差別在於一旦我更接近死神時，一旦我握起祂無力濕冷的手時，我就再也放不下了。十四年前的那段時光，我在各個方面都記憶猶新，雖然把我折磨得無比痛苦，但我無法抗拒。我只經得起在腦中重現那段時光，因為心中有阿奇與我同在。

即便在阿奇還是個年輕園丁時，他就是受人尊敬且可靠的工作者。他是一人公司，不放過任何大大小小的工作機會。在天氣涼爽的時節，他每六週會去果文太太一丁點大的草坪上除草，在她溫馨小屋的玫瑰花床上拔雜草，夏天則是兩週一次。果文太太總是自己修剪玫瑰。這些除草的工作半小時就可以完成，她會付阿奇五元澳幣。從阿奇十四歲，第一次在鎮上挨家挨戶敲門詢問，好在放學後打打零工，果文太太付給他的薪資就是這麼多。她似乎從沒想到阿奇現在是生意人了，而且通貨膨脹酬勞也該調漲。

地方高中雇用他為操場除草，他也在退伍軍人俱樂部前面的紀念花園種植和照顧。俱樂部後方是玩滾球的草坪，周圍的花園和草地也是他負責整理，不過滾球草坪本身則由一名年老的球場管理員照顧得完美無瑕。地方高爾夫俱樂部忙不過來，或草坪長得過於茂密或太長時，也常請阿奇過去幫忙。他笑臉迎人、誠實可靠，你可以把最美麗怡人的鹿蹄草草坪或最嬌貴難養的土生蘭花託付給他。你請他來整理草坪花園一整天，要出去時也不用擔心門沒上鎖。

我第一次見到阿奇，也就是他來拖車營區修剪草坪的那一天，我就知道他是這種人了。我知道他是園丁，也知道他是堂堂正正值得讚賞的男人，但我不知道他有多麼溫柔。他照顧、培養植物，能夠為別人大力付出。但我一直沒發現這點，直到我需要他。他是如此溫柔，可以為我、為小陽、為那名我不認識的小女孩和她母親，做我最後急於想做卻辦不到的事。

39

邁入死亡是個表現機會，可以把一生最具啟發性和創意的想法展現出來，這點絕不能忘記。

——〈遺囑和心願篇〉
《死亡居家指南》（即將問世）

這有點像早期的食譜：把野兔掛在涼爽乾燥的地方兩個星期，好讓肉質軟化；佳節前一個月把家禽隔離飼養，強迫餵食營養的黃色穀物；對於剛會生蛋的母雞，只用牠的頭六顆蛋；用短繩把小山羊固定在一個地方，餵牠牛奶和泡軟的穀片。

這件事我考慮已久，他們可能會覺得噁心、反感，但對我而言卻是終極的禮物。我沒辦法留在世上，我的身體會衰敗、腐爛、脫水，最後消失在地底和塵土裡細微隱密的地方。但在這之前，我想留給他們我的一部分，純淨、香甜，而且將不會也無法從其他任何人身上取得。

只不過要達到純淨的地步，還得費一番工夫，而且它本身是鹹的，因此也沒辦法「香甜」。

我自己原本覺得這麼做怪異又噁心，但愈是考慮，就愈喜歡這個點子，覺得這是表達奉獻的終極方式，是廚子可以為她心愛的家人所做的最慷慨無私的舉動。我總是說我把自己整個投入到這道菜裡了，這可是用愛煮出來的云云。尤其當我端出一道新菜色，但兩個女兒帶著她們的孩子氣而抗拒嘗試時，我總是用這句話懇求。有時候盛出的不只是愛，還有嚴詞和惱怒：**不准把午餐丟掉，雖然只是抹上「維吉麥」[40]的三明治，那我可是用愛心做的。**

現在我可以為他們做一樣東西，除了愛以外，還加上——我重要的部分，獨特且無法取代，是我的犧牲和奉獻，也是贖罪（如果你有信仰的話）。

我在冷凍庫的後方騰出一塊空間。以後大家會帶食物來，其實他們已經這麼做了，大多是我無法面對的，比如甜食。南茜細緻柔滑的焦糖布丁在我身上是浪費了；母親的巧克力，就算是我平常最愛的辣椒苦黑巧克力，也難以下嚥。任何太甜、太辛辣、太濃烈的食物，以及大部分的肉類都不行……有些日子我是不介意的，但大多時候我只想吃雞蛋、麵包、一盤沙拉或一壺茶，任何比這些複雜或重口味的，我都不要。

食物是悲傷和痛苦的語言。我知道在我作古後的幾個月裡，阿奇會帶著雞肉焗烤、巧克力蛋

40「維吉麥」（Vegemite），以酵母萃取物及各種蔬菜製成的塗醬品牌，為澳洲代表食物。味道特殊，人們好惡很兩極。

糕、一籃籃橘子、一盤盤鬆糕回家。裝在錫盒裡的水果蛋糕、一罐罐醃黃瓜、一條條火腿、千層麵、各種烤派——彷彿死亡是場盛宴，是個慶典，是感恩節，死亡引發大家在廚房裡忙進忙出。我了解這點。大家認為跟遺眷講話需要某種特殊密碼或語言，而他們不會那種語言，所以就準備和提供食物。他們自覺無法雙臂環抱著遺眷說出：**真遺憾，請節哀順變，讓我抱你一分鐘，因為沒有什麼我能做的了。**但他們可以站在廚房裡耐心攪拌義大利麵醬，或是端出一盤盤的小鬆糕，上頭裹著巧克力糖衣，撒了薄薄一層什色糖珠，那些食物彷彿在說：**我知道你很難過，但我說不出口，希望這些食物能夠表達我的心意。**一鍋義大利肉醬麵變得跟「最後的晚餐」一樣神聖和特別。

小陽去世後，我吃了很多這類最後的晚餐。我從醫院回到家時，一道牛肉燴腰子酥派迎接我。隔天有人帶來食物籃，裡頭裝著一罐熟食店買來的上等肝醬，母親認為把動物內臟製成食物是很無情的，還冷嘲熱諷了一番。這些食品禮物大多數是匿名送來的，就放在拖車的階梯上。沒看到送禮者是誰讓我難過了一會兒，後來才明白大多數人寧願當匿名的贈與者，而不與遺眷當面接觸。對於一位獨子剛被輾死的年輕媽媽，你要說什麼才好呢？看來，適合這種情況的交談話語有待創造、字眼有待發明。所以，我有時候是憑著耐微波的塑膠容器、鋁鍋、烤盤、康寧餐具的盤子來辨別致意的人。有時我把碗盤容器洗好放在拖車外頭，自然會有人拿回去，跟來時一樣匿名。他們送來好多熬煮的食物：豆子焗烤、咖哩雞肉、紅酒燉牛肉、愛爾蘭燉肉、肉丸配肉湯醬汁。彷彿生病、痛苦、死亡需要容易消化的軟爛食物。還有濃湯、清湯、燉湯——多半是雞湯。**我沒辦法表達我的遺憾，但這裡送上我熱呼呼、流質、充滿愛心的湯，喝下吧，希望能夠帶給你**

安慰。

沒錯，我對這種事情太了解了，雖然我寧可不知道。

我考慮只吃清香的草本植物和水果，只喝以蜂蜜增加甜味的飲料和蘋果汁，也許來一些金蓮花和酢漿草的花瓣沙拉、香甜的生胡蘿蔔、乳白色的新鮮杏仁和嫩豌豆。就像在義大利或法國北部，有些豬從小只餵食橡實和蘋果，因此牠們的肉質甘甜柔嫩，製作出來的火腿每公斤值澳幣幾百元，一年只有某些時節，能夠在全世界的少數幾家商店買到。我會像個得獎產品，為了一名菁英消費者而受到用心飼養和百般呵護。

李醫生說我的血液很乾淨。她向我保證。

但是要買食品雜貨，我頂多只到得了前面路上那家超市，而那裡的金蓮花和新鮮杏仁賣得不多，於是我決定不吃藥、不喝酒，喝許多水和吃新鮮食物就夠了。一週之後的星期一早上，趁著女兒去了學校，阿奇在斯特蘭區的工地忙著監督銀樺的種植工程，不可能偷空回來，我把碗和注射器準備好放在廚房工作檯上。

她說要是我願意，捐血是可以的。

我真佩服自己的技術，以前要是走醫護專業人員這條路絕對沒問題。其實我有很多條路可以走，現在卻成為一名即將入土的母親，手邊有一本可能永遠無法完成的書。我不想再想下去了。反正血液也收集得夠多，可以做一道菜了。

她說捐血得趁活著的時候。

40

小陽的性命靠儀器維持，我得做出決定。車禍的三天過後，加護病房的專科醫生默默地把我推進他的辦公室，關上門。儘管現在眼中的世界是一片朦朧，我仍努力集中精神做筆記。南部有個女孩有先天性疾病，她在等一顆新的心臟。

他給我看照片：一個孩子，比我的孩子小兩歲，同樣連接著一排儀器。枕頭上橫著一撮彎彎的棕髮，臉部緊繃而蒼白，眼睛很大，底下是灰色的眼袋。女孩的母親坐在旁邊的椅子上，眉頭深鎖，嘴巴小得無法展現喜悅，直勾勾地瞅著相機鏡頭，她的年紀看起來是不會有這麼小的孩子的。專科醫師低聲說他們等了幾年，都一直沒有希望，但如果我同意，他們可以馬上檢驗，如果適合，也許兩天內就可以動手術。我將視線自照片移開，不去看那位焦慮憂傷的母親，她就像懷抱殉難耶穌的聖母，那名還沒長大的孩子其實跟死了差不多，除非她得到我兒子的心臟。我把頭撇開，想著金髮飄逸的小陽，只不過他的後腦杓被撞得像一只破碎的大酒壺，血液玷污了枕頭，顏色比葡萄酒更深。他將離我而去還不夠嗎？難道我們還要再給出更多？

他身上吊著點滴，插著氧氣管，也許可以活幾週或幾年，但也可能活不成。或者他可能身體全然康復，但不具意識，我餘生都得看顧著他。或者他可能一個月或十年之後突然醒來，走出醫院大門，彷彿他只是睡了很長的一覺。住院醫師、神經外科醫生、小兒科醫師一再向我解釋腦死和昏迷的差別，昏迷是陷入無意識狀態，腦部雖然受傷卻繼續運作，有治癒的機會，但小陽顯然是腦死。

顯然？這是什麼意思？

這個嘛，神經外科醫生說，也有一些昏迷狀態的跡象。

什麼跡象？我問。

小跡象，他說。

比小還要更微小的跡象，比較像是檢驗數據上的誤差，當然這部分他們還會再重驗一次，但我得接受沒有希望的事實，這是有文獻資料可以證明的。他們提到的文章和學術論文顯示，像小陽這樣的案例，百分之九十八可以保持活著的狀態，但永遠不會真正活著。

小陽活著，但又不真的活著。我又望著那個孩子和她母親的照片，強迫自己了解那位母親對於她孩子的感受，就跟我對小陽的一模一樣。我心如刀割地做出決定。然而，我沒辦法讓隨便一個人剖開我美麗兒子的胸膛，我沒辦法讓陌生人切開他完美的皮膚——那是澳洲北部的暖冬所溫暖和烘烤出來的皮膚，代表打著赤膊在公園、河岸、遊樂場隨興玩耍的歡樂時光。我狠下心來拿定主意，然後走回那間擺著一排儀器的病房。儀器閃著燈號、嗞嗞運轉，能夠監視和維持生命，卻無法復原它。這位名為安珀·摩根的女孩可以擁有我兒子的心臟，但我得自己動手，我會親自操作。我要自己伸手進去我孩子的柔弱身體裡，把心臟拿出來，親自感受搏動的肌肉，交送出去。不是從來不認識小陽的某位外科醫生，不是其他任何人，而是深愛他的母親。

安珀得來這邊。他們得把安珀送上飛機，從南部飛來紫晶鎮的這家醫院：沒有人可以把我兒子的心臟帶離他的出生地。

我這個不習慣應付悲傷的年輕女子，含著淚水、聲音哽咽、口齒不清地把想法表達給醫療人員知道時，心意已經堅定無疑了。當時是車禍幾天之後的早上，母親抵達之後，就一直靜靜地坐在小陽身邊，我暫時離開時，她就會握住小陽的手。我去沖澡，把身上的髒衣服換掉，在父母等候室喝茶。一名綠色制服的助理進來，窸窸窣窣地把塑膠袋套進垃圾桶裡，我坐在旁邊，假裝不受那陣噪音干擾。

阿奇抵達醫院等候室，看見我坐在窗邊，走了過來。我凝望著外頭嶄新的一天，但其實視而不見。從窗戶可以看到整個鎮上的風景，一直延伸到地方議會。他上週在那裡除草時，聽到達格自貨車裡向他大喊，說他得去醫院一趟，黛莉亞需要他。我之前從來不承認需要他，我以為自己永遠不需要任何人，只是全心全意地養育小陽，而小陽遠在天邊的父親像影子一般消失無蹤。現在，一切就在尖銳的緊急煞車聲中消失了。我需要阿奇。車禍當天下午，他像個瘋子死命狂奔，趕赴我的召喚。現在，今天早上，我又需要他了。阿奇，我的朋友和偶爾的情人，沒有自己的孩子，但是想要小陽，想要我。他對於未來的提議，他對於結婚和成為小陽父親的提議，我還沒辦法接受，因為我一直希望在適當時機給予答案，但時機卻在那天下午從我身下被踢開。阿奇走進等候室，穿綠色制服的男人正在地板上潑灑消毒劑準備拖地，這時我明白他可以做我想做卻自知辦不到的事情：切開我孩子的軀體，把長得像植物苞芽的心臟交送出去，移植到另一個生命體裡。

小陽躺在加護病房的病床上，乍看之下像個調皮搗蛋的孩子私自從醫院的另一區跑過來，爬上尺寸與他不合的病床假裝睡得酣熟。但他連接著人工呼吸器和心臟監視器，周圍有那麼多一明一滅、嗡嗡低叫的儀器。他全身潔淨，沒有傷痕，醫護人員已經剪開他全部的衣服並洗淨全身，好插上管子針頭和鋪上護墊，但仔細一瞧，就會看到後腦杓有一大塊紅棕色的裹傷布，護士知道清掉也於事無補，這種情況他們見多了。

但是在手術之前，院方規定只有合格的外科醫生才能夠執刀。我或阿奇可以盡量靠近，在他胸膛附近握著他的小身子，看著解剖刀一分一釐地進行，但是取出器官的動作將由本州心臟移植專科醫生羅傑・薩爾門親自執行，他那天下午將從布里斯本飛過來。為了確保移植過程維持在最佳狀態，速度至關重要，也就是說介入的悲傷父母只會阻礙過程。當初他們向我一再重複這些叮嚀，但現在我記不得他們到底是怎麼說的了。總之這種手術有嚴格的實施程序，各式人員必須在手術時待命，確保程序嚴格遵守。

阿奇是我的聲音、我的媒介。他精神非常集中，彷彿把全部事務都暫時放下，只留下最重要的部分；他關閉一切，只留下絕對必要的機能。他們把一杯杯的茶水和一個個白紙包裝的醫院三明治推到我們面前，但他不感興趣。他正在維持自制能力，省下精力好面對前頭的任務。手術的準備工作完成之前，我們幾乎沒有踏出等候室一步。我在他旁邊，一直靜靜流淚，兒子像個玩具被拋到高空的那幅畫面縈繞不去，耳中還是聽到激發腎上腺素的尖銳煞車聲，以及他身子撞上汽車金屬板的低沉撞擊聲。接下來，阿奇得忍受旁觀手術的過程：看著甚至不是自己的孩子被挖出心臟。接下來，我倆終身都得帶著站在小陽剖開胸口旁的記憶活下去，那個用閃亮的紫色組織做成的洞穴，周圍是外翻而垂下的片片肋骨，有如鳥翅的背面。薩爾門醫生捧著心臟時，我再也忍不住，差點伸手把它抓過來，但阿奇阻止了我，他把我的手緊緊握住，緊得發疼。

41

請優先思考書架的問題。如果廚房裡放置烹飪手冊的書架少於一個，你得立刻改正。烹飪手冊五花八門，但你得牢記的首要重點，是這種書再怎麼樣也不嫌多。

——〈廚子之旅篇〉
《廚房居家指南》（二〇〇二）

看食譜做菜的問題在於你永遠不想按表操課，食材永遠沒辦法齊全正確，時間永遠不夠。或者問題出在我。我總是參考食譜，但很少照著指示做。我也不知道怎麼會這樣，但我骨子裡就是覺得自己比他們在行，我一直這麼覺得。

這一次，我則是血液裡這麼覺得。因此當我把血腸食譜拿下來時（我做過血腸，但好多年沒做了），立刻發現：一、無法實際執行；二、描述無法引起食欲。豬脂肪剁碎、洋蔥切丁、鹽、胡椒、香料、豬血，竟然還有鮮奶油。這次問題不在於食材，而是我沒辦法想像這些東西如何能夠凝結不散，至於賣相可口更不用談了。鮮血除非攪拌正確，否則會凝固結塊，煮起來的質地會像濕軟黏糊的炒蛋，誰要吃這種東西？我無法想像自己吃那種東西，因此必須改造一番。這將是前所未見最上等的血腸。

我用我最頂級的橄欖油炒洋蔥，直到變得透明，散發出香甜的味道。把火關小之後，我加上混入岩鹽的蒜泥，而後拌入煙燻火腿和脂肪碎塊，撒上剛研磨的黑胡椒，以及一些煙燻辣椒粉。我從花園摘下一些檸檬百里香和兩根青蔥，把前者揉碎後撒進去，再淋上一杯紅酒，以及不到四分之一杯的義大利黑醋，再多煮一會兒，享受撲到臉龐的芳香蒸氣。

這將是我最後一次用檸檬百里香烹飪。百里香下鍋頭幾秒所釋放的精油，有如東方三智者[41]帶來的禮物。希望我不是因為死期迫近才體會到這些事物的美好。我現在雖然想不太起來，不過以前應該是曾感受過揉壓橙皮時所噴出的微細香液帶來的愉悅；夏天午後灌下一大口冰鎮淡色麥酒的舒暢；小蕃茄直接從藤蔓摘下、懇求被大口吞食並在舌尖炸開來的溫暖和酸甜；現煮咖啡散發的香氣，以及接下來耐人尋味的啜飲，因為咖啡的口感儘管無論如何無法超越它的香味，但兩者相乘卻臻至完美。總之，所有家常食物的氣味和味道，都讓被癌症毀了的味覺感到反胃，只希望現在還來得及享受一些。

我加上已煮熟的米飯。傳統英式血腸的作法是加上大麥或燕麥，但我比較喜歡米飯，反正這道菜也沒有哪個地方是遵循傳統的。最後我拌入剁碎的青蔥和一些磨碎的檸檬皮，把整鍋餡料移開火爐。腸衣已經放在流理檯上，光是這些料就能夠做出令人驚豔的美味臘腸，我的家人會愛吃極了。我其實可以這個時候就把餡料灌進腸衣，稍微用文火水煮，冷凍起來，等哪一天阿奇太累或太忙，煎臘腸配馬鈴薯泥就能成為最佳晚餐。

不需要再加更多東西了。那只碗依然放在流理檯上。其實不需要我的血。但我伸手去拿那只

41東方三智者（Magi），在聖經物故事中曾在耶穌誕生時帶來禮物。在部份基督教地區，以他們替代聖誕老公公。

碗。

一定要吃這道菜，我加了一個祕密食材喔！

親愛的，我是帶著愛做的。

顏色叫人吃驚。深紅色，固實而不透明，具有油漆的密度。略帶粉紅的棕色臘腸餡料很快成了紫黑色。

我快速灌入腸衣，心裡一邊慶幸買了神機牌食物處理機，幾年前還在猶豫要不要買呢！這種攪拌工作我的手做不來。不消幾分鐘，八段平滑圓肥的臘腸就做好放在盤子上了，帶著閃閃發光的希望，等待著它們的命運。它們已經可以下水煮了，但我決定用蒸的，不想把它們浸在水裡。只需要蒸個十分鐘，我趁這個時候把廚房清理一番，把證據處理掉，幸好似乎連一滴都沒有灑出來。接下來，我覺得該慶祝一下，於是從食品儲藏小間深處拿出一瓶濃度較低的混和西拉茲紅葡萄酒，但過了幾分鐘還是沒辦法把拔塞鑽刺進去，才明白自己根本沒力氣。

如果我有犯罪的感覺（這個嘛，也許真的犯了罪，也許衛生法規規定不准把自己的血液放到菜肴裡，就像法律禁止把死去的家人埋在自家後院一樣）應該很合理。但我沒料到自己真的會有犯罪感，所以當阿奇幾分鐘後把紗門用力一關時，我著實嚇了一跳。

他拿過酒瓶，熟練地拔出木塞，幫我倒了一杯。他的雙手有非常夏天的氣味，就是二行程汽油和青草的味道，儘管現在工作時他是不親自除草的。也許那些氣味是我想像出來的。

他沒有問我為什麼下午這種時間會執意要喝紅酒，而是說，黛，我會去買些瓶蓋一轉就開的酒，對你比較容易。

那天晚餐是青蔬義大利麵，我吃得不起勁，女兒們倒是大快朵頤。黛西把她的義大利麵浸滿蕃茄醬，艾絲桃打算試試我準備的佐料——香蒜奶油。她拿麵包沾，天真無邪地問道，媽，你今天做了什麼啊？

她為什麼問這問題？艾絲桃從來就不好奇我白天做了什麼——對十一歲的她來說，沒有誰白天是在做事的，那些無聊的大人，尤其是白天照理都在休息的恐龍媽媽們。她是不是起了疑心？她看出什麼端倪了嗎？

沒什麼啊，怎麼？

問問而已，她聳聳肩，已經對這個話題感到無聊了，她推開碗。有冰淇淋嗎？

艾絲桃最近都會要我們幫她在冰淇淋上灑上咖啡，她會攪成糊狀，再慢慢用湯匙舔著吃。她不知道從哪裡聽說咖啡的味道富有層次感，但她十一歲的味蕾依然渴望黏呼呼的冰淇淋帶來的孩子氣。她盡可能慢慢品嘗，直到要融化成過甜的牛奶了才加快速度。黛西把她的冰淇淋浸滿巧克力醬，有時候我覺得她的主食是瓶裝醬料。

把冰淇淋桶放回冷凍庫時，我指著肉品區。

阿奇跟你說，我說，冷凍庫敞開對著我的臉，冰冷空氣幽幽地飄了出來。我幫你們大家做了臘腸。

他的臉亮起來，他愛極了自製臘腸。

我已經燙熟了，我解釋，你到時候只要煎一煎就可以吃。

他又點點頭，想到煎臘腸就心滿意足，然後發現我是間接指稱未來，臉色不禁沉了下來，他往緊盯著電視的兩個女兒瞥了一眼，走到我身邊。我抬起頭來對著他，覺得那個晚上累得只剩下走回床上的力氣。

42

在我決定捐出小陽心臟三天後的一大清早，四周似乎充斥著正式嚴肅的氛圍，我的心情出奇平靜。記得當時穿的衣服是粉紅色，可能是自知即將進入服喪期，下意識地反抗。前一天下午，母親拖我出去，提供她所能給的一種療法，使用的是「喀嚓！」美髮沙龍的場地，店主樂意幫忙，給我們最裡頭的位置，遠離眾人的眼光、詢問，或吞吞吐吐的笨拙慰問。母親開始幫我洗髮、按摩、修剪、吹乾，直到她覺得我的頭已經離開那傷心之地夠久了，才心滿意足地罷手。她的療法的確發揮一陣子的效用。

我們聚集在手術室邊上的小凹室裡。小陽就是在這家醫院出生的。由於我不讓他們把小陽送去別家醫院動刀，來自布里斯本的心臟移植外科醫師只好帶來自己的團隊，大家擠在這個場地裡。安珀．摩根和她母親在另一間手術室等候，我不會跟她們見面。

凹室裡頭只有一把椅子，沒有人坐下。大家看了看彼此，彷彿一致同意如果有人要坐，也是我去坐。外科醫生、他的助理、麻醉師、兩名護士出現在手術室，後頭跟著穿著藍色手術衣的阿奇。我們站在那裡，寂靜像個即將爆破的泡泡。母親望著手術室中央，以及手術檯上隆起的白色人形，其四周依然圍繞著那些形影不離有如貼身助理的電子儀器。我們所有人，包括我，都在等待某種指令。

助理醫師把蓋著小陽的床單拉到他的腰部時，阿奇跨步靠近他，瞪大著眼睛望了幾秒，用他的兩隻大手捧著那頭金色鬈髮。他轉頭看我，眼神召喚我。我雖然全身緊繃、脆弱、僵硬，卻隨時可能融化成地板上的一灘水。我很可能會昏倒、哭嚎、尖叫或嘔吐，這就是為什麼我知道在他心臟被移除、活著的最後時刻，我無法站在旁邊握著他，這就是為什麼要由阿奇代勞。我走到日光燈的那一圈光芒下，親吻即將死去的孩子，不是我的最後一吻，而是他這一生的最後一吻。我在允許他被殺死前吻他。

我彎下腰來的短短幾秒鐘，衝動地想把他拉向自己，永遠抱著他，以為他會睜開眼睛望著我微笑，他此生的每一個早晨都這麼做。要是我繼續待在他身旁，我一定沒辦法放手。我內心恐懼，僵直地轉過身子，不知道是否該不顧一切地離開手術室。但我欠大家人情，我欠小陽、欠阿奇，我必須留下來。也欠安珀·摩根的母親，她的愛女之心，就跟我的愛兒之心一樣深切——這點我必須相信，我得一直說服自己。

整個過程，就連羅傑·薩爾門醫生把解剖刀往下劃，鮮血霎時湧出成一長條燦亮的血痕之際，阿奇依然維持鎮定，盡可能貼近小陽，輕柔地握著他的下半身，彷彿捧著一只易碎的玻璃碗。外科醫師背對著我，但我可以從阿奇口罩上方閃閃發亮的雙眼，捕捉醫生的臉部表情。霹啪聲大響，表示我兒子的小胸腔打了開來，阿奇抬起頭往前看，我靠近了一些，依然被傷痛和擔憂緊緊裹著，外科醫生轉過頭來，直視著我，眼神彷彿在問：**你想過會是這樣嗎？你還想繼續待著嗎？**

我停頓了一會兒，點點頭，於是薩爾門醫生的肩膀轉回前方，伸手往小陽的身體深處摸索。

這時我全身戰慄，但我不要也不能離開。

沒有人說話。唯一的聲音是解剖刀或剪刀丟到鋼盤上的鏘鐺聲，以及儀器低沉的嗡嗡聲。手術室的工作人員常在開刀時閒話家常，交換週末胡鬧的故事或講笑話或聽音樂，因而惡名昭彰。如果這是一般的手術，他們會那樣嗎？我們進來時也提著攜帶式錄音機，現在母親按下播放鍵，〈泰迪熊〉的音樂繚繞滿室。與兒子共度的每日快樂時光此刻重重擊來，讓我承受不住，最後終於坐到椅子上，而手術繼續進行。雖然手術進行得快速又精準，但等待的時光彷彿永無止盡。下一首歌是〈永遠在我心裡〉，母親打算關掉，但我抓住她的臂膀，我要小陽最喜愛的樂曲一直播放。

阿奇的身子突然更往前傾。醫生已經取出了心臟，一手捧著，我看得無比清晰，驚得全身一震，沒想到那濕亮赤裸的樣子能如此怵目驚心。阿奇隔著口罩，往那深紫色的器官送出飛吻，彷彿給予它新生的祝福。淚水在他眼眶打轉，而後滾落了下來，流過他的紙製口罩。就在此時，我往前一撲悲慟地哭嚎，我的胸口抽搐，嘴巴鬆開，努力伸手去抓小陽的心臟。我要我的心臟代替它被切開、永遠停止。

阿奇制止了我，我看著醫師把心臟短暫舉起，剪斷最後幾條繫住它的血管肌肉。一切跡象皆顯示捐贈心臟是正確的抉擇，但我心裡卻出現寒冷的空洞，彷彿是我的心臟被掏了出來。我坐在塑膠椅上，身子不住搖晃，幾乎沒意識到周遭的聲音和動靜。某人（悲傷療癒諮商師、社工？）的雙手輕撫我的背部，有如掉落的書頁。母親把錄音機的音量轉小。貓王呢喃吟唱著在那些孤單寂寞的時候沒有抱著你。母親握住我的手，阿奇站在手術檯邊，看起來陷入猶豫，不知道要繼續站在小陽身旁，還是來到我這邊。然後薩爾門醫生離開了，助理醫生和團隊的其他成員也跟著消失。

接下來不到幾秒就結束了。心臟現在成了器官，用消毒過的布塊包裹著，放在推車上的塑膠盒裡，前往隔壁的手術室。儀器都關掉了，管子、針頭、導管都拔了出來，四周全部靜了下來。留下來的外科醫生走上前，準備把我兒子胸腔的洞口修補好，把鳥翼般的肋骨片蓋回去，以輕巧的動作縫合傷口。兩名護士各站一側，開始輕輕地幫他洗淨，等他身子擦乾時，我已經準備好且恢復平靜。我和母親為他穿上我們帶來的乾淨衣服，那是淺藍色軟緞、黏著銀底假鑽的業餘戲服，雖然誇張可笑，但那是他最近最喜歡的服裝。最後，母親出去幫我們倒水，我留在裡頭待了一個小時或是一年之久，用手指梳理小陽天使般的鬈髮，撫摸他的臉頰，親吻他的前額，看著他慢慢陷入真正死亡的冰寒之中，留下我在世上，讓一首歌的回音永遠在我心裡縈繞不去。

43

你的花園將活得比你更久。我們很少想到這點，尤其當樹已經種下。請仔細思考花園裡要種什麼。如果希望種下一棵可以活到下個世紀的巨松好讓人緬懷，那麼請自便。但你真的想讓子孫花費大筆錢財修補暴風雨的損害或安裝新的排水管線，同時一邊咒罵你嗎？

——〈你花園的未來篇〉

《園藝居家指南》（二〇〇四）

莉蒂雅終於下了一顆蛋。當然她可能作假，把另一隻母雞的蛋據為己有，她曾經這麼做過——她們大部分都這麼做過。但她坐在下蛋箱裡的神情並非狡猾，而是近乎滿足，此外這顆蛋比其他都小，跟奶茶一樣白。我向她道喜，她的回報卻是啄我的手腕。正當我著手撿拾其他雞蛋、撒著飼料時，驚慌地發現她將我啄出血來了。我已經被雞爪抓過不知多少次，但是都情有可原，因為我不時會把她們抓過來接受除蝨蚤噴劑和修剪翅膀的羞辱。但她們的啄咬從來就不會痛，比較像是親吻而非戳刺。我關上雞棚院子的圍籬門，坐在花園椅子上撫摸手腕，心裡相當難過，但是這種悲傷實在愚蠢。把一隻母雞（荒唐離譜脾氣又倔得很，是眾母雞中最蠢的一隻）的排拒看得這麼認真，表示我調適得沒有自己想像得好。我考慮回到床上休息一天，結果瞥見阿奇站在後露臺上往下俯視，我看得到他眉頭緊蹙。我往回走時，他大聲說：

你的電話。他的頭朝屋裡一點。

我接起電話時，對方依然沉默不語，靜默但不是沒有人。我喂了幾次都沒有回應，忍不住大吼：不要再打來煩我了！猛力把電話掛回牆上，但力道太大，聽筒又從托架上彈回來。

誰啊？

不知道。有人一直打來又掛斷，要不然就是我接了之後又不回答。那人跟你說什麼？

沒什麼，只說要跟你講電話。

誰？男的女的？

女的吧，聽不太出來。

他跟著我回到外頭。

怎麼了？什麼不對勁？

不知道，我說。想不透。反正……今早很美，我想出去走一走，再來寫新的一章。

我經過阿奇身邊時，他稍微搓揉我的肩膀。他知道我有多麼疲倦嗎？他知道我其實一個字都寫不出來嗎？但也許只是睡眠不足的關係。

夜間拜訪蘭伯特先生的前院草坪幾次，我的計畫就完成了。然而，黛西去遠足帶回來一罐蝌蚪，讓我想到地方議會檢查員所說的話。我把一半蝌蚪倒進黃椰子樹叢旁的蔭涼水塘，其餘則保留下來。

一天夜裡過了十一點，我又拿著小鏟子和兩公升裝的冰淇淋桶偷溜出去。蘭伯特先生的愛情花叢後方和離地面十八英寸高的前門廊之間有個小空隙，那裡的土壤潮濕，我不一會兒就挖了一個洞，把冰淇淋桶放進去，桶子裡的水是從蘭伯特先生的水龍頭底下裝的。我蹲伏在那裡時，幾組車頭大燈橫掃而過，但幸好在郊區，大家看到一名穿著田徑服的女子三更半夜帶著銀色小鏟子在前院草坪潛伏著，也不以為意。下垂的愛情花葉遮掩了這個廢物利用的小池塘。等自來水中的氯蒸發後，就可以用了。我知道剛從水龍頭流出來的水會害死蝌蚪，也知道在某些情況下，幾個月來都在休眠狀態的蝌蚪會快速變形，幾星期就變成青蛙。

一週之後，我回去檢查，在手電筒的照耀下，看得到水藻長得不錯，一團團的黑綠色聚集在冰淇淋桶邊緣，還有一些蠕動的蟲子。於是我把蝌蚪倒進去，把愛情花冷冰冰的細長葉片撥回去，回家睡覺。

親愛的黛莉亞：

你猜怎麼樣？有用耶！其實是我和女友一起去買東西，除了床單之外，還買了新枕頭、被子、「她和她」牌的情侶浴巾。我們也付了訂金，請商家幫我們保留一組平底鍋和一些新盤子。我已經把所有外帶餐盒和塑膠叉子丟掉了，我們要一起搬進新家！

走投無路的讀者

親愛的走投無路的讀者：

你應該是指「他和她」牌的情侶浴巾吧？順便跟你說，情侶浴巾三十年前就退流行了。

44

我們離開醫院之後，直接前往天堂樂園汽車旅館，母親一來到鎮上就辦理住房手續，但上星期她不常待在旅館裡。她幫我泡了一杯加了白蘭地和糖的熱茶，不知從哪裡變出蘇打餅和起司，我喝著熱茶，細啃起司餅乾，一面啜泣著。由於身心俱疲，再加上醫生幫我開了鎮靜劑，我的啜泣逐漸減緩。不知道阿奇到哪裡去了，大概回他家睡覺休息了。

那天晚上，我夢見自己目睹小陽的胸膛被剖開，在半睡半醒之中，我感到驚慌恐懼，提醒自己正在睡覺，我極力衝破那場夢魘的表面，直到驚醒過來。**這不是夢……**

我從床上坐了起來，腦子清醒、一身冷汗、大口喘氣，發現根本還沒天亮。母親睡在旁邊，也醒著。

你還好嗎？要喝水嗎？

好，謝謝。我的喉嚨突然感到乾渴燥熱，她問我之後才意識到。我喝了兩杯水，還是覺得口渴。我頭疼、骨頭痛。前一天去跑馬拉松了嗎？

接下來幾天，我處在筋疲力盡的困惑恍惚中，不時小睡片刻，但覺得自己醒著；而醒著時卻又覺得自己處於可怕的惡夢中。生和死像某種鉗子攫住我，分別從兩個方向向我死命擠壓。在中間某處的是我兒子的心臟，而我已經把這顆心臟送到另一個生命裡了。

阿奇還是沒有出現，我以為他拋棄我了。我茫茫然，像遊魂一樣走動。我處理棺材事宜、葬禮事宜，文件沒有讀就簽名。一束束花朵逐漸枯萎凋謝，食物變味腐壞，母親掌管一切。

這種狀態過了三天之後，我判斷是鎮靜劑的關係，因而減量服用。不管晚上有沒有睡覺，我都要正常時間起來，面對等著我處理的任何事情，還有召喚著我的未來。現在我不確定是否渴望未來了，因為阿奇似乎不在裡頭。

當時流行的心理學術語開始討論「了結」的概念，包括葬禮、紀念物、交談的重要性，以及記得往事的同時也要接受發生的事。別人跟我說這就是了結，我需要了結，任何失去親人的遺眷都需要。但我不同意。了結就像關閉，我不需要更多的關閉。而現在又有一扇門永遠關閉、上鎖、閂緊。阿奇全無音訊，只是讓關閉的情形更為嚴重。如果我需要什麼，我需要的是打開。

但是應付處理……這完全是另一個主題。死神發出致命的一擊時，你能做的就是應變處理。別人敬佩你能夠做到，但他們不明白有一天他們也得應變處理，跟你沒有不同。**不知道你是怎麼**

走過來的。接下來幾個月，大家見到我時常這麼說。應變處理其實沒什麼值得敬佩的，它只是像個邪惡魔咒，你沒有特殊知識解除它。

我應變處理，因為沒有其他事情好做。世界如此劇烈地改變，前一天還身為人母，隔天又突然不是，留下一大塊缺口，讓我靜下沉思，卻不明白也無法接受自己的感受。我胸口的空洞彷彿摧毀一切，在那空洞裡，悲傷從某個尚未舒緩又永無止盡的源頭直竄上來。這才是我應該要關閉的地方，但這就是應變處理，這就是你要做的事。吃進自己痛苦的情緒，彷彿那是世界上僅剩的養料。而我失去兩個人時，母親終於找回了我。

45

關懷臨終者也要關懷活人。

——〈最後的事務篇〉
《死亡居家指南》（即將問世）

好噁心喔！

母親帶來她的私房菜——蕃茄清湯。她在冷凍庫裡東翻西找，於是我告訴她我做了什麼好菜。

我餵她們吃母奶，不是嗎？

那是兩回事，她說，一邊凝神細看著塑膠容器，彷彿裡頭全是蛆蟲。

為什麼我的母奶可以，我的血就不行？

我沒補充說阿奇也喝了幾次我的母奶，並不是他喜歡那味道，而是因為他以為能夠引起「性」致（但不能）。

黛莉亞！首先，血沒什麼養分，她說。

才怪，裡頭鐵質很多。

那就餵他們鐵錠啊！你做這個太荒唐了吧！好啦，豬血的確營養，但你怎麼會覺得你的血營養呢？

烹飪美食專家的著作，我讀過的她都讀過，那是當然的，畢竟大部分都是她介紹給我的。然而，她不像我讀過阿茲提克人的故事，他們用血來做玉米粉薄烙餅。阿茲提克人非常熱中於血這種有價值的東西，在祭神時把牲禮切開放血，牲禮尚未真正死去，他們就把皮活活剝下來穿在身上，那塊皮甚至還在滴著野蠻的娛樂後殘留的血液。玉米是阿茲提克人的主食，人血似乎也是。將兩者結合合乎邏輯，就像結合兩種元素，成為威力強大的魔法，無法解除。玉米粉薄烙餅成為神聖的食物，是在火焰中犧牲自己的太陽神的化身。血和玉米粉薄烙餅的點子誘人得無法抗拒，我躍躍欲試，想進行更儀式化的淨化，執行更多放血、儲存、烹飪的動作（雖然跟阿茲提克人壯觀的公開儀式表演有天壤之別，但魔法的部分也許抓到了幾分精髓），直到我發現買不到正確的玉米，才就此作罷。就算找到了，我現在也沒有力氣磨碎後揉捏成團。話雖如此，這個點子還是相當迷人。

我告訴母親時，她只是嘆息。

實在搞不懂你怎麼會喜歡這些怪點子。先是棺材，再來是照相，現在又是血腸和玉米餅。老天，難道你就不能像正常人一樣面對嗎？

母親永遠是母親，講話總是那麼直衝、實際又帶著權威，連對女兒僅剩幾個月的生命也是如此。

還有你跟阿奇講的那些話，交女朋友什麼的，你以為他會怎麼想？

看來他們私下聯絡過。不過這句話我沒說出口。

這是不合常理的，她又說。

是啊，我這副德行也是啊！這些事情哪個合乎常理了？切掉乳房、切掉半顆肝臟、從血管裡吸收除草劑，但還是打敗不了那他媽的癌症？

我扯下頭巾，頭上還剩下幾撮頭髮，看起來像個舊娃娃，被占有欲過強的愛扯得稀爛。

癌細胞全在這裡，我敲著腦袋說。我迸出怪點子有什麼好大驚小怪的？我知道我打算就這個主題寫一本書，但我不懂要怎樣死才叫正常，只知道不能就這樣消失，一定要留下痕跡。

她靜默不語。

媽，這些就是我啊，我靜靜說，手臂一揮指指食物、棺材、房子。我要留下自己的一小部分，他們才會記得我曾在這裡，才會永遠知道我是多麼愛他們。

然後她開始哭了。我只記得她哭過一次，就是在小陽過世前她初抵醫院的時候，但之後她沒有流下一滴眼淚，甚至在葬禮上也是，那帶給我很大的安慰，知道母親是堅強勇敢的。當一切都瓦解時，這對我很重要。她的堅強不流淚讓我更愛她。

媽。我把她抓過來緊緊抱住，她的眼淚霎時將我軟化，直達胃部。

你知道的，她對著我的肩頭呢喃低語，你比任何人都還了解我到時候要面對的情況，你可是我唯一的孩子！

嗯，我了解，這就是為什麼我要留下特別的東西、與眾不同的東西。我沒有把小陽的東西留在身邊，而是把那一切埋得遠遠的，而且埋太久了。我以為他的東西會勾起我的回憶，讓我過了十幾年都還難過得受不了，但我錯了，不是嗎？那些東西只是提醒了我得去回憶。

她輕抹淚水，微仰著頭，仔細檢視我的臉，撥開我額頭上一絡稀疏的頭髮，彷彿我又回到了三歲，而她在舒緩我的高燒。

那你留給我什麼？她問。

你會看到的。我留給你們每個人不同的東西。

親愛的黛莉亞：

我已經把我每本食譜上的水果蛋糕都試做了（且相信我，我有很多食譜書），但沒有一個讓我滿意。婚禮愈來愈近了，我要蛋糕完美得恰到好處。「拜託」給我你的食譜好嗎？

新娘的母親

親愛的新娘的母親：

我或許會考慮。

46

小陽的葬禮辦得很簡單。手術隔天，我覺得自己成了某種古老的沼澤生物，成了一坨鬆軟的肉團，沒有骨頭，只有原始的頭腦，此時要做決定和採取行動太困難了。也許即使母親不在場，其他人（可能米喬或甚至珍珠）也會幫我處理，但我緊緊依賴著母親沉著的效率。艾爾一準備好棺材，當地的葬儀社就給了我們一天時間，好將葬禮消息登報，載送我們往返場地。葬禮很短，在墓園的小禮拜堂舉行，致完悼詞，彈奏歌曲，不是小陽的歌，否則我會崩潰。沒有人能夠從這麼深切的悲痛中找到方式表達希望或安慰，連職責就是在別人給不了安慰時給予安慰的牧師都沒辦法。

小陽的棺木用絞車吊進地底之後，我丟別人送的一束鮮花，轉頭時看到阿奇。他剛從功能車跳出來，穿過墓園向我奔來。

抱歉遲到了，他喘著氣說。我已經盡量趕了，但公路上碰到車禍，耽擱了一陣子。

你跑到哪裡去了？我哽咽著問。

說來話長，反正現在我人在這裡。

我們站在小陽的墳墓旁時，他抱住我，喘一口氣。他鬍子沒刮，依然穿著手術當天的衣服，最後終於解釋他做了什麼。

真抱歉，他又說了一遍，但這結束後我得立刻趕回去。

別抱歉了，我說。

其他人道別離開，我緊緊抱著阿奇，才揮手看著他坐進功能車裡。接下來，我和母親前往米喬酒吧，他下午為我們暫停營業。參加者有珍珠、泰菈、達格、小丑蒙弟、小陽的同學、老師，還有其他我不認識的人。我猛灌琴湯尼，有如喝檸檬水，我接受大家的輕拍安慰和擁抱，小口吃著別人硬塞過來的雞蛋三明治和餅乾夾起司，心不在焉地聽著所有安慰，說小陽安息了、小女孩得到活著的機會，說葬禮結束，日子還是要繼續過下去的，直到最後我把頭擱在吧檯上，納悶什麼時候才能再跟阿奇見面。

跟我回家吧，事情整個結束後母親說。這裡有什麼好留戀的？反正隨時可以再回來。

如果小陽是我留在紫晶鎮的理由，那麼母親似乎說得沒錯。母親來到我拖車裡，把衣物和其他物品集中起來，我則是從米喬酒吧拿來空箱子，酒箱用來裝書大小最適合。我細心地把書籍裝箱，每個箱子裡都撒一把樟腦片，才用膠帶封合。在一個印有「尊美醇愛爾蘭威士忌」商標的深綠色箱子裡，我放入想要帶走的書。這些選擇沒有邏輯可言，也未經思慮，只是憑直覺選擇目前想要留在身邊的書。勃朗特姊妹的小說套組，是二手書；《罪與罰》，我想再讀一遍；《玄學派詩人》，非常意外地引發我的想像，也在裡頭發現跟除草和園藝有關的詩作；《碧頓女士居家管理全書》；愛麗絲・華克的三本著作，都是平裝本，我跟珍珠說《紫色姊妹花》有多精采之後，她不知從哪裡幫我找來的；《蘿莉塔》，我才剛開始能夠體會；《貓頭鷹與小貓咪》的繪本，我唸了好多次給小陽聽，但我大概比他還著迷。

拖車儘管擁擠，卻一直保持整潔，但現在更清新怡人，彷彿等待新主人拖著它前去度假。小陽的物品已經打包收好了，我不想再多看一眼，不想再多留不必要的一分鐘。現在，我決定離開。我抱著一只裝滿書的箱子走出拖車，母親提著行李袋等著我。我會請米喬把其餘的箱子送過來。

我們要搭計程車回天堂樂園汽車旅館。母親把車門打開，抱著書箱的我手忙腳亂地接過行李袋，正要轉過身去，說那些以前每天要說好幾次的話，那些你會對孩子說的，像是「快點，我們要走了」，或是「刷牙了沒？」，那些不假思索就脫口而出的話語，因為當時你的孩子還像影子般寸步不離——這時我才回神過來，停下動作。

可以馬上離開嗎？我問母親。我們現在就走好不好？

車位已經訂了，她說。我們明天一早就走。

47

臨終者可能不希望繼續待在自己的臥室裡。通常家裡會有某個房間的角落是安靜、通風、採光佳的，或是找一個可以調整布置的房間，讓最後這段日子盡可能地舒服愉悅。能夠看到外頭的風景會比較好，看出去的理想景觀是水景或花園悠閒的寧靜。絕對不要把這間房間稱為病房。

——〈安寧照護房間篇〉
《死亡居家指南》（即將問世）

我的辦公室是後露臺的一端圍建起來的，逐漸成為我的安息之室。阿奇決定重新漆過，選了尼羅河淡綠。我不是特別鍾愛綠色，比較喜歡紫色和紅色，但現在覺得被淡綠色包圍，心情會比較平靜舒緩，彷彿在海洋裡被海水沖刷。我們擺進坐臥兩用的長沙發，我把屋裡的所有綠色家用品都拿過來，之前幾乎沒意識到家裡有這些東西：艾絲桃很久以前用的奶綠色嬰兒棉毯；客廳拿來的兩個灰綠色抱枕，破舊但堪用；年代久遠的緞面絎縫涼被，海草的顏色，我記得小時候是用來裝飾我父母那張雙人床的；至於木頭地板，我從洗衣間找到一塊綠色小踏墊。

在這個房間裡，我有史以來第一次發現可以把孩子排除在外。我和阿奇從來不關主臥室的門，她們的房門也是，而且房子裡沒有一個地方是她們的禁地。我要她們覺得在每個角落都受到歡迎，因為我小時候在家裡時常覺得自己是外人。我從來不禁止她們碰我的書、進廚房、使用工具、或阻擋她們製作或烹飪或建造任何東西。甚至我在書桌前工作時，辦公室的門還是開著的，就連她們吵到我忍無可忍的時候也是一樣。

但是綠色房間經過通風後，新油漆的味道淡去，我們把傢俱擺回來，書籍和文件也放回去，這時，我居然想占有它。我發現我喜歡獨自待在裡頭，不知道是否因為這會是我去世之前唯一的私人空間。也許我正充分利用獨處的時光。

也許不只是這樣。阿奇一位建築業的朋友是顏色顧問，她跟他提到尼羅河淡綠，講了一些相關的有趣事實，顯然這個顏色適合陪伴死亡。古埃及人把死亡提升到崇高的程度。他們熟知死亡，研究其各個層面，考慮到其各項需求。尼羅河水的顏色受人尊敬，幾近神聖。墓穴裡的牆壁都漆上這種顏色，好讓亡者放鬆平靜地進入來世。阿奇之前說這種顏色會讓我平息、緩和下來，我當時還和他爭辯，說根本沒必要。雖然房間不大，但剩沒幾個月，何必重漆？但他似乎覺得這很重要，而且的確只花他一個下午就完成了。後來我躺在長沙發上，漸漸了解、尤其感受為什麼埃及人選用這種顏色。阿奇將天花板、窗戶和門框漆成水綠色，牆壁則是尼羅河淡綠，我彷彿受到柔和顏色的洗滌，覺得既溫暖又清涼，而且我似乎被水托住，有如安詳地躺在河川的胸脯上，幾乎可以看見小帆船往下游漂去。

埃及人說對了。從生到死到來世的旅程會是平靜而自然的，就像孤伶伶的一葉輕舟滑向尼羅河三角洲。

親愛的黛莉亞：

我即將成為人母，這是我的第一次。雖然我讀了好多相關書籍，但我會非常重視你給我的任何建議。你覺得在哪方面我應該做最充分的準備？

孕婦

親愛的孕婦：

人家會跟你描述，當了母親的頭幾個月或幾年可能會經驗到的疲累、時間不夠、睡眠不足、缺乏性生活、無法集中精神、無法好好吃頓飯、無法結束一段對話，或是連一句話都說不完。但這些都遠遠不及在往後養兒育女的日子裡會充分折磨你的——內疚感。

48

母親的家（我童年時期的家）位於雪梨，氣候較為乾燥涼爽。我吞下安眠藥，鑽入我舊時床上的羽毛被。我睡了三天三夜，母親端來湯和茶，摩擦我的背部、握著我的手，或只是坐在那裡閱讀或打毛線，或什麼也不做。

我脫離昏睡狀態、完全清醒過來時，覺得比較平靜了。雖然空虛，但沒有整個掏空。我強烈的哀痛挪出一個空間給阿奇，不知道什麼時候才會再看到他。

一天早上，我沖了澡，穿上乾淨牛仔褲和白色棉製厚運動衫，這麼多天來第一次穿得這麼體面，甚至也吃了點東西。母親已經恢復上班，反正她的美髮店就在附近，午餐時間她都會回來。我坐在後院，看著母親在我離開這幾年對花園做的改變。人字形砌磚鋪成的新小徑彎繞過曬衣繩抵達架高的水塘；有幾種柑橘屬植物，包括一株酸橙樹；我身旁的石板露臺上方有幾盆吊鐘花，花朵盛開，都是我最喜歡的紅色和紫色，花朵柔順地下垂，這種花是這樣的。

淚水還是會從我的臉頰蜿蜒而下，但比洪水般地流淚好。我的胸口終於不再費力起伏，裡頭的石塊感覺沒那麼沉重了。現在我只覺得疲累，但不是筋疲力盡。門鈴響時，我幾乎懶得站起來，但還是拖著身子走回屋裡，打開前門。

我們瞪眼望著彼此好幾秒，我才說，阿奇，你看起來真糟。然後抱住他。

他眼圈發黑，鬍子沒刮。我這段時間為內疚和悲痛所折磨，眼前這個男人則看顧著我兒子的心臟，守在接受我不情願給予的禮物的女孩身邊，為了她，也為了我好。

他跟隨小陽的心臟和移植團隊進入安珀躺著等候的手術室。手術進行了幾個小時，他一直待在那裡，沒有離開一步。後來得知有併發症，安珀被送上救護直昇機，前往南部較大的教學醫院，那裡有必要的儀器設備等待她。阿奇坐進他的功能車，全速開了幾個小時回到紫晶鎮參加小陽的葬禮，途中以咖啡和毅力保持清醒，然後又回到安珀的病床旁，一直看顧到最後。

她現在怎麼樣？我問。

我離開的早上，他們把她扶下床，她走了幾步，她母親跟我說這是她好多年來第一次呼吸正常。

所以成功囉？

小陽的心臟幫了大忙，他說。看來她不會有問題的。

我們相視而笑，視線因淚水而模糊。

那是顆好心臟，我說。

是最好的一顆，他說。

因此，我和阿奇是不可能分開的。阿奇分擔了我身為人母最為晦暗的深處，他以勇氣和寬宏的心胸伸出援手，這點我做不到。他可能用報紙把自己和家庭的其餘部分隔開，可能會忘記準備女兒的晚餐或忘了幫她們洗澡，但他卻可以看顧一名臨終男孩的心臟，確保安全送出，好拯救另一名孩子。他可以看顧那名女孩，幾乎寸步不離，誰能無我到這個程度，沒有權利、關係、義務，誰能夠這麼做只因為他知道那是我想要的。

我和阿奇面對了死亡而存活下來。死亡來到我們腳邊咆哮時，我們轉身面對，將它制伏。阿奇傾身靠近小陽的心臟時，死亡的怒吼就靜默了下來。心臟體積小卻有力地搏動，溫熱而濕滑，聞起來富含鐵質且帶泥土味，就像上帝塑造我們所用的，對於協調生命的器官，像阿奇那樣傾身凝視，就是擊退了死亡可能勝利的所有意念。**死神，汝勿驕傲，雖然有人稱汝偉大且恐怖**。我之前不同意鄧恩的說法，但內心深處知道他說得沒錯。死神總是會來的，但不是每次都能洋洋得意地獲得勝利。

49

專家會跟你說，儘管那麼用心照顧即將死去的家人——給予新鮮空氣、純淨的水、健康的食物、體面的衣服，還有最重要的親情、安慰、引導，疾病還是會侵入保護區，神祕的死神依然會隨興地發出致命一擊。但專家永遠不會說死後還有另一片天地。如果你臨終的家屬是個孩子，你就需要知道這一點。

——〈面對死亡篇〉

《死亡居家指南》（即將問世）

想當個賢妻良母並沒有什麼了不起的，不創新，也不激勵人心。所有的母親不都想做得稱職嗎？

在我母親的年代，二十五到三十五歲之間生兒育女是最好的。早於二十五歲，就有不夠成熟的風險，可能還不知道人生真正想追求什麼就被孩子羈絆了。晚於三十五歲，就可能遭受在學校大門被誤認為是小孩祖母的羞辱。沒錯，有人二十一歲就生小孩，有的十八歲，但任何努力想出人頭地的人（住在郊區的許多女性屬於這一類），不會那麼年輕就生小孩。

母親完成實習，工作了兩年（為了存錢買房子），嫁給我父親後又工作了五年（為了繳房貸），然後才自己開業。她建立了穩固的顧客群之後，二十八歲生下我，因此能夠在三十五歲之前全心回到事業上，同時又能滿足一般對於母職的要求——在孩子個性形成的關鍵時期全心照顧。如此一來，她能夠培養事業，而不會來不及攀爬一九八〇年代女人事業抬頭的滑溜竿子。

前提是你稱美髮為「事業」的話。後來我認識大學生，像范恩那種自詡有創意的大學生時，才知道許多人不把美髮當成事業。

母親正確無誤、有條不紊地處理所有事情。她在經營沙龍和養育我這兩方面，皆游刃有餘。她寵愛我、關心我。她不是非常有趣的媽媽，但是在那個年代，賢妻良母本來就不該有趣：她們不苟言笑、嚴肅謹慎、全心奉獻。

每週約有一、二天母親沒辦法及早離開沙龍，就會請一位鄰居來接我，用餅乾、巧克力牛奶、午後卡通節目來打發時間，直到她五點半準時來接我，如一陣風快速把我捲回家，家裡有摺疊好的乾淨衣物，那是當天早上她聽新聞、同時大聲叮嚀我要刷牙和帶圖書館袋子時，一面動手摺好的。我們回到家時，排骨或預先做好的焗烤已經解凍，這些都是她早上就從冷凍庫拿下來的，她從來不曾忘記。晚飯後，母親會讓我換上成套的睡衣褲，幫我梳著睡前一定要整理好的頭髮，唸每晚必讀的睡前故事，但故事聽來聽去都是那些。

母親打理這一切，頭髮卻沒有變白，體重沒有增加或減少，沒有摑我耳光懲罰，印象中甚至不曾對我大呼小叫。她每天晚上總是準備美味的餐點，這時她會一邊啜飲紅酒，一邊攪拌濃稠肉汁或混合沙拉醬或磨起司。她會讀自己喜歡的書、打毛線、收看最新的電視節目，偶爾和朋友去看電影或表演，隨時又從容自在地應付我內斂的父親。父親的興趣在其他方面，比如他的書房。書房裡有他為之著迷的新式錄放音機和收音機座台，他也喜歡獨自在裡頭看書。或是他的庫房，他在那裡固定為工具上油、磨利、擦亮，用它們做出奇奇怪怪的東西，比如陳設架或制門器，而且總是不太合母親的品味。

母親打從懷孕的那一刻起，就什麼都做得正確無誤、有條不紊，而且看來不費工夫。她聰明自信、美麗大方。當父親心臟衰竭暴斃時，她帶著尊嚴應變處理，抗拒年輕寡母應得的同情。

我母親絕對是個好媽媽。

她是如此稱職，以至於早在我發現之前，她就已看出來范恩的音樂魅力、天馬行空的行為舉止，以及無憂無慮的生活方式只是有色的煙霧。她是如此稱職，以至於告訴我這個男人不值得，懇求我墮胎，甚至早預料到他不出多久，讓我心碎之前就會臨陣逃跑。

她是如此一位良母。

對於母親的稱職，我心懷怨恨，怨恨在心中沸騰，幾乎跟肚裡愈長愈大的胎兒占據同樣的空間。到了那時，我終於明白天馬行空和任性只有一線之隔，無憂無慮其實跟粗心大意差不多，也明白范恩可能沒有為我迷醉傾心，而且顯然不負責任。我也終於明白母親是對的，而我多麼痛恨這點。

一位好媽媽當然會規劃什麼時候生小孩。她們不會太早生，免得有粗心隨便、水性楊花或無知之嫌。爛媽媽絕對是拙於規劃，比如拙於看日曆，拙於算數，尤其是以十四或二十八為單位的算數，拙於決定要不要這個男人。爛媽媽會因為跟這個男人有了孩子，就決定繼續跟他在一起。

我不是好媽媽。

首先，好媽媽不會忘記日期。

好媽媽不會失去孩子的父親。

好媽媽當然不會失去孩子。

尖叫怒吼聲之間夾雜著話語，但聽不清楚。我在綠色房間裡聆聽收音機播放的晚間新聞，走廊另一頭的客廳裡，電視正播放《辛普森家庭》，因此我得離開長沙發，好出去看看發生什麼事。還沒走到廚房就聽到東西砸碎的聲音，進去時看到一只盤子在地板上四分五裂，到處都是紅紅橘橘的東西。阿奇站在門邊，神經緊繃，艾絲桃揮舞著雙臂，大叫家裡再也沒什麼東西好吃了。黛西啜泣著，彎下腰想撿起碎片。

這是不是意外，我根本不用開口問。阿奇當然不會摔盤子，但即便他真的向她們其中一個摔盤子，我也不能怪他。

他又把比薩烤焦了！艾絲桃大聲抱怨。你總不能要我吃這種東西吧！她重重跺著腳回到臥室，砰一聲把門摔上。

爹地，我無所謂，我可以吃，黛西說。

然後他對她或我大吼：開什麼玩笑，都掉在地上了還吃什麼！他自己也賭氣大步走開。黛西又開始哭了。

就算盤子沒掉下來（或是摔下來），廚房也是一團糟，彷彿所有東西都被抹了一層紅色。一小罐蕃茄醬真的有那麼多嗎？起司屑撒得地板到處都是，工作檯上亂丟著義式臘腸包裝袋、洋蔥皮，以及剖成一半、挖掉種子的青椒。不用跟我說發生了什麼事，因為這種事我經常遇到——想烹煮你以為她們愛吃的東西，讓她們參與過程，結果她們為誰該滾麵團或誰該磨起司而爭得面紅耳赤，還頤指氣使地告訴你該怎麼做，雖然你很確定自己比她們多做過一次，或上百次。不時還得搶過刀子來，光想到她們可能切到手指頭就膽戰心驚，最後你把她們趕出廚房，或是恨不得朝她們摔盤子。

我幫黛西擦乾眼淚，跟她一起把完好的幾片比薩放在乾淨的盤子上。我走去她們的房間，艾絲桃坐在床上，下巴擱在膝蓋上。

來吃晚餐吧。你也知道爸爸花了很大的力氣呢！

才怪！他還放青椒！他明知道我討厭青椒！

說什麼話，你每次都把青椒吃下去，上星期吃潛艇堡，你就吃進去啦。

那是紅椒！我討厭青椒。

唔，原來是顏色歧視，是不是啊，欸？

我也討厭你！

她轉身面對牆壁，枕頭蓋住頭部。早知道就不要開玩笑了，但總好過順著衝動行事：一把抓過枕頭、把她拖下床、強迫她坐在餐桌上、扳開她的嘴巴、逼她吃下每一大口食物，包括盤子碎片。

幸好我沒有力氣那麼做。

我回到廚房，擦拭弄髒的地方，把剩下的蔬菜洋蔥皮和毀壞的比薩丟到廚餘桶。

反正雞一定會吃，我跟黛西說，她坐在工作檯旁的椅子上繼續吸鼻啜泣。清乾淨後，我過去抱她。

餓了嗎？

她點點頭。

我幫你做蕃茄醬三明治好不好？

她點點頭。

也許再來點冰淇淋？

好。

你去叫爸爸進來，我們先請他喝啤酒怎麼樣？我打開冰箱，拿出一罐比利時的史特拉阿爾脫啤酒，他的最愛。晚餐吃蕃茄醬三明治、冰淇淋、啤酒，我媽要是知道會怎麼想？

多年來，我可能抱怨過阿奇太少參與家務，但從來沒有批評過他的廚藝。在家務上，他不是沒有能力，完全不是，只是不注意、不在乎，傾向讓我去做。但在廚房裡就是另一回事了——他可能是世界最糟的廚子。他可以把細瘦乾枯的嫁接用橘子嫩枝培植成令人驚歎的新生命，或是只用堆肥的方式就種出最飽滿結實的蕃茄，但他在烹飪方面就是少了那根筋，無法把幾種基本食材組合成一餐食物，連義大利肉醬麵或烤肉配蔬菜馬鈴薯那麼簡單的都沒辦法。最近，我站在旁邊看著他先把蔬菜馬鈴薯放進烤箱，然後才放進帶骨塊肉，而肉甚至還沒解凍；我巴不得出聲指導，但是硬把話吞下去，忍到幾乎都要滿身大汗。我小聲央求艾絲桃和黛西把燒焦的麥片粥或濕濕的馬鈴薯泥吃下去，而不直接批評阿奇。世界上的每一位廚子都是超級敏感的人類，而父母親下廚時，就跟最容易發脾氣的烹飪天才沒兩樣。就算你知道自己製造了一場壯觀的災難，或是極少數幾次意外成功，你還是強烈地感到失敗，不需要任何人說，連你的孩子都不用，你心知肚明。

後來我送黛西上床，不確定艾絲桃是睡著了還是在生悶氣。我在黛西身旁躺下來，直到我的呼吸跟她一致，然後把被毯拉開，將她的蛇布偶塞到她手臂下方。我來到艾絲桃的床邊，她全身僵硬，還醒著。

小艾，怎麼了？

她在流淚，對於我這十一歲的女兒來說是相當少見的，她有時候像個青少年，其他時候又像三歲小孩。

我知道你不是真的討厭我，我說。

是真的，我討厭你，因為你要死了，我討厭、我討厭、我討厭你要死了。

她轉過身來，一把抓住我，把我緊緊抱住，眼淚盡情流出。

這是她發洩的時候，我不能哭，我不能讓她知道我內心的擔憂是多麼可怕，那股恐懼。

我也討厭我，我說。我也討厭我要死了。

母親說得沒錯。隔天他們都出去時，我把冷凍庫的血腸丟掉。血腸是沒價值的，也許有營養價值，但那不是重點。我家人會覺得他們榨乾我的血、吃了我，而不會認為我留給他們自己的重要部分。冷凍庫裡還有許多空間，接下來幾天，我忙著把所有能煮的都做好。所有簡單普通的菜肴我都預先準備，我知道他們可以自己弄來吃，而且放在冷凍庫裡不會侮辱阿奇。總之就是我以前離開、外出或工作時，都會煮好而後冷凍的家常菜。雞湯、千層麵。就算艾絲桃又來搞半年的素食主義（很有可能），她也能勉為其難吃掉這些食物。可以搭配米飯、義大利麵或蒸丸子的那不勒斯醬。燉燜蔬菜（裡頭放的是紅椒而不是青椒）、菠菜派、連黛西都喜歡的奶油雞肉咖哩、牧羊人派。如果艾絲桃真的改吃素，那就太糟糕了（我同情阿奇：若得顧及吃素的家人，連我都會失去烹飪的耐心），但還是有她可以吃的東西：扁豆素食漢堡、炸馬鈴薯丸、春捲。還有給阿奇的更多臘腸，用豬肉和小牛肉做的普通臘腸，加上大蒜、胡椒、辣椒，以及其他調味料和香料，沒有一樣看起來像加了血。到了最後，我準備的食物彷彿夠他們撐過戰爭的圍城期，也許對我而言那真的是。我曾考慮讓女兒們參與過程，但比薩事件讓我打消了念頭。

星期五晚上她們回來時，以為我準備好大餐在家等著，所以當她們問晚餐吃什麼時，我說我什麼也沒弄，讓她們嚇了一跳。

可是你整個星期都在煮東西耶，艾絲桃說。

沒錯，所以今晚休假。

我們要出去吃嗎？黛西滿心期待地問。我猜她心裡想著肯德基。

不要。

那怎麼辦？

那天我還沒去撿雞蛋，所以就差她們去雞棚，我趁這時候幫自己調了一杯雞尾酒。其實調酒比較是個形式，我連想不想喝都不確定，不知道這會不會是最後一次想來一杯馬丁尼。她們把雞蛋帶進來，共有四顆，每一顆都潔淨無比，簡直像禮物。

莉蒂雅又沒下蛋了，黛西說。

那隻沒大腦、不可靠的母雞！我名字取得很好吧？[42]

我請她們坐下來，仔細看好和聽好。我把小平底深鍋和麵包拿出來時，艾絲桃說：

我們就吃這個當晚餐喔？水煮蛋和麵包？

不只是水煮蛋，而是最完美的水煮蛋，我的祕密食譜。

她們疑惑地互望一眼。

聽好，我說，那麼多年來，一直都有專欄讀者問我完美水煮蛋的食譜，但我從來沒跟他們透露我的祕密，所以你們兩個要滿懷感激才對。

我可以旁觀嗎？阿奇剛下班回來，出現在門口。

當然。

於是我開始解說和示範。首先用碗裝著水龍頭的熱水，把蛋放入裡頭溫燙，然後把平底深鍋的水煮沸，這時候開始切麵包。水滾了之後，用湯匙把蛋快速放進去，接著立刻把切好的麵包放

42《傲慢與偏見》裡頭的莉蒂雅，特色就是愚蠢和輕浮。

到吐司機烘烤。麵包烤酥、抹好奶油之後，撈出蛋來，放到蛋杯裡。黛西的蛋杯是鴨子狀的，艾絲桃是星星狀的，我和阿奇的是玻璃的。我把一根茶匙交給黛西，她慎重地敲打每顆雞蛋，我將刀子拿給艾絲桃，她把蛋的一頭切開。蛋黃像濃稠的金黃醬汁，蛋白濕潤柔軟。

好啦，我說，同時把一小塊土司往裡頭沾，這就是完美水煮蛋的祕密，不複雜、不用計時器，只是步驟要正確。我真的認為這是我能傳授的最佳食譜。

有用喔，阿奇滿口食物說，他現在有正確的煮蛋方法做為起步了。我覺得我這顆是小莉生的。

親愛的黛莉亞：

做蛋奶酥有什麼祕訣嗎？我做的總是太濕，而且中間都會凹進去。

納悶的讀者

親愛的納悶的讀者：

我以前總認為祕訣是雞蛋愈新鮮愈好，也就是說直接把你家母雞下方的蛋拿到廚房，但我現在有不同的認知。世界分成兩種人，會做蛋奶酥的和不會做的。

50

安珀·摩根的母親是位好母親。安珀的母親好到讓女兒避開那些專門追蹤接受捐贈心臟的孩童，把他們的故事公諸於世的人；好到保護女兒遠離那位已一無所有卻還得被迫給予的另一位母親，怕她如餓狼般地在附近徘徊。也許她擔心我，這位母親，有一天會回來，飢餓地注視她女兒的臉蛋，把手掌放在她的胸骨上，感受我兒子的心臟在裡頭悅耳地跳動著。也許她懼怕我會貪婪地吸取她女兒的生命，甚至想奪回去。

我前往紫晶鎮還有另一個理由，驅使我倉促準備和臨時出發，在我最需要家人陪伴時卻拋下他們的真正理由。我要找到現在已經長大成人的那位女孩，告訴她我當初是多麼心甘情願地把兒子的心臟捐給她，我要知道她現在安然無恙，她存活了下來。

但安珀的母親不可能知道，我回來的原因與她想像的截然不同。那只是一個單純的渴望，一名將死的女子其實並沒有那麼急於和逝去的兒子重新連結。她不可能知道這點，因為我自己也不知道。直到我回到紫晶鎮，將長久壓抑的悲傷和內疚的脆弱碎片都聚集起來時，我才恍然大悟。此時我只想看看這個人的臉，她的生命被我的骨肉照亮。這是為了讓自己安息。沒錯，也可以說是為了做個了結。

她現在幾歲了？十九？二十？她比小陽小個一、二歲，大約是六歲時得到小陽的心臟。手術過後，安珀從併發症康復，摩根一家人回到紫晶鎮定居下來。紫晶鎮並不是什麼玄祕之地，而是在我迷失、孤單時，將我抱在懷裡，讓我逐漸感到熟悉的地方。一個有很多像米喬、泰菈，以及其他馬戲團成員這種人的地方。他們關心你，但不會多管閒事。

但我無從確定她們是否還住在紫晶鎮。摩根太太一定知道小陽去世不久後，我和母親就離開鎮上，而且阿奇跟著過來。她一定也知道我們從不曾回來過。她不會知道我們在南方展開全新的生活，而且我還生了兩個女兒。她不會知道我之所以渴望凝視她的女兒，只不過是覺得必須把一個長久以來未了的心願做個了結，這就像一條尾端沒有打結的長線，多年來都在我旁邊拖著，搔著我的側身，我不時會撥開，但永遠扯不斷。摩根太太、安珀，我只想打個招呼，然後道別。

51

有些人的名字會成為街道、公園、游泳池，甚至整座城市的名稱，有些人的名字只會出現在墓碑上。你覺得用來紀念你的會是什麼？這種事情值得及早考慮，因為再晚就來不及了。

——〈死後狀況篇〉
《死亡居家指南》（即將問世）

那是瑪莉，是她的聲音。當時我在辦公室裡，聽到怪異的嘎嘎聲，一點都不像平常後院那種如合唱曲的得意咕咕聲或吵嘴呱呱聲。我走到外頭，及時看見一隻黑白夾雜的貓從後籬笆一溜煙跑掉。母雞群聚在後院一角，活像一群被頑皮男學生騷擾的老太太，嘮嘮叨叨地咯咯叫，唯獨瑪莉例外。她在芒果樹上哀怨地嘎嘎叫，我搞不懂她是怎麼飛到那麼高的地方，看來她自己也莫名其妙。我喚她，試著把她哄誘下來，拿起耙子，用把柄輕輕戳她幾下，但她還是不願移動，繼續在那裡嘎嘎叫。

我放棄不管她，回到屋內工作，預計今天要寫完立定具法律效力的遺囑的那一段，但她的叫聲一直讓我分心。她從來不曾這樣，我又回到外頭，把水管調成噴霧狀朝她噴灑，但她依然固執地待在上面，太高我沒辦法抓下來。

現在才剛過兩點，不適合打電話給阿奇。就算他在附近工作，他也會叫我不要擔心，瑪莉不會有事，他回來再處理。但瑪莉的態度和叫聲不太尋常，現在雖然轉弱了，但聽起來像絕望的懇求，我沒辦法忽視不理。也許她受傷了。我雖然頭有點暈，身子有點不穩（沒辦法改善），但還是得把梯子拿來，親自解救她下來。

在不會覺得快跌下去的範圍內，我爬到最高階，近到足以伸手抓到她，這時她卻朝著我呱呱大叫，跳過我上方的樹枝，舉起翅膀，很不優美地拍動翅膀落地。她直直衝到其他母雞那邊，她們全都在嘀咕抱怨、議論紛紛，似乎在附和這有多離譜，居然有人認為需要把她從樹上解救下來！有時候我不禁納悶為何要如此浪費自己的感情？

我繼續在梯子上待一分鐘，調勻呼吸、穩住身子。從這麼高的地方，我可以直接看到蘭伯特先生的後院。我已經有許多年沒看到那個地方，連瞥一眼都沒有。現在他的後院完全不同——蓋上塑膠布的戶外傢俱、鋪著小卵石的小徑，以及磚塊搭建的醜陋焚化爐已經不見了。草坪的正中央闢了一塊圓形大花圃，種著含苞待放的垂枝型玫瑰。我熟悉這種變種玫瑰，叫做桃樂絲珀金斯，顏色是柔和的經典粉紅色。在花圃正中央被粉紅和綠色的花葉圍繞著的，是飽經風霜雨露的老式沙岩製日晷。雖然從這裡看不清楚，但我知道日晷上鐫刻的是「珍重今朝」幾個字。

蘭伯特太太過世多久了？也許就在他搬來這裡，還沒開始劈砍修剪的工程之前不久。這麼多年來，我看到的只是他對花園的敵意，現在我也許了解原因了。他是想把一切清除殆盡，以便重新開始，好建立自己的紀念物品。這時我注意到蘭伯特先生的身影出現在紗門內，不知道他站在那裡看我多久了。我慢慢爬下梯子，回去繼續工作。

親愛的黛莉亞：

你有烹煮魟魚翅的好食譜嗎？我到處都找不到。

愛吃魚的讀者

親愛的愛吃魚的讀者：

魟魚翅？我連魟魚翅的壞食譜都沒有，甚至不知道魟魚翅是什麼。你要是喜歡海鮮，何不買最上等的紅鱒（市場現在是每公斤澳幣七十五．九五元），或是白色大鱘魚魚子醬。更好的是兩種都買，好好做個道地美味的一餐吧！

52

十四年前，摩根一家人搬進雲雀街四十九號，現在我敲門，他們已經不住那裡了。四十九號住的是一對年輕夫婦，車道上停著兩輛潔淨閃亮的深色車子，還有三名金髮白皮膚且同樣潔淨閃亮的小孩在整齊到令人不自在的客廳玩耍。他們從來沒聽過摩根這家人，不過當我提到移植手術時，丈夫的額頭皺起，我想他大概有點懂了，畢竟安珀當了好幾年的地方名人。不過他表示他們全家五年前才從綠寶石鎮搬過來，便以「事情大概就是這樣」的態度客氣地關門送客。

我清單上的下一個摩根家族，住得離主要購物大街比較近，結果是三名年輕女子合住在一起，摩根（電話簿上查到的）是其中一名女子的父親，也就是該住宅的屋主。不用說也知道，她們都不是安珀，雖然年紀差不多。

我的最後希望落於尼羅月街。這是鎮上較舊的一區，一直延伸到河岸地帶。那裡的房屋後方，是一大片沒有生氣、未經照顧的公共用地，那種阿奇常被請去除草和拔掉馬櫻丹的地方，不過大自然依舊任意發展。3A這棟房屋跟其他幾棟沒什麼兩樣，也許小了一點，周圍的樹葉也沒那麼多，但都是支柱架高、外牆為雨淋板的住宅，周圍圍繞著寬敞的露臺。我走近時，覺得胃部被什麼刺了一下，與幾天前我一大清早站在這裡時的感覺相同。這棟房屋讓我感覺很熟悉，像是安珀·摩根會住的房子。門前的寬敞木製階梯因年代久遠而呈銀白色，露臺的木板因受到風吹日曬而磨損易碎。前門敞開，紗門也沒上鎖，門鈴用風鈴取代，我搖了搖，發出尖銳的金屬撞擊聲。

我又搖了一次，再一次。經過漫長的兩分鐘，我知道沒有人會應門，就自行推開紗門，往裡頭喊了幾聲哈囉。屋裡昏暗，較為涼爽，但空氣窒悶，可見前門不常這樣打開通風，或者這是老人家住的地方，乾淨但破舊的少數幾樣傢俱似乎證實了後者。所有物品都褪了色，不過是年代的關係，而非陽光。廚房清潔整齊，瀝水架上放著一只套上保溫罩的茶壺。

她在後院，正要把雞棚院子的舊柵門扣上。雞棚搖搖欲墜但完好無缺，裡頭有三隻棕色的母雞。她抬起頭來看到我，我正要出聲道歉，她一隻手示意我走下臺階，另一隻手拿著一顆碩大的棕色雞蛋。

門是開的，我說，我叫了幾聲……

沒關係，她說，我已經習慣大家自己進來了。

真是美麗，我看著那顆蛋說。而且你的母雞養得真好，叫什麼名字？

她微笑了起來。親愛的，跟你說，幾乎沒有人問我這個問題，沒有人認為牠們會有名字。她轉過身去指著母雞說：這是潔妮，這是小花，這是班納特太太。

聽到最後一個名字時，我忍不住放聲大笑。她皺起眉頭，於是我跟她解釋。

噢，她說，是因為消費合作社的老闆娘姓班納特。我幾年前養了好多母雞（她往後方一揮，表示當時飼養的蛋雞比目前雞棚能夠容納的還多），透過合作社販賣，那女人是我見過最挑剔囉嗦的，每顆雞蛋都要檢查，好像我賣的是鑽石或什麼寶物一樣。這隻班納特太太跟她一模一樣，非常喜歡大驚小怪，從以前到現在都這樣。我能幫你什麼忙嗎？她又說。希望你不是來買雞蛋的（她把手中的雞蛋舉起），最近產量不多，我自己都不太夠。

我不是來買雞蛋的。我叫黛莉亞，要找安珀·摩根。

她爬上通往廚房的階梯，到達頂端時轉過身來。

嗯，我叫瑪格利特，這裡沒有安珀這個人。

我跟著她進去，問她更多問題，但她堅持沒辦法幫我，不知道我在講什麼，或講的是誰。我覺得她避開我的眼睛，逕自在廚房裡忙碌。她把雞蛋放入碗裡，從餐具櫃拿出一只玻璃杯，把水壺放在水龍頭下裝水。不過話又說回來，我看著她茫然地東張西望，發現她儘管戴著眼鏡，視力似乎還是很弱。我要是繼續追問下去，就會侮辱到她，或暗示她說謊。

她的老式廚房裡，只有一個水龍頭高高固定在黃色陶瓷水槽上方，桌上的塑膠桌布印著雛菊圖案，餐具櫃上擺著琳瑯滿目的淡色陶製烹飪器具，還有那顏色黯淡的茶壺和保溫罩。在這裡，我覺得自己格格不入。

我走回車上時，幾乎要黃昏了，胸口十分鬱悶。我向瑪格利特道歉，表示自己剛才若是沒禮貌或是打擾到她，並不是故意的。她很客氣地向我道別。我發動引擎時，看到她站在紗門後方，我從後視鏡往後頭瞄時，她還站在那裡。

憂鬱的坑洞愈來愈大。除了登門拜訪鎮上的每一戶人家之外，我實在想不出還能做什麼。我已經問過郵局、銀行、報攤；我去了社區中心、高中、工業和農業學院。我也去了醫院，知道他們對病人資料的保密是多麼嚴格，但只希望有人有線索，或有人可憐我，雖然我最瞧不起自己渴望同情。

在馬戲團、米喬的酒吧、貓王俱樂部的集會、教堂、公園、食品雜貨店，每個人都在躲避我，故意不回答我的問題，公然對我說謊——否則真相就是安珀和她家人已經搬走，多年來沒有人有他們的消息。我在紫晶鎮是浪費時間，我無法再見到我兒子的心臟了。

嗨，是我。

你好嗎？

你說得對，阿奇，這是浪費時間，為什麼我當初沒聽你的話？

可能是因為你根本沒說一聲就突然消失？因為你當初根本沒問我？

嗯，我知道，抱歉。

他在電話上嘆口氣。黛，反正你怎麼樣都會去的，我知道你非去一趟不可。

你了解的，我說，你當初也在場，還護送她，你知道我為什麼非得找到她不可。

當然，只是你現在沒體力。

你是說我幾年前早該這麼做？

完全不是這個意思。

我們倆都靜默了下來，只聽得到彼此的呼吸聲，阿奇聽起來跟我一樣疲累。一會兒之後我說，阿奇，我雖然沒找到她，但如果我連試都沒試會怎樣？我還是得過來，不然一直到最後一刻都不知道能否放下念頭。

那現在知道了嗎？

嗯，知道了。我不用見到安珀．摩根，這點我可以接受。我明天一早就離開，過幾天就會到家，跟女兒們說我很快就會見到她們了。

我掛上電話，坐在床上往後一靠。沒錯，我很失望，深深地失望，但我跟阿奇講的也是事實，我現在接受了。想在去世之前解決零星未了的事情是人之常情，長年來我太常被這些未了之事羈絆了。很久以前，我就接受小陽的父親再也不會出現，所以後面幾年我試著給小陽其他依靠。但那最後一天，也就是世界停止、傾斜、試著把我從它表面甩開的那一天，我被騙了。能讓小陽非常開心的那幾個字，我從沒來得及說出口；這些年來，我心中悔恨不已，有如毒素凝聚在胸口。這就是為什麼兩年前診斷出雙側乳房皆罹患乳癌時，我雖然身心崩潰、忿忿不平，卻不訝異。我的胸部多年來因懊悔和悲傷而出問題，不是沒有道理的。

把它們割掉，我說，彷彿我是《愛麗絲夢遊仙境》裡的紅心皇后，而它們是傑克的頭。把它們切掉，這點我不用考慮多久。乳房哪裡比得上心臟和生命呢？要是割掉乳房能痊癒就好了。

53

遺囑只能處理某些事情，不過其他事務可以在死前先解決，其中一些既有趣又實際，比如舉辦派對，請賓客從你的財物當中選擇某樣東西帶走。此外，還要自行關閉銀行帳戶，要求銀行給你現金。事先通知稅務局，要求提早退稅。把汽車鑰匙交給一名特別要好的親友。

——〈遺囑和心願篇〉

《死亡居家指南》（即將問世）

已經過了幾個星期，阿奇那部分的棺材依然沒有任何裝飾。兩個女兒盡力完成了她們的部分，但重新上色和裝飾依然是個挑戰，所以每隔幾天，她們其中一個就會拿來寬筆刷，把所有的愛心（黛西畫的）或骷髏圖（艾絲桃畫的）盡數塗掉，用星星和箭頭、猴子臉和閃電取代。艾絲桃似乎拿定了主意，在頂端畫了一個紅色綢緞枕頭，黛西則在尾端畫上花草。棺蓋上除了幾圈咖啡漬之外，依然毫無裝飾。現在，它已經成為一張桌面，堆放著常見的家居垃圾、筆、塑膠杯、校訊、冰棒木籤、乾掉的麥克筆、信箱拿來的彩色商品目錄、髮夾、便利貼、穀物棒包裝紙，還有不知怎麼地，總是有一隻落單的襪子。我請阿奇清理一下，說了好幾次，他都不理睬。一天早上，他在前露臺上喝咖啡看報紙，兩腳就擱在棺材上，我看了很不是滋味，畢竟那是我的棺材哪！

阿奇，看在老天的份上，你就不能整理一下嗎？我死了以後，你以為還會有誰來幫你整理啊？我開始收拾東西。

他把報紙一摔，站了起來。

別收了！你停下來行不行？

什麼？

這個，所有這些。他往棺材一揮，又往房屋一比。

所有這些就事論事、把事情做對的狗屁。誰在乎他媽的整不整齊啊？你真的覺得很重要嗎？真的嗎？

我瞅著他。

嗯，我覺得重要。

你腦袋有問題。你得了癌症，就要死了，而你說你在乎的只是家裡乾不乾淨？他擦身經過我，進去屋裡。

我檢查手上的垃圾郵件。我是真的在乎家裡整潔與否，這對我非常重要，但不是唯一重要的事。我總是把家裡保持乾淨整潔，這個習慣可以追溯至住在露營拖車的那段日子，當時物品一定要歸位，否則會被混亂淹沒。其實屋裡保持乾淨，不只跟自尊有關，我擔心要是疏忽了家務，艾絲桃和黛西會覺得沒有安全感、恐懼擔憂，以為事情失控了。事情的確失控了，她們母親就要死了，但我就是不想讓她們有這種感覺，時候未到。

他又打開我身後的紗門。

還有，你要是覺得叫女兒在上面畫畫能幫助她們適應……

至少對她們無害吧？

他怒視著我，然後聳聳肩。也許沒有，他更小聲地說。他穿上外套。還有，那可惡的王八蛋又來了，去後院要小心。

為什麼？

他頭往隔壁一點。他把什麼東西丟過籬笆，就丟在後院，大概是什麼有毒的東西。我現在趕時間，回來再清理。

我載女兒去學校時開得很慢，最近開車都像個六、七十歲的老人，一方面擔心自己開車技術變糟卻不自知，因此特別小心，另一方面是意識到我的乘客，隨著分分秒秒的流逝而更加珍貴。回到家時，我去後院看看阿奇講的是什麼情況。那裡的確有一堆從籬笆丟過來的東西，但我走近時，發現不是有毒物質，不是動物死屍，連根雜草都沒有。在這一刻，這堆東西所代表的意涵幾乎讓我的雙手顫抖，我彎腰撿起，是一大束長短不一的垂枝型玫瑰，用繩子鬆鬆地綁住。

我把臉埋進那一束柔軟的淡粉紅玫瑰裡，玫瑰因朝露而濕潤。那是從他祕密經營的花園剪下來的，這座花園的美麗是專供他一個人欣賞的。千言萬語盡在蘭伯特先生送我的禮物中。我在屋裡找到瓶口最寬的花瓶，把桃樂絲珀金斯玫瑰放到裡頭插好，枝條從瓶口垂掛下來直到桌面。

然後我回到前露臺。阿奇錯了，我其實不在乎家裡乾不乾淨，我在乎的是乾淨的家所代表的意涵。我家散發著井井有條的沉靜和安全感，這不是自然發生的，而是我努力營造的。我女兒值得擁有一個各方面都像樣的家。對我而言，光是「家」這個字就具有深遠的意涵。家是我想回到的地方。出去或工作或在外地待了一陣子之後，家總是我渴望回到的地方。我忍不住想把我家人居住的地方盡可能整理得舒適宜人，我不會為這點道歉，而且不管阿奇能否了解，保持清潔是讓家裡舒服安適的必要部分。對我而言，清掃從來不是卑賤的活動。當然，女兒把洋芋片吃得到處都是，糖果包裝紙亂丟在剛掃好的地板上，髒衣服和濕毛巾丟在床上，我會對她們大呼小叫，但是打掃就像烹飪，如果不去看它的脈絡背景（意思是清掃後馬上弄髒，煮好後馬上被吃掉），是個單純快樂的來源。而且對一位作家（即便是一名為錢賣命的商業作家）而言，做家事提供了可貴的思考時間。當我熨燙衣物或拖地時，我在腦中寫了無數字句。我時常在想，手臂揮動掃把或攪拌鍋裡食物等重複性的動作，跟那些被過濾到你思慮前端的想法，是否有某種神經學上的關連，是否是肢體動作和創意火花的融合。

我把棺材上的東西全部清掉，仔細地為筆套上正確的筆蓋，杯子放回廚房，紙張丟到回收桶；我掃了掃露臺，把萬年青藤蔓的枯葉修剪乾淨；把小花臺上拒絕開花的仙客來放到花園的蔭涼處，讓它在那裡生長，可能再過一、二個季節就會開花了；我拿出那一束玫瑰擺到花臺上，一些花朵垂到地面；我拿來一條舊被子、一只枕頭和一個乾淨的枕頭套，帶到外頭的露臺。

我打開棺材蓋，發現之前錯了——阿奇畢竟還是貢獻了一番，他已經在棺蓋內側塗上顏色寫了文字。

那天下午他帶女兒回來時，我坐在棺材旁，棺蓋是開著的。艾絲桃和黛西迫不及待地要看卡通或玩電腦遊戲，跑上門前臺階準備進家門時只匆匆說了一聲嗨，但我在她們經過時張開雙臂，結果她們融化在我懷裡。阿奇躊躇了一會兒才踏上臺階，似乎需要評估我的反應。

我想你最後會想來點詩，他說。

美極了。

女兒探頭瞧瞧，開始大聲唸出阿奇寫的詩句，那是襯托在金黃色背景下的流暢深紫色斜體字：**如果我們的世界夠大，時間夠多……**

我本來想放十四行詩什麼的，他說，想來點莎士比亞總不會錯，但後來想到你多喜歡馬維爾那類的東西。

對，那一類的，我附和。

你身體的每個部位至少要花上一個世代欣賞，最後一個世代才把你的心展現出來。艾絲桃唸得比黛西還多，然後也停了下來。這當然沒有兒童文學作家菲力普・普曼的作品那麼有吸引力。

很棒啊，媽，我們可以看電視了嗎？

於是兩個女兒跑進屋內。我嘆道：阿奇，阿奇！然後投入他的懷裡，再也說不出話來。我以前會一再朗誦這些詩句給自己聽，但現在幾乎忘了曾有這樣的習慣，他竟然還記得。這是我最喜歡的詩作之一，多麼詼諧，多麼有道理，多麼急切和流暢。但現在，難道我沒聽到、沒看到時光長翅的馬車在我正前方（而非後方）迫近的聲音？難道我不是每天凝望著寬廣無際的永恆沙漠嗎？他寫上這些字不知道付出多少心血和時間，而每天的每一分鐘，都是時光馬車的又一次振翅，飛得愈來愈近。

黛，今早真是抱歉。

我把他抱得更緊。

我知道要你寫這首詩是多麼難，我說。對你是多麼難。

他全身發顫，這算是男人的啜泣，沒有眼淚，但是比有眼淚還嚴重。我不要女兒看到，還不要。

好了啦，阿奇，我說，我們要繼續過活啊，我又還沒死，而且我今天愉快得很！真的，你看看。

那是什麼？

蘭伯特先生今早丟過籬笆的東西。

你開玩笑？他更仔細地檢視玫瑰。桃樂絲對不對？你覺得他是從哪裡剪來的？

他後院一整個花圃都是。我前幾天爬上梯子的時候看到的。

我坐下來，抽起一根花梗，上頭長滿了半開的小花苞。

玫瑰花蕾堪折直須折，我唸道。

也是馬維爾寫的嗎？

應該不是，現在記不得了。我把花梗湊到鼻前，但沒什麼香氣。是我的關係，我問，還是這種花本來就不香？

現在記不得了，阿奇微笑道。

跟你說，我保證他太太叫做桃樂絲。

我們一起坐著欣賞棺材，他指向棺蓋上的第二個詩節。

寫得太露骨了點，你不覺得嗎？

也許吧，但我的墳墓會是個隱密的好地方，再也沒有更好的地方了，我說。

阿奇，我這位美麗、聰明、有智慧的園丁，我這位心平氣和的草坪製造者和照顧者。我想萬物中最為沉靜平和的，是草坪；而所有人類中最好的，是園丁。阿奇說想在棺蓋外側寫上美國喜劇演員費爾得斯的幽默名言，只不過改成我的版本：**我寧可閱讀**[43]。

這句話何不就留著刻在墓碑，應該不會太貴，我建議。接著又說，只不過不是寧可，我是真的會那樣做。

做什麼？

當然是閱讀啦！我指向流暢的紫色筆跡，那是他為我永恆安息而抄寫的完美詩作。

---

43 美國喜劇演員間曾流傳一句與輕歌舞劇《費城故事》（*Philadelphia*）有關的玩笑話，「I would rather be dead than play Philadelphia.」，因而幽默的費爾得斯（W. C. Fields, 1880-1946）曾表示死後要在自己的墓碑上刻「I'd rather be in Philadelphia.」。而此處阿奇為黛莉亞又近一步將之改寫。

親愛的黛莉亞：

不是，我真的是指「她和她」牌的情侶浴巾，而且我不在乎是否過時，我女友也不在乎。我們還選了同樣顏色，淡紫色。我一直想問你的是，為什麼你總是認定我是男的？

54

紫晶鎮的墓園一年比一年翠綠。草坪沒那麼乾燥，枯黃之處沒那麼密集，群生的雞蛋花樹、叢生的蒲葦和成排的棕櫚樹都更高聳茂密。樹蔭更多，對比之下陽光似乎更加閃耀亮眼。

小陽的墓碑在他曾祖父母和曾曾祖母康絲坦的三座墳墓旁邊，現在看起來不會格格不入了。它像是長了一層皮，顏色斑駁，外層略微剝落，薄薄的一層地衣從底部往上蔓延。白色素面花崗岩上頭刻著他的名字小陽．巴內特，他的生卒年月日，底部有更小的字：**黛莉亞之獨子**。然後是：**一顆心臟，一個生命**。這是當時我唯一能想到的頌詞。

與母親離開紫晶鎮前的那天早上，我來墓園看他墓碑最後一眼，覺得心如刀割。葬禮過了一個禮拜左右，墓碑依然太新太亮，像個刺眼的標牌，標示底下躺著的是什麼。現在我望著墓碑，看了良久，心痛的程度只如一聲輕咳般溫和。

我曾納悶為什麼長久以來都在害怕這一幕，但現在坐在他墓旁的草坪上，我終於恍然大悟。我現在已經長大成熟，逐漸老去，正邁入死亡，但當時我還年輕，人生往前延展，那是一段令人恐懼且未知的距離，將進入一個我確定自己不要的未來。所以我一點一滴地鑿去那段歲月，讓自己忙個一天或一週，有時候只是一小時也好，讓自己完全不去想那些往事。直到現在，那段歲月彷彿在我沒有特別注意時自行解決了。

小陽的墓地沒什麼好整理的。如果一個人死了，還能再死得更透徹嗎！在世的親友家屬帶來花束或紀念品，是多麼無益！在墓穴的圓頂下方掛上裱框照片或塑膠花朵，或是安裝玻璃覆蓋的壁龕，裡頭放著亡者最喜愛的物品，這有什麼用處！就算我種了玫瑰或薰衣草或朱槿，就算這些植物過了這麼多年都還存活下來，我應該連一片葉子也懶得修剪，因為躺在底下的兒子就跟他下葬的那天一樣，依舊是死的。

黛莉亞之獨子。

再見了，小陽，我從草地上起身的時候說。我現在要回去你兩個妹妹身邊了。

55

作者去世是一回事，但讀者去世的後果還沒有人解釋過。如果讀者死了，書該放到哪去？放在墳上當紀念碑倒是不錯。全世界的墓園裡，都有許多白色大理石雕刻而成的精美書籍做為裝飾。

——〈死後狀況篇〉

《死亡居家指南》（即將問世）

我甚至在還不知道會提早離開人世前，就幻想過死神來臨時，會剛好讀到哪一本書。現在我想事先規劃，但是在屋裡穿梭，瀏覽過架上所有書名後，卻拿不定主意。我曾喜愛、欣賞、覺得完美十足的那些書，現在似乎都失去了風味。我拿出最鍾愛的書籍，那些我無止境地一讀再讀的書（而且還在旁邊註解，底下畫線，像大學生一樣撰文評論），但似乎都不適合。《米德鎮的春天》太沉重了，雖然詼諧機智，也絕對充滿熱烈愛情，不過就是沉重到極點。有一天我把《咆哮山莊》帶回床上，它那過份瑣碎又艱澀難解的敘述（我知道非常精采）讓我煩躁挫敗而流淚。我想把娜莉・狄恩殺了，或是凱薩琳，乾脆兩個都殺掉算了；《蘿莉塔》過於精心華麗；《傲慢與偏見》突然變得不平易近人；《失落的幻影》沉悶乏味；《包法利夫人》偷情的情節太多；就連《戴洛維夫人》都突然讓我覺得純淨到不可能的地步。當我開始排斥明知完美的文學作品時，才發現問題不是出在書籍，也不是作者，而是讀者，我。我內心的讀者正在鬆開，像線軸釋出線。讀者原本是我，現在再也不是了。

如果我過去一直不承認死亡逐漸逼近，以上的事實也足以讓我相信死期的確不遠。我一輩子都在讀書，閱讀是我唯一覺得十分滿足的事情。現在，我沒辦法閱讀，話雖如此，我還是忍不住要找出最佳的臨終書籍。

《威尼斯之死》

《推銷員之死》

《死神，汝勿驕傲》

由於我這輩子唯一的書籍分類系統都儲存在腦海裡，而現在我的頭腦已不像以往那般運作，使得無止境地往返床頭和書架間更讓我厭煩不耐。屋內成百上千本的書籍都是漫無章法地上架的，只有大概在去年的時候，排列的根據就是購買順序，放在唯一還有空位的空間裡——客廳右側遠方角落的書架上。雖然沒有系統，但是每一本書我都知道放在哪裡，從第一本到最後一本故事集，出版商贈送的最薄試閱本，我都清楚塞在哪個角落。過去這幾年，我曾想過用某種秩序來分類（不是杜威十進分類法），但至少是有邏輯的，比如所有澳洲小說排一區，全部「潑辣女性出版社」綠色封面的重印作品放另一區，總之有點道理卻又不至於吹毛求疵。不過每當我找到一本很少閱讀的書籍，或是多年來未再觸碰的作品，我總是決定不要分類。如此適合我的方法何必改變？反正沒有人會來拿我的書，何必冒著大部分的書永遠找不著的風險做分類呢？

不過現在，我真希望當初分類了書籍。前往書架取下特定書籍的那些路徑不知走了多少遍，但現在記憶已經模糊，如沙漠中來了一場塵暴，把軌跡抹除殆盡。現在能依靠的實在不多，只剩少數幾個路標。我花了好幾個上午的時間找一本小說，比如《浮華世界》或《金石年代》，找到時回到我的綠色房間準備好好閱讀，但是翻開第一頁，卻覺得味如嚼蠟，而非香甜的石榴汁。

《至死方休》

《戰地鐘聲》

我甚至試著讀很久以前的《讀者文摘》。那是父親留下的，母親原本想丟掉它們，我保留下來並不是想讀，而是因為它們能夠觸動我對父親的少數記憶。父親只保留精裝書，母親說他一輩子都不碰平裝書，他認為那不是真正的書。父親十五歲離開學校，後來從銀行出納員晉升為副理，但總覺得少了什麼，對這種男人而言，每個月寄來的《讀者文摘》精裝書籍彌足珍貴。母親會在看電視和打毛線的同時，迅速瀏覽平裝本的歷史小說。父親則是坐在書房裡，書籍中規中矩地擺在桌上，他慎重緩慢地翻動著。我還記得每個月的《讀者文摘》送來時，我會帶著鄭重的期待等著他下班回家，拿給他時我是多麼興奮，他拆掉棕色包裝紙的動作是多麼慢條斯理，把包裝紙折好後交給我拿去垃圾桶。他對於書籍的敬意讓我印象深刻，彷彿書籍解釋了所有你需要知道的難解之謎。他閱讀完畢之後，會小心翼翼地放到書架上。我還記得在他去世不久前，五歲的我趴在書架旁的地板上，試著唸出書架底層深藍或深紅書脊上的金色書名。有一本書特別讓我困惑，因為裡頭有個字認不得，總是胡亂唸成《從這裡直到「水」恆》，這本詹姆士．瓊斯的書現在還放在我的書架上。在眾多書籍當中，不知道這本《從這裡直到永恆》[44]是否最適合現在閱讀。

其實最適合的書明顯得刺眼，但我花了好幾個星期在書架前徘徊瀏覽，還不時拜訪那座消毒過的乾燥圖書館（我一度只想為此而活），直到有一天靈光乍現。我先是找到一本再明顯不過適合現在讀的書——《我彌留之際》，我在一天之內讀完。對於以往的我而言速度算慢，但是對於目前新的、瀕死的我，這算快的了。接著又找到一本《預知死亡紀事》，才終於福至心靈，了解自己只能讀極短的作品。比較聰明的將死之人大概幾週或幾個月前就明白這點。此時閱讀冗長的十九世紀小說，尤其是之前從來沒有讀過的，實在不是什麼好點子。你在跟拿著鐮刀的死神握手時，另一隻手卻在翻動《簡愛》的最後一章，想知道她有沒有嫁給莊園主人羅徹斯特先生，這時你會多麼不爽？要是那穿著斗篷的骷髏突然在你床尾冒出來，時間比你預計得稍早了點，那麼許多當代書籍也同樣不切實際。抱歉，我就是得把《改過自新》讀完，看看伊妮德最後有沒有辦法讓她該死的家人在耶誕節時團聚。死神不可能同意。臨終時，有一位剛好讀過那本書的親朋好友陪伴，能夠在燈光變暗、音樂漸弱之際告訴你結尾的機率也不大。

《我笑著死去》

《苦戀》

但這不只是考量書的實際條件，我開始明白重點不是長度，而是作品的純度。我要能一下就搆到該作品的精髓，這是有道理的。現在如果要喝酒，我只想喝一小杯不會太甜的雪利酒，或是一小口科涅克白蘭地，而非幾杯葡萄酒。晚餐之後，就算我吃得極少，阿奇也常用最好的水晶玻璃杯裝雪利酒之類的給我喝。女兒上床睡覺，我為黛西唸了幾頁無聊的奇幻故事之後，我們會在客廳坐個幾分鐘，把電視音量降低，我啜飲他倒給我的酒，他則是再喝一、二罐啤酒。最近的加烈葡萄酒[45]美味多了，詩作讀起來也更深刻。沒錯，這些詩我讀過，有些還倒背如流（書上那些評註、記號、底線、角落折痕都是證據），但我凝神看著這些字眼，有些一頁只有兩個詩節，竟然不但覺得這是我第一次讀到這些詩，甚至覺得我是它們的第一位讀者，是文學花園裡的夏娃，而且毫不費力就能通徹理解。我知道（雖然我幾乎不記得曾經如此）我以前會把〈秋頌〉這樣的

44《從這裡直到永恆》（*From Here To Eternity*），另譯《亂世忠魂》。

45 加入白蘭地以中止發酵的高酒精度、偏甜的葡萄酒，例如雪莉酒。

詩作一讀再讀，好汲取它源源不絕的甘露。但現在我的洞悉力、理解力是那麼犀利，幾乎刺痛我。那些詩直接對我說話，毫無保留、意義完整。

我去世的那一刻會讀什麼書？現在不知道，因為隨著那一刻逐漸逼近，舊有的知識崩解，新的體悟卻出乎意料地浮現。但如果真的要讀的話，讀的會是詩。當然，因為我的眼睛可能變得不太靈光，屆時或許是聽著鄉村音樂天王強尼．凱許的老唱片，或百老匯女歌手珍珠．貝莉，或美國鋼琴家利伯洛斯的音樂（死亡讓什麼都有可能）。感官逐一失靈，聽覺最後才消失，這點我知道。如此一來，我左思右想要讀哪本書，似乎多此一舉。也許我早該把收藏的唱片檢查一番，或是看看一些早期的卡帶還能不能聽，確認家裡到底有沒有卡帶收音機。

不過閱讀的點子還是很難割捨。我這一輩子都在閱讀，希望至死方休。接下來，我開始注意到床邊的那一堆書幾乎都是詩集。

《墓畔哀歌》。

我明白了。死亡是純化的經驗，是充滿詩意的時刻，終極的諷刺，一生的最後一齣戲，難怪只有詩集才讀得下去。

我再也不想重讀《愛在瘟疫蔓延時》或《荒涼山莊》。不久之前，如果想到人生就要結束，卻沒有機會重讀最愛的書，我可能會掉淚，彷彿就此離開人世，卻沒和珍愛的好友道別，實在令人哀傷。難過於再也沒有機會閱讀《第二十二條軍規》，對於沒辦法了解《芬尼根守靈夜》而遺憾，而未能進入魔術方塊般的《幽冥之火》則是徹底失敗。但現在，這些都無關緊要了。看著這些書堆疊在走廊的書架上，能夠跟它們道別讓我幾乎開心了起來。所有那些我珍愛的書，有些翻得破破爛爛，書頁鬆散掉落，書緣便利貼零落參差，我心平氣和地接受再也無法重讀它們的事實。

此外，當我走過那一排排書籍，手上拿著濟慈或普拉斯或福布斯的詩集，或是《英詩金庫》時，我感到是它們想與我道別，而不是我想與它們道別。可能又是死亡帶來的洞見，我不禁想著那些小說是否不算真正存在過，除非我把它們的生命召喚出來？

又或者是死亡本身：讓你比以前多了幾許傲慢，讓你覺得自己神聖了一些。

但我期望死亡真正到來的那一刻，至少手上能拿著一本書，希望我還有那點力氣。父親猝死時剛好在閱讀，讀的是亨利．夏里爾的《蝴蝶》，那是他在看完小說改編電影之後買的。我的書會是哪一本呢？書名與死亡有關的書毛遂自薦，但我知道不太可能是濟慈的六大頌詩或《奧迪賽》或《悼念》。我的書必須是後現代的，感覺上與死亡不相干，不矯揉造作的。如果我是那種有人會主動幫我撰寫訃文的人，這點就很重要，子孫會想記錄我臨終時讀的是什麼書。

當死神敲門時，她的《迷情書蹤：一則浪漫傳奇》正讀到一半，留下永恆的遺憾。

在臣服於死神的召喚之前，她努力讀完了《追憶似水年華》，成就了終身的雄心壯志。

她到最後一刻都是專業讀者，在永遠闔上雙眼之前，她把最新的布克獎得獎書籍讀到最後一頁，並表示這本書文風過於造作，故事內容單薄。

幸好我不是這種人。如果一定要有書，我的最後讀物不能比最新一期的家禽飼養者快訊還困難。但是不用說也知道，最佳臨終讀物當然是《死亡居家指南》。我最好趕快把它寫完。

親愛的黛莉亞：

我知道你養雞。我的三隻紅色奧品頓雞都不下蛋，雖然牠們住在很好的雞籠裡，報紙定期更換。我在裡頭放了一面鏡子、一個鈴鐺，甚至還弄來一顆假雞蛋激勵牠們，也餵牠們正確的顆粒飼料，我究竟那裡疏忽了？

沒蛋的讀者

親愛的沒蛋的讀者：

我會說你疏忽的是自然。碧頓女士說得最貼切，她說築巢的藝術是廣袤無垠的大自然最美妙的發明之一。換句話說，儘管你用盡心機，你的雞如果沒有自己築巢，也不會下蛋。築巢：你只需要丟些稻草進去，接下來就由牠們作主。很快地，你就有蛋捲可以吃了！

56

隔天一早，我在天堂樂園汽車旅館收拾好行李，檢查櫥櫃和抽屜，確定沒有亂放的耳環或口紅，也沒有遺忘的內衣褲。在床頭櫃的抽屜裡，我找到基甸版《聖經》。這輩子在汽車旅館和飯店住過那麼多次，從來不曾翻閱過房間裡的《聖經》，但現在想到宗教已經來不及了；我的家庭就是我的宗教，我的家人就是我獻身的對象。

但是我想以後不會再有機會翻開基甸版《聖經》了，於是坐在床上讀了起來。記得小時候上主日學時，讀到一則關於路得這名女子的美麗故事，她在離家很遠的一塊田地上和一群陌生人一起撿拾遺穗。我翻到《舊約》，找到〈路得記〉，從頭讀到尾。寡婦路得決意歸屬一個除了她婆婆，沒有其他熟識親友的地方。她要有個安身之處，要得到保護，但她不乞求，她有尊嚴和耐心。她只是請男性親戚波阿斯仁慈對待，波阿斯像展開的大衣一樣護著她。波阿斯把收割好的大麥量了六簸箕，倒入路得的斗篷裡，答應娶她為妻。

我突然發現，路得代表所有離鄉背井的人，這些人遠離熟知和所愛的一切，但堅決戰勝人生移位的疼痛。濟慈深知這種遠離家鄉的哀情，描寫路得帶著一顆悲傷的心，含著眼淚站在陌生的麥田裡。我看完〈路得記〉，對於她悲傷的心能夠感同身受。路得是俄備得的母親，耶西的祖母，以色列國王大衛的曾祖母。我同樣思鄉心切，但是不會再有更多悲傷的心了。我闔上基甸版《聖經》放在床上，拉起手提袋的拉鍊，是離開的時候了。

我離開時已接近中午，早上什麼也還沒吃。有個地方是我想去的最後一站，於是轉進「路斃動物咖啡廳」，打算享用遲來的早餐。這不是米喬的店，但我還是覺得要吃一餐看看。店裡沒有其他客人，我慢條斯理地翻閱菜單，最後點了全麥土司與炒野鴨蛋。配上用當地食材製作的蕃茄辣椒醬（是「路斃動物」的自有品牌），野鴨蛋跟一般的蛋嘗起來差不多，但是跟我家的雞蛋可差得遠了。餐後我慢慢享用一杯頂級的咖啡歐蕾，才出發上路。

在我死前有沒有吃到煎鼠肉或胡椒醬沙袋鼠或其他類似的食物並不重要。我倒是買了一瓶他們自製的蕃茄辣椒醬，是結帳時看到擺在櫃檯上的。

雖然之前往北開時，那漫長路程的每一小時都還烙印在腦海裡；雖然經過的每個地方、沿路聽的每首歌、停下來的每一站，我都記憶猶新，但是回程彷彿只是穿越時光的一條污痕。失敗推動著我，悲傷依然是我的伴侶，只不過是溫和的悲傷。回程的心雖然是空虛的，但我知道要如何將它永遠填滿——以等著我的家填滿。我開了整整三天，沿路什麼印象也沒有，只留意得在哪裡停下來休息。我看得到的，唯有前方那個遙遠的目標。當最後我終於帶著平靜而筋疲力盡地停在家門前時，我知道屋裡頭有一件斗篷等著罩在我身上。

57

內行的廚師建議平時就要備有所謂的基本食品，但他們的常備清單包括香草豆和烹調用酸葡萄汁這類東西。一般家庭代表的則是潛在危機，因此最合理的常備食品是泡麵、玉米片、罐裝豆子、濃縮萊姆汁。小孩肯定會對上述至少一項感到滿意。

——〈將食物儲藏室塞滿篇〉

《廚房居家指南》（二〇〇二）

那屋子裡頭也有一個需要照顧的家。我走進家門，期待女兒撲進我的懷裡如同我想撲向她們的，結果黛西衝過來問我晚餐吃什麼，艾絲桃則好不容易把自己抽離電腦，走過來幫我拿包包。

我得走了，阿奇說，六點要跟建築師開會，我沒想到你會那麼晚。

這種時候橋上塞得半死，動都不能動，我說。

我們可以叫外賣嗎？

我不在的時候，你們一定每天晚上都叫外賣，我對黛西說。

哪有每天晚上！艾絲桃說。外婆都會過來，她也煮真正的食物給我們吃。你帶什麼回來？

等會再說，我回答。

阿奇匆匆經過我身邊時，給我一個吻同時套上夾克。也許他是真的來不及，也許我離家在外，他依然心懷怨恨。我把手提袋和鑰匙放在廚房工作檯上。

我餓了，我要吃晚餐。可不可以喝奶昔？

黛西，我才剛進來，讓我喘口氣。

她的臉臭了起來。

那給我抱抱，等會就幫你弄奶昔。

她只蜻蜓點水地抱一下，畢竟我還是比不過電視節目，不過我還是很高興。我去床上坐了一會兒，覺得累到不行，光是想到打開冰箱，看看兩個星期不在，裡頭還剩下什麼，就令我受不了；想到做出比土司夾罐頭豆子還複雜的菜色就覺得不可能。我離開了他們，現在回來，但包包裡裝的幾乎全是失敗。

我本來想給她們小陽的特別物品，小陽的書和玩具，但現在回到家，我知道她們不會感興趣。她們為什麼應該感興趣呢？我怎麼能夠期望她們對早已死去的哥哥有興趣？況且是同母異父的哥哥，甚至不是個活著的人，而是早在她們出生前就已經活過又死去的幽靈孩子。儘管如此，她們可能還是會嫉妒他。我把他的舊行李箱推進衣櫥，把包包裡的少數幾樣物品拿出來放到床上，髒衣服丟到房間角落，取出為她們保留的天堂樂園紙包小肥皂和迷你洗髮精。禮物不多，但總比沒有好。

我走回客廳。

晚餐吃比薩好不好？艾絲桃，你可以幫我打電話訂嗎？

好耶，鄉野青蔬再加多一點起司。

當然好囉。

可是我要夏威夷比薩，黛西不滿地大聲反抗。

噢老天。

兩種都訂，我馬上說。今晚為了避免這種煩人場面，我願意割掉我的左乳頭（如果我有的話）。

你是說兩種各訂一個？她們不敢相信。

你們決定啦。

她們互看一眼，在十億分之一秒內計算這種優勢可以利用到什麼程度。

再加大蒜麵包好嗎？和一瓶百事可樂？

全都訂，我說。小艾，你現在打電話就對了。走，我們來看點電視上的蠢節目。

《辛普森家庭》一點都不蠢，黛西說。

好吧，我說，《辛普森家庭》非常、非常聰明。反正這點她說對了。

親愛的黛莉亞：

我還是找不到魟魚翅的食譜。如果你有煮儒艮的食譜，我也想要一份。

愛魚的讀者

親愛的愛魚的讀者：

你有沒有考慮過煮當地的小型哺乳類動物？最近我看到碳烤袋貂（去骨做成肉串）和胡椒醬汁沙袋鼠排這種菜肴。你要的話，我很樂意把食譜給你。

58

記住最重要的一點：葬禮是為活人而非死人舉辦的。

——〈葬禮即慶典篇〉
《死亡居家指南》（即將問世）

女兒長高了，鞋子的尺寸變大了，拿定主意要一個月喜愛菠菜派，下個月嗤之以鼻。艾絲桃停掉籃網球課，黛西開始上爵士芭蕾。她們繼續在電視機前打架爭吵和依偎擁抱。接下來幾個月，都是正常的家庭生活，只不過我思考死亡、撰寫死亡，安排棺材、參觀墓園和葬儀社。我繼續查資料做研究、撰寫章節，盡可能讓家庭繼續運作。

期間有幾週我躺在床上休養，卻總覺得疲累，但有時候又能正常工作和生活，彷彿沒什麼不對勁。我去了幾次腫瘤科門診和李醫師辦公室，最後在那一天永遠離開化療病房。我很高興去了紫晶鎮，見到了米喬、珍珠、泰菈，也把行李箱帶了回來。沒有找到安珀雖然令我難過，但很高興至少自己試過了。在我致力於讓女兒過穩定生活的日子裡，我有時會納悶，什麼才是真實？對於孩子來說，到底什麼才是正常？

母親來訪的次數愈來愈頻繁，阿奇稍微減少工作量。我每天都到母雞旁邊坐著，有空時就在家裡四處走動，默默打點事情：不要的東西拿去慈善舊貨店、冷凍庫填滿、待熨的衣物熨燙完、為女兒做個特別的東西。

我已經買了盒子，黛西的有一堆小鴨圖案，艾絲桃是銀色星星的黑盒子，現在我開始裝東西進去。在黛西的盒子裡，我放進婚禮清單（這個嘛，也許二十年過後她會覺得好笑）和我的婚戒（反正體重下降，我好久沒戴了），還放了一只塑膠鴨，將一張字條繫在脖子上，寫道：「兩年後可換一隻活鴨子，提醒爹地。」我一直答應黛西讓她養寵物鴨，但無法想像這隻鴨要怎麼跟母雞相處，現在讓阿奇去傷腦筋好了。此外還放了一張澳幣二十元的紙鈔，讓她知道我是認真的。我放了一本米恩的《我們六歲了》。這本書是黛西更小的時候擁有的，在那之前是我的，更久以前是母親小時候的，幾十年來受我們祖孫三代的喜愛和珍視。黛西也許有一天會唸給她的孩子聽，也許她只是送去救世軍慈善商店，但無所謂，只要她知道這是我傳給她的東西就可以了。我還放進小陽的塑膠魔術套組，大部分是垃圾，但我想她可能會喜歡那根魔棒，它的細繩和磁鐵是隱藏的，用起來真有點像樣。最後當然放入小陽的噴水假雛菊[46]。

至於艾絲桃，我準備了一件很久以前買的但完好如初的黑絲女用緊身衣，我知道她會穿在運動衫外頭而非裡頭。在她的盒子裡，我放了一副水滴狀水晶耳環，是很久以前在二手店買的，也附上一張二十元鈔票，讓她十二歲生日時拿去穿耳洞，這是我之前答應她的，不過她大概會向阿奇吵著要提早進行。我知道最好不要建議艾絲桃讀哪一本書，而且她可能是會自己寫書的那種女孩，因此我為她挑的書是完全空白的，沒有畫線的淡黃色書頁，封面是紅色的布面。還放入我最好的自來水筆，以及一瓶我密藏了好幾年的香味墨水，兩樣都是艾絲桃渴望已久的。我從小陽的物品中選了畫小丑臉用的顏料和紅色塑膠鼻，她應該會喜歡。

我考慮送她們一直吵著要的電子產品（手機、掌上型電動玩具、新的數位相機、iPod），後來才明白這是多麼不切實際。就算我下週就死，我買的電子產品大概也過時了。而且我知道我一定買錯牌子，要幾百萬畫素或幾十億位元，或這類產品特別重視的特色，我也一定都選錯。這些對我都不重要，但是她們在乎得很。而她們的滿意才是重點。

我的書、裝飾品、文具、衣服、珠寶飾品、音樂，甚至我的車都會留下來，她們可以拿到進入王國的鑰匙，所有想要的全數拿走。唯一要緊的是，我已經非常仔細思考過最想給她們的東西，因為愛雖然會持續，卻沒辦法像具體物品可以捉過來收在盒子裡。

其實艾絲桃十一歲時，我就交給她進入王國的鑰匙了，也就是把她房間（她們臥室）的所有責任交待給她。我進去她們房間打算把盒子藏起來時，差點被黛西美洲豹圖案的背包絆倒。我把

---

46 英文中黛西（Daisy）有雛菊之意。

背包踢向她的那一半，結果降落在幾張作業單、內容物四散在地板上的鉛筆盒，以及大約一千個赤裸程度不一的娃娃旁邊。房間裡彷彿有一條隱形分界線。艾絲桃的那一半，牆上貼著樂團和歌手或演員（我真的不知道是歌手還是演員）的海報，她的衣服整齊疊放在金屬細網抽屜櫃裡，書堆疊在床頭櫃上，CD全都收納在CD盒裡，按字母順序排列在播放器旁的架子上。她的床鋪得整齊，枕頭擺得方正。黛西的床則看起來像是過動狐獴的窩——枕頭永遠掉在地上，毛毯蓋被遮掩住神祕的隆起物，可愛玩具卡在床墊和牆壁之間。她們有太多的爭吵都是領土問題。我很得意自己放得下，不去干涉她們的糾紛。我把洗好摺好的衣服交給她們，就由她們自行處理。即使床單最近沒換，好像也沒有人生病。

我把艾絲桃的盒子放在衣櫥上方，我知道我一死她就會找到。我把黛西的放在衣櫥她的那半邊底部，根據那裡堆積的食物包裝袋、骯髒內衣褲、鬆軟老舊的拖鞋，以及其他我根本不想知道的東西來判斷，盒子可能好幾年都不會被發現。

決定了沒？威弗利還是盧克伍德墓園？阿奇灌下一大口啤酒。

現在是晚餐之前，我們坐在雞棚旁的藤椅上，藤椅舊得很快就得丟掉了。那天晚上天氣比一般的九月天還暖和，但母雞已經往窩裡移動準備就寢。我大腿上還抱著珍。要是大家知道像她這樣的母雞是多麼溫柔乖巧，母雞會成為比兔子更受歡迎的寵物。

要是能埋在這裡不是很好嗎？我說，旁邊就是下蛋箱。又好又深，是最上等的蟲子住的地方。躺在這些雞糞和廚餘下方，我會非常滿足。

阿奇只是看著我。

好啦，我說，我沒有瘋狂到真的要那樣做，更何況那是違法的。一九〇八年墓園法第六十三條，關於死屍器官組織的處置。我為指南做研究時查到的。

那要埋在哪裡？你遲早得讓我知道，最好是早而不是遲。

嗯，那兩個墓園離這裡都遠，所以你們要是打算去看我，兩個地方都不切實際。

我們當然會去。

但威弗利很吸引我。亞瑟·史特斯就埋在那裡。

誰啊？

就是那個寫了很多「永恆」的遊民啊。

為什麼會扯到他？

只是喜歡而已。別擔心，你很快就會懂的。

珍開始煩躁不安，想掙脫我的懷抱，我把她放到圍籬的另一頭，她快步走向雞窩準備棲息。

所以你想要威弗利。你覺得我們要……就是那個……

現在就買墳地？我說。阿奇，你說出來沒關係。說出真實的字眼反而比較容易，你不覺得嗎？

他把鼻子深深埋入啤酒杯裡。當然，就連到這個階段，就算阿奇已經面對棺材的挑戰，要他講出真正的字眼還是非常困難，除了我自己之外，對大家都不容易。

不是，我意思不是要埋在威弗利，我說。那裡雖然視野一流，但很擠，你也知道。而且盧克伍德的名字很有詩意，還有半諧音[47]，我想到要埋在那裡就高興。

你是說你選這塊墓園只因為名字？

可能。但是威弗利這名字富有文學意涵，我說。而且好多詩人都埋在那裡。

他翻白眼。好啦，你最好趕快拿定主意，我們才能開始規劃。我要再喝一杯，你要不要喝點什麼？

阿奇……他起身時我握住他的手臂。我不想拿定主意，我還沒決定，也不打算決定。

你？不做決定，不計畫？才怪！

沒錯，我不做決定。

為什麼？

我發現我死了以後，不會去看我自己，所以我什麼決定也不做，因為不需要。你決定就好。

我？

是啊。你是園丁，要把我種在哪裡，你會做出正確的決定，這我很清楚。

我往後靠在藤椅背上，沾沾自喜的程度可能太過份，但也覺得自己是對的。他去倒另一杯啤酒時，我幾乎可以看到他腦中的齒輪轉動著。威弗利或盧克伍德，盧克伍德或威弗利。也許他丟個銅板就能解決。

親愛的走投無路的讀者：

在這樣的情況下，你邀請我到海德公園參加你和女友的結合儀式，實在是非常大方。但恐怕我身體不適，無法參加，不然我真的很想去。我要寄給你們一份小禮物，應該和你們的情侶浴巾很搭。

59

然而，你可以考慮撰寫一份備用清單。雖然葬禮是為活人辦的，家人之間卻可能為雞毛蒜皮的小細節爭得面紅耳赤，比如守靈時要不要供應雞肉三明治和煙燻牡蠣，或者請風笛手表演是感傷催淚還是令人苦笑。

——〈葬禮即慶典篇〉
《死亡居家指南》（即將問世）

我也沒規劃葬禮。一開始是有的，而且還擬了一份清單，指定時間和地點。我要葬禮在傍晚舉行，大家才可以在結束後盡情吃喝玩樂——我說的是真正的飲酒，提供像樣的香檳、單一麥芽威士忌、一箱箱精品啤酒。此外還有真正的食物——毫不吝嗇地端出一盤盤厚片火腿、新鮮硬麵包捲、黏稠濃郁的巧克力蛋糕。此外還有兒童喜愛的派對食物：芬達汽水、白土司上塗了奶油撒上什色糖珠的「仙子麵包」，以及其他那些五彩繽紛的噁心東西。

47 指單詞中有兩個音節母音相同而子音不同，或母音相同而子音不同。盧克伍德（Rookwood）有兩個 /u/ 的母音。

我的葬禮不會是那種由葬儀社一手包辦卻沒有生命力的儀式，那種套裝服務現在特別熱門，大至棺材小至可頌麵包都由他們打點。乾乾淨淨、輕輕鬆鬆但沒有靈魂，在殯儀館或火葬場裡頭的場地舉行，就像我為指南做研究時看到的情形。在空空蕩蕩的世俗大會堂裡，隱藏式擴音器傳來乏味平板的音樂，聽起來既不像人間也不像天堂。亡者家屬被安靜地引導通過前門，不到一小時就從旁門出去，彷彿腳下是條慢慢移動的米色地毯走道，彷彿不要你注意到有人確實死去，不要你想到裡頭放了一具屍體，不要你發現置於鴿灰色布幔前方以柔光照耀的棺材（或「珠寶盒」）裡頭沒有放著一張卡片，上面寫「願你安息」，或「被騙啦！」這樣的笑話。但是這意味著就在此時、此地，至少有一個人的生命出現了一個巨大的破洞。

我不要這樣。我要我女兒和她們的朋友可以坐在我的棺材周圍，甚至拿它當桌子在上面吃點心也無所謂。艾絲桃可以把她的ＣＤ播放器固定在棺材上，黛西臘腸捲上的蕃茄醬可以盡情滴到上頭，她的寵物鼠中國在上面跑來跑去也沒關係。

至於葬禮的程序，我規定以歌曲和音樂來分配時間。我寫下一些人名，希望他們能夠致頌辭或朗誦我最喜歡的詩作。我考慮幫自己拍攝影片，對所有的親朋好友微笑，勸他們不要難過，告訴他們我有多麼愛他們，提醒他們離開時買一本《死亡居家指南》（但是抱歉，沒辦法幫他們簽名就是了），最後說珍重再見、珍重再見、珍重再見。但是後來連我自己想到都覺得可怕，況且技術方面我也欠缺。艾絲桃也許能幫忙，但這麼一來就不是驚喜了。在一切都計畫妥當，也決定了餐巾（他們可以用來把食物碎屑和潑濺的飲料擦乾淨）的顏色之後，終於明白不需要，一點也不需要，於是我把清單丟掉。

不久之後，母親果然問我，黛莉亞，我們還沒討論葬禮呢！

就是啊，阿奇說。你要怎麼做？他走去餐具櫃，拿來便條本和筆交給我。女兒正在寫功課，屋裡安靜得很。我來開一瓶紅酒，他說。我們坐下來談，搞定這件事情，所以你想怎麼做，最好現在就跟我們說。

什麼也不要，我說，這時他從食品儲藏小間拿出紅酒來。

什麼？他們異口同聲地問。

你們聽到了，什麼也不要，我什麼也不計畫。

我不懂，阿奇說。你連黛西的婚禮都規劃好了，自己的葬禮卻沒有？看在老天的份上，你甚至還想幫她烤結婚蛋糕咧！

嗯，我知道。

可是你說你的守靈要辦得很好。列張音樂清單怎麼樣？至少食物要寫下來吧？你對派對什麼的總是那麼考究。

才沒有。

唉呀，少來了，你有。

不對，阿奇，是我「以前」有，現在不會了，我放下了。

他和母親對望一眼。母親伸手去拿他還沒打開的紅酒。

我做了一些規劃，我說。那是多年以後的事，當然我要你和女兒記得我是多麼關心你們，這就是為什麼那些婚禮清單和什麼的我弄了老半天。但葬禮不是為我辦的，是為你們辦的，所以你來寫清單。你來選音樂和詩，想要的話，讚美詩也可以。還有食物和飲料，你要是喜歡冷凍派淋醬料，冰淇淋汽水和富仕特啤酒，我也無所謂。

你真的無所謂？

對，不可思議吧？那是你的大事，不是我的，我要你按照自己的方式去做。

我把便條本和筆推給他們，站了起來。

現在就可以寫了，我說。我還有更重要的事要做。

空盒子還有一個，但我還無法決定要放什麼進去。我走進綠色書房關起門，啟動電腦，打出這輩子最後一份清單。

幾個月前，我試著和阿奇展開最艱難的談話，我認為有必要談論的話題。我試著告訴他要為自己著想——關於性的方面。我甚至試著告訴他，基於我身心功能的減弱（近幾個月來則是滅亡），他若考慮交個女朋友並沒有錯。當然，想進行這樣的對話很愚蠢。

這樣你不是很難過嗎？我對他說，我們依偎躺在床上。你難道都不想要嗎？

在那個階段，我想不起來我們最後一次做愛是什麼時候。我好像總是在疼痛之中，要不然就在嘔吐，或在醫院，在手術完的復原期，在工作，在睡覺，或筋疲力盡，一直都沒有興致也沒有能力。切除乳房僅僅兩年，但已經很難想起擁有乳房是什麼感覺。我依然記得阿奇曾多麼喜歡它們，我們會躺在床上，他非常輕柔地握捧愛撫它們，彷彿是兩隻幼鳥。

為什麼會難過？他說。

不知道。只不過……我們以前有過那麼美妙的性生活，對不對？我不希望你因為我而失去什麼。

你到底是什麼意思？

我是說……你可以，就是說，如果你要的話，可以跟別人出去。

（我的「出去」當然是指「做愛」，但不可能說出口。）

比如現在？

嗯，為什麼不行？我不會介意的，只要有幫助就好，當然前提是你想要的話。

我談論的方式錯誤，阿奇的臉開始沉了下來。光是說出來就不對了，但我停不下來。我得告訴他我現在的體會，他還沒體會到的體會，趁著他現在如此近距離地看著我的生命走到盡頭。我要告訴他，當生命像懷裡的沙子快速溜走之前，要擁抱生命，緊緊地、完完全全地抱住。

我是說，夏綠蒂怎麼樣？

（不該說的話。）

你的控制欲又來了！

困惑、受傷、憤怒，各種情緒排山倒海而來。他可能還對以前跟別人稍微打情罵俏的事感到內疚，以為我還在生氣。他下床走出房間。

等等，阿奇，我說，要把握生命。蘭伯特先生想通了，雖然對他來說已經太遲了。把握生命，他走開時我叫道，不過他大概沒聽到。

所以我心目中理想的那一番關於性、親密行為、其他女人甚至夏綠蒂（我確定他們對彼此有感覺）的對話，沒有機會發展下去，但我不放棄。我了解阿奇，我知道他終究會需要另一名女子，而且雖然我已死去，他還是會希望得到我的同意。不管那名女子是誰，發生在何時，我們都將完成這番談話。只是到時候會是他聆聽著，但我什麼也不會跟他說了。

另一則永遠不會出現的話題，是我從紫晶鎮回來後在腦中想了無數遍的問題。阿奇，你當初要我，是因為你知道我能生小孩嗎？那是你和珍珠沒有結果的真正理由嗎？是你和她分手的原因嗎？這些話我說不出口，我不想知道答案，甚至連答案重不重要我都不曉得。而且我知道這一席談話會讓阿奇多麼難受，他現在要處理的已經夠多了。

因此我寫的最後一份清單，非常簡單、乾淨、明瞭。一開始是乾燥水果、紅糖、白蘭地，以及香料這類的東西，最後是純白的糖霜，以及上頭一朵鮮花——雞蛋花或山梔，看是什麼季節，也許一小枝的香橙花也不錯。這是我第一次寫下結婚蛋糕的食譜。我曾為我們和其他幾對新人的婚禮製作過蛋糕，每次總像是變出來的而非烤出來的，不過總是完美、豐富、濕潤，而且保存得當的話可以放個幾年。我列印出來，放入信封，在上頭寫下他的名字，以一個吻封住，放入唯一剩下的盒子裡，也就是那只給阿奇的盒子，一直在等著來自我的東西。

我沒有特別的東西留給母親，事實上是我什麼都留給了她。她會陪伴我們女兒長大成人，沒有什麼禮物比這個更好了。我的書桌已經整理乾淨，只剩一疊最必要的文書作業（指南的最後定稿，以及裝著醫方證明書信、時間表、報告書、帳單的文件夾）。我在書桌的一端放上兩本相簿，裡頭記錄著艾絲桃和黛西的生活點滴，空白頁還很多，母親可以繼續增添。我把給阿奇的盒子放在相簿上方。

媽，我回到廚房時說，我走了以後，可以的話，麻煩你幫我整理書房。我大部分都整理好了，但你也許會找到我漏掉的東西。

當然，她說，伸出手來端起酒杯，臉部直對著它。

親愛的黛莉亞：

你說要給我那份蛋糕的詳細食譜，怕你忘了。我特別要知道白蘭地該放多少。婚禮就快到了。謝謝你。

新娘的母親

60

真正瀕臨死亡時的準備工作應該化繁為簡。大多數人都渴望在自己家中安詳地離去。把死亡那一刻浪漫化是很誘人的，比如想播放古典音樂，配上異國情調的花草茶，朗誦維多利亞時代的詩作。但臨終者可能只希望躺在後院，喝皮姆酒，聽米爾斯太太的鋼琴樂曲。或者他們在離開人間時，寧可用「赫伯·阿爾帕特與銅管樂團」的曲子做為配樂。他們的最後一餐可能是罐頭蕃茄湯，或是檸檬冰棒。那並不重要。

——〈死前一刻篇〉

《死亡居家指南》（即將問世）

一個星期六的午後，黛西坐在前籬笆樁上等她的朋友，我在洗衣間裡摺毛巾，這時聽到她大聲叫我過去。我不理她，她一次又一次喊我，要我快點，我慢條斯理地走到她身邊。

跟你說了多少次？這樣叫很沒禮貌。你要找我，就過來帶我……

媽你看！看那裡。她從籬笆樁上看得到蘭伯特先生的前院。那裡有字耶，她說。用深綠色的花還是什麼寫的字。

她說的沒錯。蘭伯特先生的前院寫著什麼，底下襯托著顏色較淺的鹿蹄草坪，看起來很美麗。

是酢漿草，我說。寫的是什麼？她搖搖晃晃地站在樁上，努力想看個清楚。

小心。我抓住她的腿幫她穩住。你覺得那是什麼字？

她把頭轉了方向，比較容易看得懂。只是一個詞，好像是「水」恆，好怪喔。

唉呀，你認字能力沒那麼糟啦！

那是草寫字耶！

再看一遍。

她又再看一遍。永恆，她說，是「永恆」。

就在草坪的正中央，用深綠色的大字草寫出來，如此清楚，甚至從天空的最深處都看得到。

那是亞瑟．史特斯找到的完美字眼。

就在我以為書已經寫完的時候，南茜打電話來，她覺得應該要有一章專門探討來世，也幫我安排了幾場訪談。

我幫你安排了一位牧師和一位佛教尼姑，她說。

我不確定耶，南茜。

再加上一位伊斯蘭教的神職人員。

很誘人，我說。但這本指南講的是邁入死亡，而不是死亡本身。

有什麼差別？

這點我得仔細思考。對我而言，差別很清楚，一直都很清楚，我也以為南茜了解。我覺得來世的概念不切實際，此外我在指南裡寫的都很實用，另闢一章專門探討來世，感覺格格不入。但不只是格格不入的問題，對於邁入死亡和死亡本身的差別，我以前只是一知半解，直到南茜提出這個問題，才迫使我把兩者區分清楚。

死亡是狀態，但邁入死亡是行動，我說。差別在名詞與動詞。死亡是比較晚發生的事，我不會在場。希望你明白這不只是文法措辭的問題。我之所以能夠寫邁入死亡這回事，是因為我了解，因為我正在邁入死亡。

那最後一章要寫什麼？

還不確定，也許得請別人來寫。

我把最後定稿的電子檔捲軸往下拉，看看有沒有辦法把她的點子容納進來，結果發現這本書大局已定。大部分的章節已經完成，只有幾章需要做最後校訂。沒有出處，沒有參考書目。如果我沒有完成，南茜總是能幫我善後，也許牧師和女尼可以由她訪問。要是沒有把工作完成，我以前會感到愧疚，但現在我不吹毛求疵了。此外，我同意春天結束前要把原稿送過去，但春天還沒結束。我把目錄敲定，按下列印鍵把完稿印出來，放入文件夾，擺在書桌上。趁著列印時，我整理了一下筆記，把所有不再需要的草稿和紙張都拿到回收桶，結果看到一張黛西畫的圖，是一隻雞在墓碑上棲息。世界上東西那麼多，她卻偏偏選擇墓碑，靈感大概來自我們的墓園參訪之旅。我純粹為了好玩，在那張畫的上方用黑色粗體字寫上「死亡居家指南」六字，其下寫著黛莉亞·巴內特，放在原稿上方。要是我沒機會親自把原稿送去給南茜，她也會欣賞這個笑話的。

然後我播放音樂，準備休息一會兒。音樂很大聲，所以過了好一陣子才發現有人在敲前門。現在是傍晚，阿奇和女兒還在公園。敲門聲又再度響起，聽起來不耐煩或急迫。我拖著腳步走到前門，這段路在最近似乎變成很長，沿路順便把貓王的音樂關小聲，納悶敲門的人不知等了多久。

我打開門時，她正舉起拳頭打算再敲一遍。她身後夕陽映照，因而臉部在陰影中。高䠷苗條的身材，深棕色的長髮，裡頭夾雜著古銅色的髮絲而閃閃發亮，很可能是她自然的髮色。現在，女生的頭髮是天生的還是染的，很難辨別。她大約二十歲，我從未見過她。她既不微笑，也不板著臉，穿著深色牛仔褲和黑色皮夾克，一肩背著大背包。她看起來不像推銷員，也不像耶和華見證人來叩門想傳教。她柔嫩的嘴唇微微抽動，彷彿即將哭或笑。

你是黛莉亞嗎？

我注意到她身後，蘭伯特先生正在外頭檢查信箱。他轉過身來，盯著自己的草坪，彷彿第一次看到。然後他直直盯著我，我也盯著他。這是多年來我們眼神第一次接觸。

黛莉亞嗎？她又更大聲地問了一次，好像我耳背。

我把眼光拉回到她身上。

是。

我聽說你在找我，她說。祖母跟我說的。

祖母？

對，你問她我的事，所以我就來啦！

我愣了幾秒，不知道她在說什麼，然後才想起瑪格利特和那三隻雞，難怪我當初覺得她瞞著我什麼。但我怎麼確定是她？

你是誰？

你知道的，她說，你認識我。

我怎麼會認識你？很難猜耶。

是我。安珀·摩根。

安珀？我聲音裡透著極度的懷疑，我聽到它使勁拉扯著那個名字的邊緣。

在她身後，在露臺、籬笆外更遠的地方，似乎是個平凡無奇的一天。對街的那隻貓正做作地踏著小步子走在他們家的前院小徑；一輛銀色汽車行駛過去，後頭接著一輛藍色的；蘭伯特先生依然站在信箱旁，呆呆地望著草坪搔著腦袋。以天色已晚來說，氣溫還算暖，但也帶一絲涼意，表示今晚會很涼爽。十月就是這樣，總是變幻莫測，一天當中讓你嘗到四季的滋味。

小陽去世時就是十月，也是她得到新心臟的時節。

安珀·摩根？我怎麼知道真的是你？

她眼睛依然盯著我，慢慢地拉下夾克拉鍊，抓住襯衫的兩側拉開，露出胸膛中央一條粗粗的長疤。

我好感激你，她說，我一輩子都好感恩。

在最後一世代才把你的心展現出來。

她伸手握住我的一隻手，放到她的胸膛上，就在能感受到我兒子的心臟如時鐘般穩定跳動的地方。

人生的故事有時候比任何虛構小說還瘋狂，但你沒有機會讀到。我們在前露臺擁抱和哭泣，像是永恆那麼久。她隨著我進入屋內。蘭伯特先生仁慈地望著我們，臉上甚至可能帶著微笑。就在我覺得不會再得到任何驚喜之際，她又給了我一個。我帶她去我寧靜的綠色書房坐坐，半路停下來打算關掉音樂時，她制止了我。

我喜歡這首歌，她說。請不要關掉。

你喜歡貓王？

噢，我當然喜歡。自從六歲之後，也就是我身體比較好之後，就一直喜歡貓王的歌。

我忍不住笑了出來。你當然喜歡，那就在你心裡啊！我停頓了一會兒，想起來了。手術時我們放的就是這首歌，我說。

於是我讓貓王繼續唱著〈永遠在我心裡〉。我們一起坐著，她娓娓道來，敘述媒體如何糾纏她，不斷挖取以孩子為主題的聳動醫療故事。她母親為了保護她，在紫晶鎮搬來搬去，最後判斷熱潮減退時，在尼羅月街上有著長型後院的那棟屋子定下來。她祖母也搬來一起住，開始養雞。關於一名小女孩在當地一名男孩死於突發車禍幾天後得到新心臟的故事終於被淡忘後，她們得以不受干擾地在尼羅月街生活。我當時的確覺得那個地方跟我有某種緣分，即使以前從沒去過。

後來摩根一家人離開紫晶鎮，父母離異，安珀和她母親搬到南方，她也在那裡上了大學。

你那天去找我祖母之前，她早聽說你在打聽我了。

這也不是什麼祕密，我說。我到處打聽，但她為什麼要騙我？

她還聽說你在寫書，是個作家。

現在我明白了。這代表最糟的情況：一名痛失兒子、心懷怨恨的母親，現在有辦法把這一切都化做一本書公諸於世。她不願意讓孫女的生命被剝削。

她告訴我之後，我就想來找你，她說。

南茜的網站不只列出指南系列的所有書名，還強調《死亡居家指南》即將於夏天出版（南茜還真樂觀哩），號稱由一名對於這個主題有親身經驗的作家撰寫的。

死亡哪！這讓安珀思考。這名人生即將走到盡頭的女人，最後的心願會是什麼？

我打了幾次電話，但是一下就掛斷，她說。我不知道要說什麼，我想了好久，最後決定來一趟就對了。

我錯了，春天畢竟沒那麼殘酷。在春季結束之前，帶來了一份安慰的禮物。但就在此時，我了解到既然現在願望成真，接下來會碰到什麼，我心裡也有數。

我們互相告知過去十四年來的點點滴滴之後，母親剛好抵達。她現在每天都會過來一下。再一次，她落下讓我驚訝的眼淚。

當時你也在場？安珀問。

母親點點頭。我記得我們放他最喜歡的歌曲，她吸著鼻子說。當時我沒哭，我從來不哭的，現在才開始淚腺發達。抱歉，親愛的，她對我說。

我搖搖頭。

可是看看你，安珀，你看起來好，好……

安珀展開笑顏。她非常高䠷，將近一米八。

龐大？她說。健康？熱心？

熱心，我重複。沒錯，這個用詞恰如其分。

我不懂的是，阿奇說，你家人為什麼把你保護到那種地步？

那天稍晚，大家享用母親做的義大利瑞可達起司麵捲，我則是喝雞湯。晚飯結束後，我們繼續聊天，艾絲桃和黛西以慣有的平靜，接受她們就某個角度來說同母異父的姊姊。也就是說，對我和阿奇而言如此重大的事情，對她們則是稀鬆平常，幾近無趣。我唸睡前故事給黛西聽，之後回到客廳，阿奇已經把燈光調暗，打開一瓶西拉茲紅葡萄酒。

我自己也不懂，安珀說，長大後才了解，畢竟當時我才六歲。不過我還記得一些跟細胞記憶有關的事情。我得知我的心臟來自比我大兩歲的男孩時，一開始很害怕，擔心對我的胸口來說會太大。康復後媽媽發現我的變化，我拒絕喝牛奶，而且討厭乳製品，覺得很噁心。

小陽對乳製品過敏，我說。

沒錯，媽媽猜想一定是這樣，或至少類似的情況。我以前最喜歡的顏色是粉紅色，生病的時候，要他們把我房間整個布置成粉紅色，而且是桃紅色。移植之後，我竟然受不了那種顏色，一直抱怨，媽媽只好重新裝修。

讓我猜，我說。紅和藍？皇室藍？

完全正確。我也開始喜歡比較成熟的音樂，討厭以前聽的那些兒歌。記得有一天在收音機上聽到貓王的〈燃燒的愛〉，就跟著唱了起來，不知怎麼地我就是知道歌詞。

他最愛的其中一首。

後來我變得很有運動細胞和冒險精神，不那麼女孩子氣，不願意穿洋裝。我以前穿的全是波浪褶邊和蕾絲花邊的衣服，是標準的嬌嬌女，但後來只想穿現在這樣。穿牛仔褲這類的服裝，才是真正的我，只有這樣才覺得自在。

媽媽讀到美國的其他案例。有位女士上脫口秀，說她得到一名成年男子的心臟，移植後開始渴望辛辣食物、垃圾食物，還欣賞金髮美女，以為自己變成了同性戀。後來她與捐贈器官者的家屬見面，發現他死於車禍，而且最後一餐是在連鎖墨西哥速食店塔可鐘吃的。他最喜歡墨西哥食物、漢堡、辣味臘腸那種東西，而且歷任女友都是金髮。這種事爭議性很大，她成了名人，後來陷入憂鬱，有自殺傾向。媽媽看到我的改變之後，決定絕不讓我像那名女子那樣受苦。

細胞記憶，阿奇說，那到底是什麼？

聽說每個細胞都有其記憶，這就是為何免疫系統能運作。道理很複雜，我也搞不懂，總之小時候完全不知道這回事，但媽媽知道我變得多不一樣。我的醫生斥之為無稽之談。但從此以後我一直讀到相關資訊，他們說情緒和個性會儲藏在身體的不同地方，頭腦支配心臟，心臟也會支配頭腦。

我握起她的手，轉頭對阿奇說：說來好笑……怎樣？

南茜今天打電話來，要我寫一章關於來世，結果你看現在，來世就在我們眼前。

親愛的新娘的母親：

用一整瓶白蘭地，還有一整瓶威士忌，再加上許多雞蛋。錯不了的，一定很完美，我知道。

61

死亡的禁忌很多，其中最不合理的跟臨終者的親密需求有關。死亡不見得表示性欲消失無蹤，資料充分顯示，臨終者的「性」致會重新點燃，彷彿必死性激發出恰恰相反的求生衝動。死亡的情色意味是有名的，我鼓勵臨終者和他們的伴侶全然接受這點。記得高潮的那一刻，可不是平白無故地用「欲仙欲死」來形容。

——〈性與臨終者篇〉

《死亡居家指南》（即將問世）

事情就是那麼簡單：一天早上起來，我就是知道一個階段過去了，下一個階段來臨。該是把烹飪、居家藝術全部忘掉，開始著手準備的時候了。

我跟南茜說我身體還撐得過去，也持續不間斷地工作，但那天早上，我也暗自承認自己已經盡了全力，無法看到指南出版問世的一天。

這就是我醒來時覺得春天非常殘酷的那個十月早晨，於是決定擁抱喜悅。這天早晨，我彎下腰來撿起濕潤的淡紫色紫藤花瓣，捧在掌心，直到風吹散它們。這天早晨，我預期會是人生的最後幾次機會，能夠欣賞萬物之美，聞著下雨過後新鮮乾淨的氣味，以及體會一天逐漸展開時，從我赤腳下方磚頭裊裊升起的濕潤熱氣。這天早晨，我比平常還早去看雞，一一叫著她們的名字——珍、伊莉莎白、瑪莉、凱蒂、莉蒂雅，全是班納特太太的女兒，始自最挑剔謹慎的終至最愚蠢無知的。這天早晨，我明白了如果時候不多，就要趕緊放下一些事情，把握其他事情。

好一陣子，我都忘了自己還留下一份最後的禮物。當話語開始減少，我的聽覺更加敏銳。我早就知道聲音會是第一個衰敗的，但沒想到耳朵會聽得那麼清楚。周圍的談話變得像音樂一般悅耳，整個家的聲音有如合唱團在吟誦。已經用了五年之久但依然吱咿作響的烤箱門，後紗門關上的尖細啪嗒聲，腳踩在木頭地板上的咚咚聲，浴缸放水的急迫嘶嘶聲，卡通節目的罐頭說笑聲——伴我一生的所有聲音都變得和諧悅耳。屋外，繁花茂盛的橡膠樹上，澳洲小鸚鵡發出金屬般的嘎嘎叫聲變得很溫柔。屋裡，女兒們互相鬥嘴的爭吵聲，聽起來輕柔如抒情音樂。刺穿這整個合唱之聲的是那個旋律，那首歌曲。

結尾就和開頭一樣，重點都是配樂。但是配樂出現時，卻是最出乎意料的事情。不是我想像的歌曲，不是天使通報我前往天國的音樂，不是關於馬車輕搖或我疲倦之軀被帶到長眠之地[48]的動人合唱，不是我可能會幫自己選擇的音樂，比如帕海貝爾的〈卡農〉，也不是巴哈的D小調樂曲。在我比較認真思考的時候，曾經想像臨終的配樂會是李歐納．科恩詩情畫意的歌曲，充滿柔和的魅力和複雜的渴望，比如〈頌歌〉或〈哈利路亞〉。就如同我對臨終時手上會拿哪一本書的設想，配樂也同樣出乎意料。不是法國藝術作曲家佛瑞，不是巴布．狄倫，不是鄉村歌后佩西．克萊恩的〈抓狂〉，不是艾瑞莎．弗蘭克林低沉渾厚的嗓音，不是漢克．威廉斯透露他疲倦、孤寂的最後一刻。

死亡迫近時，聽覺是最後一個失靈的。

雖然家裡播放著音樂（隨意且讓人沉靜的柔和弦樂，應該是阿奇最喜歡的愛爾蘭歌手唱的），但是當夜晚逐漸來臨時，我聽見最清楚的，其實是來自蘭伯特先生的前院，透過窗戶傳來的平靜和諧的呱呱聲。那絕對是青蛙叫聲，錯不了，黛西的蝌蚪長大了。晚風像翅膀一樣輕拂過我。**呱呱**。這聲音絕對是奇蹟。

艾絲桃衝進我房間。你聽到了嗎？

我點點頭，她又衝出去，喊著黛西。我懂了那種奇異的組合，那種一直到最後才發現有道理的模式。我一直等著聽蛙鳴，也許牠們也一直在等著我。一會兒過後，阿奇捧著某樣東西進來。他放入我的手中，還是暖暖的，黏著一根羽絨。

想要煮給你當晚餐，他說。

不餓，我輕聲說，微笑了起來。好一陣子，我一直以為自己最後會拿著一本書，結果完全不是。我捧著一顆乳白色的新鮮雞蛋。

我一直都把自己弄得很勞碌。現在一家人在周圍來來去去，我終於放鬆了下來，任憑思想馳騁。我第一次注意到一些事情，比如這麼多年來，唱歌和玩奏樂器的都是黛西，艾絲桃只會當聽眾。我把焦點放在奇特古怪、出乎意料的事物上，比如阿奇、艾絲桃、黛西在我四周走動時，看他們的頭頂。阿奇的頭上有個禿點，但他否認它的存在。當他彎身抱我時，我看得一清二楚。（我沒有跟他說：看吧，阿奇，你那裡真的有點禿了，你還一直否認。）我看到艾絲桃散發光澤的棕色頭髮（毫無疑問，那顆頭很快就會剪成刺蝟頭，染成多種顏色，以顯示她文化上／音樂上／情緒上的個人特質）。黛西則有筆直的分界線，頭髮分成兩邊紮成整齊的辮子。那個禿點，那種光澤，那條分界線，現在讓我尊敬。女兒的頭頂現在看來如此柔和，我開始覺得自己雖然盡力做個好母親，卻沒有花足夠的時間思考和欣賞她們完美無瑕的身體。比如她們的頸背，她們獨特的氣味，都能讓一位母親心頭湧起一股股的喜悅。

孩子剛出生時，他們的腳直到最後一片小趾甲，都完美得有如奇蹟；每一條柔嫩的紋路；每一個嬰兒足跟的形狀，在我巨大的掌心裡就像一只玫瑰花苞般微小柔軟，這些我全都記得。每個孩子出生時，以及之後的幾個月和幾年，我都珍愛著他們的腳。我晚上跪在他們嬰兒床旁邊的地

48 出自一首黑人靈歌〈輕搖，可愛的馬車〉（*Swing Low, Sweet Chariot*）。

板上，親吻著伸到木條外的小腳趾頭；我崇拜著嬰兒時期的奇蹟——熟睡嬰兒是天賜的完美禮物。當我親吻那些香甜的腳底時，才得以感受到母性是個可以觸知的謎，是可以抓住、捧握、感受的，且只有在少數像那樣夜闌人靜的時分。

不知自己當時是否花夠長的時間讚歎她們如海星般的小手？堅實、柔軟，永遠是溫暖的。那柔軟的小手我握得住，但永遠無法控制，而握住的感覺我是否花夠長的時間體會？我不確定。我可能過早將她們的手推開，要她們去洗手的次數太多；或是趕走她們，免得又抓我胸部或揪我頭髮，而不是欣然接受那髒兮兮、黏答答、讓我發癢的小手。現在，同樣的那些手長大了，也能幹了，能帶進來花園的花、裝水的玻璃杯、幾片土司。黛西的手輕拍我的脖子、撫摸我的手臂，艾絲桃的手則是往下壓著綠色蓋被。她抑制自己的反應，我知道她覺得身為老大，有責任不能失控，不能讓黛西發現即便一切都在預期之中，而且已經經過大量的討論和規劃，現在卻還是開始陷入混亂、出軌脫序。

我看得出來阿奇的禿點是多麼容易受傷，我是多麼想保護他的頭部；我想到他的耳垂，我愛極了親吻和輕咬他的耳垂。我做的次數夠多嗎？我曾告訴他我有多喜歡那樣做嗎？或是他那雄渾有力的陽物，在休息時如緞子般的皺褶，那平滑的尖端儘管多年的摩擦下來，依然像塊絲絨。那真是奇蹟，真是個驕傲。慢慢地一舔再舔，品嘗它具鹹味也具希望的興奮顫動，是多麼單純的喜悅。我當時太累而不曾將這些說出口，因而我希望他知道，我是多麼喜歡早上起來時，感覺到他的堅實抵著我。而即便我沒有將之化作行動，即便我們如同其他一百個職業父母，每天一聽到鬧鐘響、娃娃哭叫就得跳下床，從來不曾睡飽過；即便我們無法翻過身來面對彼此，用緩慢慵懶的性愛迎接一天的開始。我還是希望他明白，我要是有辦法，一定會跟他親熱。

這多麼荒唐，我那麼久以來都不在乎性生活，居然在這時候感到懊悔。在你奄奄一息，只差還沒送出家門的最後時刻，在你意識昏迷，身體了無生氣也毫無用處地躺在那裡，靈魂卻敏銳熱切幾乎活了起來的時候，竟然想到了性。這聽來多麼諷刺，還是絕佳的玩笑，可見一定有神明的存在，這種精巧的幽默可不是偶然。但我現在懂了，死亡就是如此，當你的靈魂自每個毛孔欣然飄散，逃走、升天之時，它用悔恨和渴望給你驚喜。

我看到了他們。雖然距離比較遙遠，但是更為清晰，彷彿戴了一副新奇眼鏡，把遠方的背景都化作怡人而朦朧的綠色，而他們（緊緊圍繞在我床邊的家人）更加立體、鮮明。我甚至瞥見小陽，他是依偎在阿奇手臂裡的柔軟身軀。是這副新奇眼鏡的關係嗎？他不是離開人間時的八歲模樣，也不是現在該有的二十二歲，而是一種本質上的小陽，是他車禍死亡時，以及他要是還活著可能會變成的樣子，那全部加起來的整體想像。在他們身後，是高䠷而嚴肅的安珀形象，她那顆心臟跳動得如此強而有力，我簡直可以清楚看到每一次搏動，好似她的胸腔是玻璃做的。

我多麼愛他們，但也多麼渴望自由。我熱愛構成他們的每個粒子，但同時也是第一次毫不懊悔內疚地想要離開。這也是一項驚喜。我本來以為死亡就跟帶小孩第一天上學的情況類似：你送他們到校門口，知道自己必須、也想要離開，但每一根肌肉都跟他們一樣，尖叫著要你留下來，每一個細胞都在抓你回去。結果不是。現在是我這輩子第一次也是最後一次感受到死亡，發現與想像的截然不同。我心平氣和、毫無痛苦。我看著家人來來去去，心中想的盡是他們，但卻經驗到全然的解脫。死亡似乎是個結束，但不是道別；雖然我再怎麼愛他們也嫌不足，但我似乎正在為了前往更好的地方而離開他們；雖然我想跟他們在一起，但我也能放手讓他們走。這是多麼絢爛詩意的曖昧時刻！我之前就覺得自己是對的，現在更是確信不疑——死亡的確是詩意的一刻。

親愛的新娘的母親：

最後一個祕訣特別要跟你分享。在攪拌好的麵糊裡滴入兩匙甜點匙份量的安古斯圖拉苦精。這是我多年來唯一保密的食材，我再也不需要了。

致謝

我的三個孩子應得到最大的謝意。過去幾年來，他們聽我說「走開，我在寫書」的次數，遠甚於他們該得到的。他們全都以特別的方式幫助了我：我的大兒子喬（Joe）一直都非常體諒我的寫作需求，也不斷給予鼓勵；我女兒艾玲（Ellen）是原稿的細心讀者，她創造的這個形象激勵我持續專注下去。我的小兒子卡蘭（Callan）在我小說寫到一半時罹患血癌，他以我大概永遠無法做到的勇氣與之奮戰，並活了下來。他們三位每天都提醒著我生命中最重要的是什麼。

感謝澳洲文學經紀公司（Australian Literary Management）的琳·川特（Lyn Tranter），她是我的摯友兼經紀人，雖然這本小說和上一本之間隔了很長一段時間，但是多年來她幾乎從沒問過：「下一本進行得怎麼樣啦？」身為讀者的她一直是極具洞見、誠實、和顏悅色的，身為經紀人的她結合驚人的直覺與十足的專業精神。也感謝她的助理薇諾娜·柏恩（Wenona Byrne），她是多麼愉快地處理文書工作；也感謝蓋瑞·霍登（Garry Hogden）在文書工作變成一團謎之後接管下來。

感謝羅斯·鄧肯（Ross Duncan）閱讀初稿，提供許多有用的評論與建議。謝謝克爾斯登·川特（Kirsten Tranter）寫了一篇具真知灼見的讀者報告。感謝約翰·代爾（John Dale）更具鼓勵性的回饋，還要謝謝瑪歌·納許（Margot Nash）改正了一些細節，也讓我改善了一些地方。

非常謝謝我的出版商——哈潑考林斯出版社（Harper Collins）的琳恩·珠爾（Lynne Drew）對於本書的極大熱忱與支持，她在編輯方面也提供我非常明智且有幫助的回饋。在澳洲，我也從鬥牛士出版社（Picador）的羅得·摩里森（Rod Morrison）和莎莉娜·羅威爾（Sarina Rowell），以及自由編輯阿里·拉弗（Ali Lavau）那兒得到可貴協助。美國普特南出版社（Putnam）的彼特奈爾·凡·艾斯代爾（Peternelle van Arsdale），加拿大企鵝出版社（Penguine）的妮可·溫斯坦利（Nicole Winstanley），他們在許多方面都讓這本小說變得更加完善精采。

珍·保菲曼（Jane Palfreyman）現在是艾倫與昂溫出版社（Allen & Unwin）的出版商，我特別要感謝她的支持。也要感謝彼特·多尤（Peter Doyle）在版權事務上的建議。

最後，我很感激雪梨科技大學（University of Technology, Sydney）人文及社會科學學院提供的一小筆補助金，有這樣的協助，我才得以在二〇〇七年的前半年完成這部小說。

出處與參考文獻

本書開始之前的題詞引自約翰·福布斯的〈死神，一首頌歌〉，出自他的詩集《驚呆的鯡魚》（*The Stunned Mullet*, Hale & Iremonger 1998），連恩·福布斯（Len Forbes）好心同意讓我們在這裡重製。動詞與勇敢的概念（第二十一章），來自唐恩·華森（Don Watson）的《死刑》（*Death Sentence*, Knopf 2003）。引自狄倫·湯瑪斯〈別溫馴地走入那平安的夜晚〉（Do not go gentle into that good night）的詩句（第三十五章），出自他的《詩集》（*Collected Poems*, Dent 1952），徵得同意在這裡使用。用自己的血液製作血腸的想法，靈感來自葛怡·貝爾森（Gay Bilson），她在《雪梨晨鋒報》（*Sydney Morning Herald*）附贈的《好週末》（*Good Weekend*, 14 May 1994）雜誌所寫的一篇文章和後來的著作《豐富》（*Plenty*, Lantern-Penguin Books 2005）中提到這點。她好心同意，讓我把點子融入小說當中。

《碧頓女士居家管理全書》（*Mrs Beeton's Book of Household Management*）於一八六一年初版，我參考和引用的是「牛津世界經典」（Oxford World's Classic）的版本（OUP 2000）。「永恆先生」亞瑟·史特斯的事蹟大家耳熟能詳，改編為歌劇、歌曲、故事、電影作為紀念（甚至還印在帽子、運動衫、胸針、滑鼠墊上頭：感謝泰瑞〔Terry〕提供的資料），不過他的名聲應該是在二〇〇〇年除夕於雪梨舉辦的煙火大會到達頂點。

水果蛋糕食譜的祕密原料是我摯友嘉伯莉（Gabrielle）的母親瓊恩．凱瑞（Joan Carey）給我的。我不確定瓊恩是從哪裡得到的，但我永遠會視之為她眾多的特殊天分之一。

國家圖書館出版品預行編目資料

說再見的那一刻／黛柏菈．艾達蕾德（Debra Adelaide）著；
吳茵茵譯. －－ 初版. －－ 臺北市：麥田出版：家庭傳媒
城邦分公司發行, 2011.09
面；　公分：－－（addiction靡小說；19）
譯自：The household guide to dying
ISBN 978-986-120-714-8（平裝）
887.157　　100004736

addiction靡小說 19

說再見的那一刻

作　　者　黛柏菈．艾達蕾德Debra Adelaide
譯　　者　吳茵茵
責任編輯　巫維珍
協力編輯　費　陽
封面設計　黃子欽

副總編輯　陳瀅如
編輯總監　劉麗真
總 經 理　陳逸瑛
發 行 人　凃玉雲
出　　版　麥田出版
地址：10483台北市中山區民生東路二段141號5樓
電話：(02)2500-7696　傳真：(02)2500-1967
發　　行　英屬蓋曼群島商家庭傳媒股份有限公司城邦分公司
地址：10483台北市中山區民生東路二段141號11樓
網址：http://www.cite.com.tw
客服專線：(02)2500-7718｜2500-7719
24小時傳真專線：(02)2500-1990｜2500-1991
服務時間：週一至週五09:30-12:00｜13:30-17:00
劃撥帳號：19863813　戶名：書虫股份有限公司
讀者服務信箱：service@readingclub.com.tw
香港發行所　城邦（香港）出版集團有限公司
地址：香港灣仔駱克道193號東超商業中心1樓
電話：+852-2508-6231　傳真：+852-2578-9337
電郵：hkcite@biznetvigator.com
馬新發行所　城邦（馬新）出版集團【Cite(M) Sdn. Bhd. (458372U)】
地址：11, Jalan 30D/146, Desa Tasik, Sungai Besi,
57000 Kuala Lumpur, Malaysia.
電話：+603-9056-3833　傳真：+603-9056-2833
麥田部落格　http:// ryefield.pixnet.net
印　　刷　前進彩藝有限公司
初　　版　2011年9月
售　　價　340元
ISBN 978-986-120-714-8

城邦讀書花園 Printed in Taiwan.
www.cite.com.tw 本書若有缺頁、破損、裝訂錯誤，請寄回更換。

讀者回函卡

謝謝您購買我們出版的書。請將讀者回函卡填好寄回，我們將不定期寄上城邦集團最新的出版資訊。

姓名：________________ **電子信箱**：________________

聯絡地址：□□□ ________________________

電話：（公）____________ 分機 ____ （宅）____________

身分證字號：________________________（此即您的讀者編號）

生日：____ 年____ 月____ 日　性別：□男　□女

職業：□軍警　□公教　□學生　□傳播業　□製造業　□金融業　□資訊業　□銷售業

□其他 ________________________

教育程度：□碩士及以上　□大學　□專科　□高中　□國中及以下

購買方式：□書店　□郵購　□其他 ________________

喜歡閱讀的種類：（可複選）

□文學　□商業　□軍事　□歷史　□旅遊　□藝術　□科學　□推理　□傳記

□生活、勵志　□教育、心理　□其他 ________________

您從何處得知本書的消息？（可複選）

□書店　□報章雜誌　□廣播　□電視　□書訊　□親友　□其他 ____________

本書優點：（可複選）

□內容符合期待　□文筆流暢　□具實用性　□版面、圖片、字體安排適當

□其他 ________________________

本書缺點：（可複選）

□內容不符合期待　□文筆欠佳　□內容保守　□版面、圖片、字體安排不易閱讀

□價格偏高　□其他 ________________

您對我們的建議：________________________

____

____

cite城邦媒體 麥田出版
Rye Field Publications
A division of Cité Publishing Ltd.

廣	告	回	函
北區郵政管理局登記證			
台北廣字第000791號			
免	貼	郵	票

英屬蓋曼群島商
家庭傳媒股份有限公司城邦分公司
104 台北市民生東路二段141號5樓

▼

請沿虛線折下裝訂，謝謝！